中学生一世珍藏书系

ZHONGXUESHENG YISHI ZHENCANG SHUXI

开在雪地上的花朵

中学生必读的 100 篇

成长小小说

CHENGZHANG XIAOXIAOSHUO

❋周　波◎主编

光明日报出版社

图书在版编目（CIP）数据

开在雪地上的花朵：中学生必读的100篇成长小小说/周波主编．—北京：
光明日报出版社，2009.2（2016.5重印）
（中学生一世珍藏书系）
ISBN 978-7-80206-800-1

Ⅰ．开… Ⅱ．周… Ⅲ．小小说—作品集—中国—当代 Ⅳ．I247.8

中国版本图书馆 CIP 数据核字（2008）第 202545 号

开在雪地上的花朵——中学生必读的 100 篇成长小小说

◎主　　编：周　波
◎责任编辑：朱　宁　　　　　　　　封面设计：凯　特
◎责任校对：徐为正　　　　　　　　责任印制：曹　净
◎出版发行：光明日报出版社
◎地　　址：北京市崇文区珠市口东大街 5 号，100062
◎电　　话：010-67078243（咨询），67078990（发行），67019571（邮购）
◎传　　真：010-67078227，67078233，67078255
◎网　　址：http://book.gmw.cn
◎E-mail：gmcbs@gmw.cn　zhuning@gmw.cn
◎法律顾问：北京德恒律师事务所龚柳方律师
◎印　　制：北京一鑫印务有限责任公司
◎装　　订：北京一鑫印务有限责任公司
　本书如有破损、缺页、装订错误，请与本社发行部联系调换
◎开　　本：720×1000　1/16
◎字　　数：258 千字　　　　　　　印　张：14.5
◎版　　次：2009 年 2 月第 1 版　　印　次：2016 年 5 月第 2 次印刷
◎书　　号：ISBN 978-7-80206-800-1
◎定　　价：28.00 元

目　录

周海亮

请求支援

你决定成为一名剑客,行走江湖。你认为时机恰好。

你的剑叫做残阳剑。这剑威力强劲,可以同时斩掉十五名顶尖高手的头颅。你的独门暗器叫天女针。你面对围攻,只需轻轻按下暗簧,即刻会有数不清的细小钢针射向敌手,状如天女散花。天女针一次可以杀敌八十,中针者天下无解。

靠着残阳剑和天女针,你打败了飞天燕,杀掉了钻地鼠,废掉了鬼见愁的武功。他们全是江湖上一顶一的高手,他们全是杀人不眨眼的黑道魔头。从此你声名大振,投奔者众。

现在你拥有一支军队,占有一座城池。你的军队勇士五千,良驹八百;你的城池繁华昌盛,鸡犬相闻。

你不停地和道上的兄弟签署着攻守同盟。你还和神枪张三、铁拳李四、一招鲜王刀结拜成兄弟。你们肝胆相照,荣辱与共,不求同日生,但求同日死。

所有的一切都是那么美好。你招兵买马,筑固城池。似乎四分五裂的天下不久之后就将统一,你将成为万人瞩目的头领或者君王,你将拥有无涯江山,无尽财富,无穷权力,无数美女。你沉浸在难以抑制的兴奋之中,你常常会在梦里笑出了声。

可是,鬼见愁突然杀了回来。

其实,那天你并没有完全废掉他的武功。那天你有了小的疏忽。鬼见愁凭着多年的武功造化医好了自己,又用三年时间练就了一门邪道武功。现在他率精兵五万,包围了你的城池。

敌十倍于你,你并不害怕。因为你的勇士们个个以一当十。

你的五千勇士扑出了城。你试图将鬼见愁的五万精兵一举歼灭。你甚至想晚上就可以用鬼见愁的脑袋做成一个马桶。可是你很快发现自己犯下一个错误。鬼见愁的五万精兵,完全以死相拼。他们踏着同伴的尸体往前冲,极度疯狂。你砍断他的矛,他会用拳头打你;你砍断他的胳膊,他扑上来撕咬你的咽喉;你砍断他的脖子,他还会在倒下去的一刹那,用脚踢一下你的屁股。尽管你的五千勇士个个骁勇

善战,可是最后,他们不得不退了回来。

五千勇士,只剩三百。

鬼见愁精兵五万,尚有八千。

你关了城门,开始求援。

你给神枪张三飞鸽传书,让他速来救你。几天后你得到消息,神枪张三早被一无名剑客杀于某个客栈。

你千里传音给铁拳李四,让他速来救你。铁拳李四回话说,现在我也被围,自身难保,如何救你?

你在城墙上放起求援的烟火,这烟火只有一招鲜王刀才能看懂。一会儿王刀放烟火回答你,他说,我正在攻城掠池,无暇管你。你好自为之。

无奈,你计划弃城。你已经管不了城里百姓的死活。现在你只想自己逃命。

夜里你率剩下的三百勇士突围。那是一场惨烈的战争。你挥舞着你的残阳剑斩下无数头颅。你的天女针霎间消灭掉鬼见愁八十名贴身保镖。可是当你抬头,你突然无奈地发现,现在的你只剩下一名勇士,而鬼见愁,尚有精兵一百。

你的天女针已经射完最后一根钢针。现在它成了废物。

你的残阳剑已经卷刃并且折断。现在它不如一把菜刀。

你和最后一名勇士逃回了城。鬼见愁甩手一镖,你的勇士就倒下了。倒下前他为你紧闭了城门。他忠心耿耿。

鬼见愁将城围起,不打不攻。他想将你折磨致死。

其实鬼见愁只剩士兵一百。你只需再有一把残阳剑,再有一管天女针,就可将他们全部消灭。可是现在你没有了武器,也没有了士兵,更没有了兄弟和朋友。你呼天天不响,叫地地不应。

等待你的,只有死路一条。

最后一刻,你终于想起了你妈。

你向你妈求援。

你妈六十多岁。

你妈是一位农民。

你妈连鸡都不敢杀。

你给你妈打电话,你说学校又要收学费了,五百块。你妈说,好,我马上照办。

你命令不了别人。你可以命令你妈。

你用这五百块钱给你的游戏卡充值。你重新为自己装备了残阳剑和天女针。你单枪匹马冲出城外,将鬼见愁和他的精兵杀个精光。

你保全了自家性命。你还可以行走江湖,招兵买马。

即使在虚拟世界里,最后一位给你支援的,也肯定是你妈。

胡炎

收破烂的女人

　　收破烂的女人每天都会来我们的楼下,很洪亮地叫:"谁家破烂拿来卖啦——"楼上的人,几乎都和女人打过交道。

　　收破烂的女人挺脏,一身旧衣服常常污着尘垢,脸上也蹭得黑一块灰一块的。因了这脏,大家对她的脸都不怎么注意,倒是她的声音,蛮悦耳的,叫大家都记住了。

　　有时没有破烂收,女人就握个自制的耙子,到垃圾道里翻拣,也小有收获。这时的女人,就像只觅食的老鼠。

　　这是底层人的生活,偶尔会得到我们些许麻木的怜悯,而更多时候,我们几乎完全把她忽略了,就像那些破烂、垃圾一样,她只是一个微不足道的存在。

　　我女儿是最讨厌这个女人的。每逢女人来我家收酒瓶、报纸之类的废品,她都下意识地捂着鼻子,躲得远远的,孩童的目光里竟有深深的鄙视。现在的孩子们啊,优越感太强。

　　"这女人真脏!"女儿说。

　　我未置可否。

　　对于女儿,我的心思都在她的学习上。女儿七岁,算得上聪明,可就是贪玩、粗心,成绩只是中上等。我问她:"你们班谁的成绩最好?"

　　"刘亚非。"

　　"他各方面都很优秀吗?"

　　"对,他还是我们班的学习委员呢。"

　　看得出,女儿对这个刘亚非,是很佩服的。女儿说,刘亚非没有父亲,妈妈也下岗了,是个不幸的孩子。我感叹,穷人的孩子早当家啊,人穷志不短,往往有一种奋斗精神超越了现实的苦难。

　　"你要向刘亚非学习呀。"我说。

　　一向倔强的女儿没有反驳。

　　这天中午,我去学校接了女儿,带她到附近一个小菜馆吃饭。忽然,女儿惊喜地朝临桌喊:"刘亚非,你好!"

　　我循声望去,一个小男孩,很干净,很漂亮,在她的旁边,还坐着一个女人,同样很干净,很漂亮。刘亚非礼貌地回应着,并介绍旁边的女人:"这是我妈妈。"那个女人也转过脸,看到我,像是遇到了熟人,莞尔一笑:"这么巧,也来吃饭呀?"

　　我懵懂地点着头。这女人我不认识,但她的眼神,又似乎在哪里见过……

　　下午我没事,一直呆在家上网。近五点钟的时候,收破烂的女人又来了,照例发着她的女高音:"谁家破烂拿来卖呀——"

　　我提了些废物,走下楼去。女人显然从风尘中一路走来,衣服脏着,脸黑着。见了我,笑了:"今天可太巧了,咱们的孩子还是同班同学呢。"

　　我顿然明白了,那个眼神,那个柔弱中透着坚强和乐观的眼神……

　　"是呀,真荣幸,你的儿子太优秀了!"我说。我的声音里第一次充满敬意。

　　在这个世界上,有多少挣扎在底层的人,栉风沐雨,忍着饥寒,为生存而奔波。但他们有韧性,有信念,有常人难以想象的承受力。在许多优越者的视线之外,他们的人格依然像苍松一样挺立、生长……

　　是的,在我眼前,就是这样的一个女人,一个很干净、很漂亮的女人。

刘勇

回乡之路

　　一首时光的歌谣,从心头跃起,穿越时光的隧道,降临在村庄里。天际里大漠般的色调正异样地渲染,孤单的身影后面,总是有很多寂寥。杨柳望着远端的天际发呆,一直将心情送到夕阳里。

　　离开家已经十六年了,该回去看看父亲了。提起父亲,杨柳总是心酸不已,瞬间泪水涟涟。父亲是个瞎子,先天性的,八岁时跟人学艺,十年后才出师。父亲天资聪明,会即兴说唱,别人提题目他弹唱,现编现唱,所以挣的红包总比别人多。

　　父亲二十六岁时候,经好心人撮合,娶了哑巴母亲。父亲每天排着好日子,等着村里人请他弹唱,辛苦地去挣钱。母亲忙操劳。两人相敬如宾,日子过得平静甜蜜。

　　两年后,杨柳出生了。母亲因产后大出血抢救不及时走了。父亲在母亲的坟头上守了三天三夜。第三天晚上,村里人都听到父亲撕心裂肺般地弹唱《忆秦娥》。

　　以后,每次有人请父亲时候,喜宴他就不愿意去了,喜欢去丧宴。在丧宴上他会把《忆秦娥》弹唱一遍,把说唱的人和在场听的人感动得泪水涟涟。村里人都知道,母亲的名字叫秦娥。

　　到了上学的年龄了,杨柳不愿意去上学,天天跟着父亲后面有吃有喝,日子十分舒服,哪愿意上学呢。父亲拿着一个细竹竿,狠狠抽着杨柳,抽得十分凶猛,最后打累了抱着杨柳哭:"你什么都不缺,难道还想一辈子去要饭吗? 就不能做一个顶天立地的男子汉吗?"

　　自从那次挨打后,杨柳知道了刻苦学习。一天在放学的路上,同学们取笑他说:"瞎子爹,哑巴娘,生个儿子要饭郎。"杨柳听到后十分气愤,抽起一根棍子向同学打去。

　　杨柳知道自己闯祸了,又要被父亲狠狠地揍上一顿。谁知道父亲抚摸着杨柳说:"遇到恶狗的时候,两种办法:一个是狠狠地打,另一种办法是可以躲。"

　　从此后,杨柳就躲着同学们,所以很孤独。考上县城中学后,班里同学的父亲不是经理,就是科长,唯独他父亲是个瞎子。所以他不愿意在同学面前提到父亲。

在高三的时候,一天,杨柳正在上课,突然看见窗外父亲拄着棍,往教室这边走来。杨柳扭过头去,不看他,希望父亲找不到他。在一片骚动中,老师很平静地告诉杨柳:"你父亲找你。"当时杨柳羞得恨不得地下裂个缝子钻进去。

杨柳把父亲领到偏僻处,就吼起来:"谁让你来的?"父亲摸着杨柳的手,说:"杨柳长大了,知道害羞了。今天是你的生日,我来给你送点东西。"杨柳看到一包包他平时爱吃的炸蚕豆、炒花生等等。杨柳拿起包,甩开父亲的手,说:"还要上课,你回去吧。"父亲说:"我们到外面吃碗面条吧,一直没有机会给你煮长寿面吃。"杨柳为让父亲赶紧回去,就说:"我下午还要考试,没时间。"父亲一听要考试,就说:"那你赶紧回去吧,别耽误了考试。"在杨柳就要进学校时候,被父亲喊住了,递给他一包叠得整整齐齐的一块、两块的钱。

杨柳走进学校的时候,突然想起从乡里到县城,那么远的路,父亲是怎么摸来的。杨柳为了颜面,还是狠了心回到教室。

即将高考的时候,杨柳父亲死了。当时村里下暴雨,父亲出门的时候遇到了泥石流,尸体找到的时候已经两天后了。

父亲死后,杨柳就失学了,随村里后生们一起去南方打工了。每当孤独有雨的深夜,他就会梦见自己躺在父亲怀里看天上的月亮,听父亲弹唱。是该回去看看父亲了,这次回去要带着全家,在父亲坟前有喊"爷爷"的了。杨柳躺在床上想着,眼泪顺着深夜向故乡走去。

司玉笙

永远的阳光

　　鞋匠很老了,头顶全秃,只是边际残留着乱草似的白发。他整天就坐在那儿打盹儿……这是县城一个极不起眼的角落,很少有年轻人光顾这里。

　　每天早晨八九点钟,鞋匠摇着轮椅姗姗而来,将工具箱、鞋墩子什么的往地下一扔,然后双手撑着身子下来,面对太阳靠着墙盘腿而坐,闭目待客。谁也不知他在这儿呆了多少年,还要呆多少年……

　　那日,有人轻轻呼唤他:"大爷,修修鞋……"鞋匠的眼深陷在皱纹里,这声音使那些皱纹往两边挤,托出一对黑亮亮的活物来。

　　"嗯?""修修鞋……"

　　眼睛恰像乌云后边跳出来的太阳,使鞋匠的脸膛漾满春光:"那时候你喊我'大哥'……"目光蓦然相遇,如同闪电碰撞闪电,爆出一团火花。火花映亮了埋藏在心底的记忆。她身子一紧:"你? 你——""我就是那个鞋匠……"老头儿艰难地挺起腰身,从轮椅后的一只箱子里翻出一双女式皮鞋和一个破旧的小本本儿。皮鞋上满是灰尘,已看不清它原来的颜色……

　　他打开小本本儿,掀到一页有记号的地方,念:"刘素贞,皮鞋一双。1957 年 9月……""我就是穿着这双鞋栽的跟头……"

　　"那不是跟头,那是人生一曲……"老鞋匠纠正道:"我那时经常看你的演出。你演出了真实……这是我这一辈子修得最好的一双鞋,可没有人来取它……"鞋匠拿起抹布细细地擦那双鞋,上了油,刷子飞快地打磨了两遍,昔日的光泽便在那双粗糙的手下渐渐泛起……

　　"还能穿吗?""能,能……"女人的眼里早已涌满泪花。

　　"你现在很好吧?""嗯,嗯……我很想念这个地方……退休了,我们一道来看看……你,你好吗?"

　　"我还是鞋匠……"老人将皮鞋包好递给女人,双手有些抖。女人接住鞋,泪水已漫出眼堤,泣音在喉间咕咕作响。她张了张嘴想说什么,一转身,紧抱了鞋疾风似地离去,头勾得很低……老人看着她的身影在远处凝固,慢慢闭上了眼睛。

　　次日,女人和丈夫来谢鞋匠。老鞋匠没再来,他坐过的那块地一片灿灿阳光。

邱道宏

对着太阳高呼

　　三年前,我和班级里所有的同学一样将全部精力都付诸中考,为的是能摆脱荒凉贫瘠的土地,跳出农门。那段日子,仿佛全世界的人们都在忙碌,为前程、为生活、为工作……对于一个莘莘学子来说,这段日子意义重大,是人生坐标上一个非常重要的驿站。许多人在这段日子彻底改变了人生轨迹,尤其出身寒门的我,这段日子显得更加可贵。

　　自从填报了师范,一种紧张忙碌的生活冲淡了我的思想色素,一切都可以置于心灵的追求之外,除了中考就不再具有其他什么。这样的气氛一直持续到中考结束才稍有缓解。

　　接下来是等待成绩,父母和我一样得经历着同样甚至更加痛苦的深刻的折磨,连睡梦中谈到的都是成绩。

　　一天,父亲一大早叫醒我,没表情地示意我去学校问问情况。父亲那种凝滞而沉重的目光中笼罩着消瘦的我,仿佛将我的一切都收在了他的眼中。

　　从学校回来的路上,仿佛路边的草木都给阳光晒化了,我也像这仲夏骄阳下的树叶一样在热气中挣扎,在火辣辣的发毒的阳光下移动。我不知道是怎么回到家门口的。

　　大门紧锁着,我跪在门外,从门缝里瞧了一眼"家神",然后将目光转向太阳,双手合十虔诚地祈祷,希望太阳明天到来时告诉我今天知道的全是假的。接着我大声狂叫着,并向"家神"和太阳不停地叩着响头。这时候父母扛着锄具回来了,他们看到我在门前的举动,他们知道了一切,特别是父亲,因为昨晚的梦中他就知道了我失败的消息。

　　父母没半点责备我的意思,这让我内心反而更加难受。回到书房翻开课本,仔细看了一遍,竟没有任何地方是因为没认真而致使自己落榜,自觉也没任何地方对不起所有期待我成功的亲人。于是,在对和自己一样生在贫困山村的孩子们的同情和怜悯中才消去刚回家时的那种痛苦和自责。但,我必须承认这个事实——我失败了。我也明白,我将和村里的孩子们一样,去领略旅人客居他乡以打工维持生计的艰辛。我没有任何奢望了,我也不能再有任何奢望了。因为在全村我是仅有的初中毕业生,我已经算幸运的了。

　　暑假结束前的一天晚上,母亲告诉我:"父亲在城里联系了一所学校,去补一年再考。"当时我既吃惊又矛盾,那夜我彻底地失眠了,苦苦地思索后终于理解了父母想改变下一代生活环境的用心良苦。我同意去城里补一年。

　　父亲亲自送我到六十里以外的城里上学,父亲走在前面,担着行李。他的步履显得有些疲劳,我不忍心多看一眼他因劳苦而弓起的背,父亲也是该歇缓享福了。可……父亲为我安排了住宿,就离开了学校。夕阳下那瘦小单薄的身影成了我永远的记忆,并铭刻在脑海和心际。

　　妹妹告诉我哑巴父亲在送我上学后回家走夜路途中滑入电厂堰沟溺死了,当时我放声大哭了一场,根本就不明白母亲为什么要骗我。我成了世上最不孝的人,懊悔、痛苦……

　　刚办完父亲的丧事,在母亲的催促下,我只得回到学校。为了为我学习而失去了生命的哑巴父亲,为了失去了父亲的家庭,我只得努力学习,心中抛去了所有除学习以外的杂念,也根本没有心情去干与学习无关的其他任何事。就是在这样的氛围中又度过了一年,结束了补习生的生活。报考时,我毫不犹豫地再次填上了"师范"。在老师和同学们的极度惋惜声中,我已经领略了补习的幸运——摘取了全县中考的桂冠。

　　听到这个消息的时候,我高兴得控制不住情绪,竟流下了泪滴,它足可以让我抹去这一年来奋斗历程的艰辛,也可以暂时缓解我对父亲的伤痛。我将这个消息告诉母亲后,母亲准备了丰足的祭品带着我和妹妹来到父亲的坟前,祈求父亲能和我们一起分享这份快乐和喜悦。

　　回到家里,点燃桌上的灯,我感到那火影和昨夜不同,骤然清亮。不由注视灯光和周围物体的黑影,又被秋日乍到的蟋蟀低沉的鸣啼分散了情绪。弹指间,正适一阵凉风拂来,吹熄了油灯。我没有再点燃它,就索性钻入了被窝。梦里,父亲听我汇报成绩时的高兴让我记得犹新。那又是家人聚于秋风朗月下共同庆贺的美景良辰,是多么的惬意与舒适啊!

　　第二天,收到了班主任从城里寄来的信,这信给我带来的是心悸和恐怖不安。我想无论是怎样坚强的人看到这样的事情降临在自己头上都会沉默忧郁起来。老师的来信很短——

陆平同学:

　　或许两年的中考让你更加成熟了,我想也让你明白了许多道理。或许你对师范(中师)的钟爱已经深入内心了,此时我告诉你一个好消息:你成功地摘取了全县中考冠军。这是我们老师的骄傲。我想,你将它告诉你的父母时,他们也会很高兴的。

可是,你所钟爱的师范与你再次挥手告别了。你身患乙肝,未能被录取。请不要伤痛,母校的亲人欢迎你回来念高中,三年过后圆你的大学梦。

你的老师
向力

读完老师的来信,我已经神智麻木。我能和父亲一起分享快乐吗？我能接受两试中师不中的结局吗？我是钟爱中师吗？我的家庭还能承受我念高中、圆大学梦吗？

手握老师的书信,独自来到长江边上,那逆流而上的船只打破了江面的平静,缓缓地前进着。蓦然抬头,太阳在层层云雾中喷薄而升。于是,濒临长江东流水,对着太阳高呼——

既然生命还没结束,我就要前行！

魏永贵

空地的鲜花

那个人有毛病。楼上的人都这么说。那个人自从和三楼的王兰分手后，就接连不断地出现在楼的周围。

他先是出现在楼前的一堆废水泥管上，一坐几个小时。就那么若有所思地坐着。楼上的人知道，以前和王兰约会的时候，不敢上楼见王兰母亲的他总是偷偷在这堆废水泥管上等王兰，而且是天黑的时候。后来他又出现在旁边的一座楼房的楼顶上，坐在楼顶的边缘，随时要掉下来的样子。楼上也有人知道，那个楼顶是他和王兰约会时经常去的地方。另外，在恋爱的时候还能居高临下看到王兰家人的动向，偶尔乘王兰父母不在家的时候，溜进去一趟。

整个夏天和秋天，他就这样反复出现在这两个地方。不管刮风下雨，烈日暴晒。

楼上的人们不知道他和王兰是怎么认识的，但有一点可以肯定，王家父母特别是王兰母亲对他们的恋爱坚决反对。现在楼上的人完全理解了王兰的母亲：看那人痴痴傻傻的样子，怎么可以和伶俐的王兰处对象？

楼上的人一开始有些担心那人弄出什么乱子来，时间一长就放心了。那人除了痴痴傻傻地坐在那里外没有任何举动。后来天渐渐凉了，风搅得落叶和废纸在楼前飞舞。

有一天，楼上的人忽然发现那人在楼前弯腰把那堆废水泥管子一根根往外扛。至于扛到什么地方以及为什么扛走，人们不得而知。那堆废水泥管是以前留下来的，打人们住进这个楼它们就在这里，碍手碍脚十分不便，时间一长大家也就习惯了。

那人整整扛了两天。大概那水泥管要放在一个很远的地方，每一个来回，他都要费一个来小时。每根水泥管肯定不轻。人们都看见，当他把一根水泥管扛上肩膀之前，总要立在那里好久，像在琢磨什么似的。然后弯腰把水泥管的一头慢慢抬起来，斜支在地上。随后，他把自己的右肩搁在水泥管的中间部位，又开双腿，慢慢把水泥管触地的一头抬起来，让整根水泥管稳稳地卧在他的肩膀上，这才一步一步往前走。

楼上的人不理解了。几个月来他经常在这堆水泥管上静坐,搬走以后他再坐哪儿?而最关键的问题是,他为什么要把它们搬走呢?

搬走那堆废水泥管,楼前一下变得豁然开朗起来。楼上的人突然对那人有了一点感激。为什么以前大家就没有想到要把这堆废弃的水泥管弄走呢?

后来就纷纷扬扬飘雪花了。透过雪花,人们又看见了那个熟悉的身影。他几乎匍匐在楼前那片因搬走水泥管而变得平整的空地上,用一件什么工具在忙碌着。楼上的人家或在嘈里啪啦搓麻将,或在热气腾腾的火锅前劝酒,对着楼前那个渐渐模糊的身影说说笑笑。

那个人真是有毛病。楼上的人不得不这样说。

后来雪越下越大了。后来那个身影再也没有出现在大家的视线里。

来年春天的时候,楼前那片空地渐渐绿了。一个夜雨后的早晨有谁忽然喊:“花!”

楼上的人仔细看去,空地上真地长起了一片片的花。粉粉的艳艳的亮人的眼。

楼层稍高的人家有了新的发现:那花组成了几个巨大的字:兰王爱我。有人立即纠正:“从右往左,应该念‘我爱王兰’。”懂花的人说这花叫“勿忘我”。

于是楼上经常有半大的孩子一起攒足了劲儿吆喝:我爱王兰,我爱王兰……

有一个人在玻璃后面泪眼婆娑。

蒋育亮

爱心测试

父母是地道的乡下人。虽然早出晚归,精心打点着街上那个临时水果摊位,收入却仍然微薄,勉强只够养家糊口。

孩子懂事,知道家里穷,从不乱花一分钱。

父母给的零花钱,孩子日积月累,竟然攒下了好几十元。

孩子说,等到他长大时,要用自己积攒的钱去上学。说这话时,孩子才六岁。

父母十分劳累,但瞧着懂事的孩子,心里很是欣慰。

这年春节,天气挺好。金黄金黄的阳光,温暖地洒照着大地。

孩子兴高采烈地跟随摆摊的父母,来到街上。

尽管父母不停呵斥,但第一次上街的孩子,却像出笼的雀儿,欢天喜地,满街飞蹿。

父母生意特好,无暇顾及孩子。少顷,回过神来,孩子却杳无踪影。

急得父亲心急火燎,四处寻找。

找到孩子时,孩子满面泪痕。父亲悬着的心安稳下来。

"爸在这,傻孩子,别哭!"父亲将孩子紧紧抱在怀中。

孩子却哭得更凶,一个劲地喊着"钱钱钱"。

父亲摸摸孩子的衣兜,知道是孩子早上带来的日积月累攒下的几十元钱丢了。

"傻孩子,不要紧,爸妈再给你。"父亲抚摩着孩子的头,笑着说。虽然父亲心里也很心疼那几十元钱,但看着孩子满面泪水,不忍心再去责备。

孩子却愈发号啕大哭。用手指着前面不远处的一堆人群,口里仍然叫着"钱钱钱"。

父亲抱着孩子,走到人群前。人群中间,一位满头银丝的老奶奶,呼天抢地地哭诉着。原来,老奶奶身上的二百元钱被小偷盗去了。

见父亲抱着孩子走来,围观的人群自发让出一条道来。"她家的亲人来了!"人群里发出放心的唏嘘声。父亲纳闷,孩子却在瞬间大声叫喊着"奶奶"跑了过去。

原来,孩子已经来过一次。在众目睽睽中,亲热地叫着"奶奶",满面泪水地将

几十元钱塞给了老人。当时,围观的人群都夸奖这老人的孙子真懂事。

"爸爸,钱! 钱!"孩子扯扯父亲的衣襟,指着老人说。父亲迟疑片刻,掏出二百元钱,递给老人。

老人停止哭嚎,满脸感激。

孩子转涕为笑,拉着父亲,犹如出笼的雀儿,欢天喜地地离去。

父亲叹息一声,瞧着孩子欢天喜地的样子,将到嘴边的话语咽了回去。

父亲要说的是:"孩子,你怎么知道这老奶奶不是在骗人呢?"

代克仁

红樱桃，绿樱桃

那天去听讲座，讲授前，教授拿出一把樱桃挨个请我们品尝。我们一阵惊喜，尚未见樱桃上市，他打哪儿弄来的？

诱人的红樱桃里掺杂着几枚绿樱桃。巧的是轮到坐在后排的我时，就只剩那几枚绿樱桃了。

我盯住它们，迟疑着不肯伸手。

教授笑道："尝尝嘛，别客气。"众目睽睽之下，我硬着头皮拈了一枚放进嘴里。那一刻，教授和所有的同学都看到了我龇牙咧嘴的怪模样。接着教授变戏法似地又拿出一枚红樱桃请我品尝。待我吃完后，教授问我："感觉如何？"我实话实说："红樱桃虽然不酸不涩，但也不怎么甜，可以说是寡淡无味，相较之下，绿樱桃显得风味奇特。"

教授高兴地说："这就对了！知道为什么吗？因为你们吃的红樱桃是使用了催红素的。"大家面面相觑。教授又说："樱桃可不是白吃的哦。请问，你们能从中得出什么结论呢？"

"要学会透过现象看本质。"有人抢先答道。

"经验不总是可靠的，实践才是最重要的。"又有人回答。

教授点点头，问道："还有吗？"

一阵沉默后，一个男生站起来说："红樱桃有一个成熟的市场，绿樱桃有一个具有潜力尚待开发的市场。"

教授微笑道："很好，你们说得都不错。但不是我今天要告诉你们的。我要告诉你们的是——"教授停顿一下，提高了嗓门说："最有市场竞争力的樱桃，既不是用催红素催熟的红樱桃，也不是提前摘下来的酸涩的绿樱桃，而是挂在枝头汲天地之灵气、沐日月之精华而自然成熟的红樱桃。因为，只有它们才储备了樱桃所应有的最丰富最完备的营养。同学们，累积效应，你创造了吗？"

包利民

心灵有耳

一天傍晚,我去公园散步。人工湖的护栏旁站着一个中年妇女和一个十三四岁的男孩,看样子是母子,我经过时他们的对话使我慢下了脚步。

母亲说:"你好!"

男孩面对母亲,略停顿了一下,说:"洗澡!"

母亲又说:"你好!"

男孩想了一会儿,说:"起早!"

母亲还说:"你好!"

男孩低头想着,忽然拍手说:"你好!"

母亲笑了,男孩也笑了。见我在一旁云里雾里的样子,男孩的母亲对我说:"这是我儿子,刚刚上初中。两个月前的一场车祸使他的耳朵再也听不见声音了。为了让他能像其他人一样上学听课,我每天都带他来这里练习根据口型判断发音!"

我说:"那多难啊!"

她一笑,说:"只要努力!"

于是她又对男孩说:"努力!"男孩认真地看着母亲的口型,说了几个发音近似的词后,他终于猜对了。渐渐地,母亲由两三个字的词增长到四五个字的短句,男孩判断起来明显吃力许多。可他依旧一遍遍地努力着。

我被这个场面震撼了,被这位母亲的良苦用心和男孩的执著深深打动。既然听不见,就要睁大眼睛正视不幸,正视命运的风雨。

这时母亲说出了最后一句,有七个字那么长,男孩没有反应。母亲又重复了一遍,男孩只说了几个字便继续不下去了。母亲不厌其烦地反复说着那句话,天色渐黑,我说:"回去吧!今天他说不出这句了,天快黑了!"母亲没动,依然一遍遍地说着,男孩显得有些着急。

我转身往回走,心想他一定判断不出这句了。可是没走几步,我听见男孩的声音在背后响亮地传来:

"你必须学会坚强!"

韩昌盛

十六岁的盛宴

十六岁那年,我上初三。

临近中考时,县一中提前招生。浩子、大森、北京,还有我和刘海都报名了。

结果就考上了。家里人都说继续上,没准中考还能考上个师范什么的,早日吃皇粮。

但我们自认为有了保证,学习不那么用劲了。看着同窗红着眼睛读单词背政治,浩子说得想些办法打发一下生活。北京最聪明,互相转转吧,三年同学都不知道家在哪儿!只有刘海有些犹豫。北京就拍他肩膀,认认门,又不比吃喝。大家都说是,苟富贵,勿相忘。

1992年的阳光很温暖。我们五个人在周末到了北京家,北京父亲是村长。村长家的酒菜很丰盛,有鱼有肉,还有两瓶罐头。看着我们一脸的惊奇,村长就说专门到镇上买的,你们尽管吃。大家都有些激动,因为谁也没有和大人同桌吃饭喝酒的经历,何况村长还庄重地喊着我们的学名,让听惯乳名的我们热血都沸腾了。回来的路上,浩子说我想唱歌,生活太美好了。幸福的歌声就像影子一样随着我们游走。

第二个周末是去浩子家。刘海推自行车时有些迟疑,还有几道数学题没做呢。北京就夺过车把,你真想考师范?浩子很生气地说,嫌我家没有好吃的?刘海笑了,我们都笑了,浩子家怎么会没有好吃的?他爸是厨子。

果然是一桌丰盛的大菜,有鱼有肉。浩子的父亲还精心将菜摆成各种形状,比如鸡蛋点缀上芫荽,花生配上葱蒜,让人赏心悦目。浩子说我爹从来没有做过这么好的菜。他爹端起酒杯幸福地说,那是因为你们都是人物。

年少的心一下就幸福起来了。而且这种幸福一直持续两个星期,因为大森的爸爸竟然烧了一盆牛肉粉丝,虽然粉丝比牛肉多,但足以让大家两眼放光。我妈炸了丸子包了饺子,吃着过年的特产,我们惊人的一致,风卷残云,而且没有空暇说话。

到刘海家会吃什么呢?我们苦思冥想。看来刘海也是,见了我们竟有一丝躲

闪。浩子说,也许有秘密武器吧,大家都咂咂嘴巴。

到了星期四,刘海竟然还没有正式邀请我们。性急的北京就嚷道,还叫不叫我们去了?浩子和我们都绅士地点点头,主要是认认门,吃都吃够了。刘海慌乱地说,该认门,我家不好找。

刘海家真不好找,我们跟着左拐右拐骑了两个多小时才到。他的母亲,一个瘦瘦的妇人,迎接着我们,叫我们进屋,让我们吃花生。北京客气地说,大,我们来玩呢,不吃东西。那个瘦瘦的妇人就笑,很慈祥地笑,没有好东西,只能吃花生了。

刘海说家里没地方,到村上逛逛。逛了很长时间,也没有什么特别,一样的房屋一样的牛棚池塘。但肚子开始鸣叫了,刘海说,该吃饭了,我爹也该回来了。

没看到刘海的爹,只看见满满一桌子的菜,白白的土豆丝,青青的凉拌蒜,当然也有肉,有鱼,浩子不由自主地惊叹了一声,是鸡肉!一句话就勾起了大家的食欲,农家喂的鸡母的下蛋,公的逢年过节卖个好价钱,没人舍得吃。我们找了凳子坐好,刘海也坐,刘海说吃吧,随便吃。我说大呢?他们怎么没来?要知道在那几家,家长都是陪着我们吃饭。刘海伸筷子,吃吧,我爹说年轻人一起吃,说话方便。

我就起身去喊,父亲告诉我要学会尊重长辈。到了锅屋门口,听见他们正在争吵什么,会不会因为我们的到来?

你怎么现在才想起来?是刘海的爹。

我忙晕头了,跟自家吃饭一样,忘记买了。那个瘦瘦的妇人有些委屈。

那你鱼怎么烧的?依旧是埋怨。

我直接放水煮了,这下丢人了。刘海的母亲扯起围裙在脸上擦了一把,透过粗大的芦苇泥墙缝隙,我想起了我的母亲。

默默地,回到堂屋。没有回答他们的诧异,我尝了一口土豆,我尝了一口鸡汤,我尝了一口鱼汤,咸咸的,没有一丝油味。刘海很羞惭的样子,我家炒菜不放油。一刹那,我们都不说话了,像在学校里犯了错误,后悔而且难过。是我们的到来,那位可敬的阿姨杀了鸡,炒了很多菜,让她在穷苦的生活中又费尽了周折,生怕让孩子失去尊严。

浩子说其实我们家也不怎么吃油,都放盐。大森说上次在我家吃饭,我妈心疼了好几天,说一顿抵得上两个月的油了。我使劲喝了一口汤,别说了,还是这汤鲜。大家都说这汤真鲜,多喝两口。

刘海的母亲搓着围裙,有些拘谨地站在桌前,北京就拍脑袋,大,你别生气,我们吃起来忘记喊你们了。大森端起盆猛喝了一口,比我妈烧的鱼好吃多了。

我们是松了两节裤带走的。刘海的父亲没有送我们,他说上午打鱼时崴了脚。但我们都恭敬地在低低的烧锅屋里和他握手,像一个成年人一样话别。

1992 年的阳光依旧温暖。在温暖中我们一下子长成了大人,回来的路上没有人再说话了。只有快到学校时,我忍不住恶狠狠地说了一句,下星期不准再转了,认真读书。他们都低着头,努力地前进着。

我知道,有了父爱,有了母爱,有了努力,有了尊严,人生这道宴席就是一顿丰盛的大餐。像刘海家的午饭,我从十六岁一直品尝到现在。

萧磊

十七岁的单车

　　此刻,我站在二十七岁的时间窗口,眺望十七岁那年那辆锈迹斑斑的单车,无端地生出些感慨来:十年的时间,就像隔桌而坐一样。

　　我搜索着所有和那辆单车有关的细枝末节,但其中的因果关系,经过了时间的发酵和抚摸,依然使我无法梳理。

　　那辆饱经沧桑的单车,驮着十七岁的我,满怀激动地行进在和我一样单薄瘦弱的公路上。道路两旁的水稻们低头倾听着单车发出的"叽嘎"声,一脸的阳光灿烂。我十七岁的下巴,高傲地翘起。右手大拇指按出去的车铃声,给人一种不可一世的感觉。

　　是镇上那间写着"中国邮政"的绿房子,拉住了我的车轮。我连蹦带跳地从车上下来,将它支好,然后胡乱地上了锁。

　　大厅里一个人也没有!橱窗后的三个营业员正围在一起说着些什么。见了我,她们的谈话就像被刀齐腰切断了,然后,一起扭头看着我。

　　我的脸"腾"地一下冒出一堆火来,连说话的腔调都变了。

　　我……我……取钱。我哆嗦着从裤兜里掏出了那张被我的眼睛抚摸了大半个上午的汇款单,递进了窗口。

　　那个营业员扫了一下,说,证件和印章呢?

　　我一脸的茫然,显得手足无措。

　　等到我明白过来,想把这张写着金额的纸,换成相同数额的活生生的人民币,是需要履行一定手续的,就像我写稿、誊抄、邮寄、变铅字上报一样复杂。

　　我像犯了错误的孩子一般,从她的手中接过了原样退回的汇款单,仓皇地逃离了营业大厅。

　　去开车子的时候,遇到了那个我暗恋了很久的女同学。我一下子恢复了"作家"的自信,朝她笑了笑,说,我是来取稿费的。

　　还好她没问是多少,只是朝我笑了笑,就进去了。

　　现在想来,后来,我骑车到只有百来米远的刻印章的地方时,心还一直"咚、咚"地乱跳,以至"给我刻颗印章"这几个简单的字,都被我切割成了好几片,大概和那微笑有关吧!

那老头儿的目光,越过那副老花镜框的上沿,打量着车凳上气喘吁吁的我,还以为我骑了老长一段路,有急事情要办。

我从车子上爬了下来,支好了。按老头的要求,转身就在纸上写上"胡古越"三个大字。我想,这三个字,会在不久的将来,照耀中国渐渐暗淡的文学。

篆刻的活计就这样开始了。老头儿手中的刀,恍惚之间就变成了我手中的笔。他每一刀下去,都变成了我的文字,一个一个,跳进方格纸里。我看见了满天飞舞的汇款单,被那三个鲜红的"胡古越",一张一张地敲过去。

我的美梦是被一个人拍醒的。

我不耐烦地耸了耸肩膀,厌恶地转过头去。

一个满脸络腮胡子的人,正凶神恶煞地瞪着我!

我慌慌张张地转了过来,整个身子靠在了刻章台边,感觉说话也有了点依靠。

你,你谁啊?

小赤佬,偷我的车,还敢问我是谁?

谁偷车了?

那男的拍了拍身边的自行车凳子。

我突然发觉我的那辆车不见了,出现在我眼前的是一辆崭新的"凤凰"车!

那车,像块巨大的铁片,把我压懵了。

等我回过神来,连忙从他的手里挣脱出来,向刻章的老头求助。

大伯,你看到我刚才的车了,我没偷,我的车是旧的。

那老头大概也被弄糊涂了——一转眼工夫,车咋就变新了呢? 然后,他还是点了点头。

还是去派出所说吧! 那个男的边说边来拉我。

我甩了甩手臂,说,我自己会走的。

走了两三步,我回头叫上了老伯,让他帮我去作一下证明。

当我们三个刚走进派出所大门的时候,我看见我的那辆破车,正有气无力地靠在墙壁上。真他妈的见鬼啊,难道它自己长脚走进来的。

有关我偷不偷车的事情,在经过了一番陈述后,那民警显得有些厌倦了,最后他的一句"看你还是个学生,我们也不追究了",算是不了了之了。

那个男的,忿忿不平地回头看了看我,推着他的自行车走了。那个刻章的老头儿,推了推眼镜,也走了。

于是,只剩下十七岁的我,和两三个穿着威严制服的民警在一起了。那种无法言传的孤独和无助,像潮水一样向我袭来。

我好说歹说,想要回那辆自行车。

你偷不偷车,我们已经不追究了。你说这车是你的,你拿行驶证来吧!那民警一副公事公办的样子。

我的眼泪忍不住要下来了。我说这车已经破成这样了,还怎么拿得出行驶证呢?

我把好话又说了一箩筐,那几个民警也只顾自己聊天了。

等我小跑着回到学校的时候,下午第一节课已经开始了,班主任已经在询问我的去向了。

我终于忍不住,开始了像我不争气的眼泪那样断断续续的叙述。车子的主人——我的同学于飞说,不要急,我晚上回去找找。

我知道他是在安慰我。事实也证明了我的猜想。

不久,母亲知道以后,拿出些钱来,让我补偿一下于飞。

算了,一辆破车,值不了几个钱,于飞说,我路也不远,没关系的,同学一场嘛!

从那以后,家境贫寒的于飞,开始了步行上下学的高中岁月。

那辆车就这样丢失了。

当我写完上面这些纪念那辆早已尸骨未存的单车的文字时,电话响了。

胡作家,好久没见了,来喝我的喜酒吧!

我说,一定,一定,我还欠你一辆自行车呢!

于飞和我的笑声,在电话线两端,开成了两朵花!

刘正权

对自己说声谢谢

在小城苦熬了十年,终于有了自己的窝,房子不大,二室一厅,但我很满足了,好歹也是乔迁之喜吧。

搬家那天,很热闹,楼下拐角擦皮鞋的小四也跑来搭帮手。小四我知道,刚摆摊不到两个月,手艺很生疏,这不怪他,先前他靠乞讨为生呢!上次把我的一双花花公子袜子擦得黑不溜秋的,气得我当时砸出两个硬币在他脚下,一言不发走了,换别人,他恐怕一分挣不上还得挨通训。

再以后,小四见了我,总讪讪地笑,一副讨好卖乖的表情。

我对小四说,我请了搬家公司的,你凑什么热闹!

小四挠挠头皮说,咱好歹是邻居不是,咱帮帮手,你要觉得过意不去,就送我一瓶水吧!小四嘴里跟我说着话,眼里却盯着我手中的矿泉水。我买了一件矿泉水,给帮忙的人喝的,搬家时乱,烧开水太麻烦,我就买了电视上说有点甜的农夫山泉,以备解渴时用的。

我随手塞了一瓶水给小四,开玩笑说,一瓶水而已,我可不想背上剥削童工的骂名!小四很激动,两眼放光,揭开盖使劲嗅,再用舌头舔,那模样让我想起电影《上甘岭》的镜头。

我们这座城市不缺水啊,小四不好意思冲我笑,我平时都喝自来水呢,这水真甜!

我才想起小四就租住在我们楼下公厕对面的地下室,里面没水龙头,也没电。小四每天早上出来,就跟耗子样探头探脑地瞅谁家水龙头闲着。我们居住的这幢老式楼属于拆迁对象,所以没搞水改,大家用水全挤楼下那一排水龙头,编号使用。像小四这样租地下室的外来人口,就只能见缝插针了。买一瓶矿泉水,对一天收入不到二十元的小四来说,是奢侈了点!

小四受了这滴水之恩,干活愈发卖力了,比搬家公司的人跑得还欢。

一室一厅的母子间立马空荡荡的了,剩下一面被水蒸气蒸得看不清脸面的大镜子挂在墙上,小四摸出取钉钳要取,妻一努嘴,砸了吧,带去也丢人!也是的,妻的脸从没在这面镜子上生动过,尽管妻的表情一向很生动。

小四一伸舌头,砸了多可惜,你们真不要,送给我!

妻就笑,小四,你那破地下室,照得出人影子吗?

小四涨红了脸说,中午还是看得清的!

我冲妻使眼色,小四虽说擦皮鞋,可也是个小男人了,十三四岁的孩子,自尊心正冒头呢。我对小四说,你中午来取吧,眼下你那地下室光线不好,别磕坏了。完了把旧房钥匙给了小四。

在新居捣腾了大半天,一晃中午了,简单吃了点,我就去找小四拿钥匙,钥匙是公家发的,我得物归原主不是!

小四的鞋摊前没有小四,我就径直去了小四的地下室。

地下室很暗,我这个近视眼勉强能看个大概,小四的门开着,有走来走去的响动,还有人说话的声音。

谁这么热钻小四的蒸笼里来受罪啊!我想。走近了,听见了小四喜滋滋的声音在说,您好,擦鞋吗?跟着是一个憋着的嗓门,擦!然后是挪动凳子的声音,凳子刚落音呢,小四的声音又响了,擦好了!憋着的嗓门问,多少钱?小四答,二元!我心说谁啊,跑地下室擦皮鞋,有病!

我悄悄踅到门口,想看看是谁个吃饱了撑的,跑这儿受洋罪!

只见小四正对着镜子躬腰丢下两个硬币憋着嗓门说,谢谢,谢谢!……那个憋嗓门的人原来是小四装的啊,玩什么把戏?

我正纳闷呢,小四撅起屁股捡了那两个硬币,一矮身坐在凳子上连连点头说,不客气,不客气!

我说,小四你是对着镜子作揖,自己恭贺自己呢!

小四没想到我会突然出现在地下室,吭吭唧唧了几声,极不自然地说,刘老师,让您见笑了。

我还是不大明白,我问小四你这是演的哪出戏啊?

小四低下头,像犯了错误的学生,蚊子般说了声,没演啥戏,擦鞋都有快两个月了,没人跟我说一声谢谢,我就是想听听。

我说,谢谢对你很重要吗?

小四昂起头,重要啊,起码证明我在别人眼里不是乞讨,是劳动!

我一下子怔住了,没想到这孩子会这样看问题,小四见我不说话,急了。小四说,上小学时老师说了的,劳动人民最光荣!

小四把钥匙递给我,我却不想走了,我把脚伸出来,说,小四啊,麻烦你帮我把鞋擦一下,我下午有个会!

听说我下午有会,小四擦得很卖力,也很认真,汗从他头上脸上往外渗,我的脸上也湿漉漉的,我知道那上面掺杂有泪水。

完了,我掏出两个硬币塞到小四手中,很清晰地说了声谢谢!

这两个字似乎很重,我说得一字一顿的。

在我转身走出地下室的一瞬间,我听见小四的哭声追出来,是喜极而泣的哭声。

开在雪地上的花朵

白小良

开在雪地上的花朵

天没透亮,爸和姐就把我鼓捣醒了。姐说采雪莲花去。采就采呗,掀被干啥?我咕哝道,心里却还是情愿,因为能卖钱哩。

拉了爬犁走了好一阵子,公路两侧才有炊烟懒洋洋地升起来,像一根白柱子,静静插入凝滞的蓝雾,升到六七米高的地方渐次消失。

冬采冬运季节,集材的牛爬犁,要在九十点钟才会从这条路上经过。我们采花得赶在他们之前。哈气成霜的天气,没风,却冷入骨髓。积雪冻得跟玻璃似的,人一走,脆脆地响。我们站住了,透过晨岚望去,朦胧的雪地上确乎开出了簇簇的花朵,不远就有一丛。初看暗褐色的,待到天光渐亮,它又成为暗黄色的了。

太阳从林隙缝里射来金箭,这时,我和姐总要停下手中活计瞅上一会儿。

姐冻红的脸,灵动的眼睛,哈出的霜气,在清晨的第一缕阳光里面,显得那么生动有趣。阳光先是照到高树的梢头,再一点点下移,在这个过程中,鸟们开始叫起来了,一时飞来两只叫作蓝大胆的小鸟儿,落在我们的爬犁上,甚至呆在我们的铁锹木柄把上,摇头晃脑地问候……

地上的花朵渐少,我们的爬犁满满的了。

于是,拉到小镇南边苗圃的大地里,卖给苗圃的工作人员,他们收了做肥料。雪地上已经收了不少堆了。他们估堆论价,不用称。

这样,早上捡、运到苗圃就快中午了。兴冲冲拿了钱,下午,去镇子中心的大楼旁边看小人书,每次能看好几本呢。看一本一分钱。瞅着姐正在看,我悄悄跑去买了一块粘糖。这回兜里有钱,一狠劲,买了一块沾了芝麻的。二分钱才能买到一块呢。闭着嘴唇嚼,怕她发现。

姐还是问我了,弟,你看哪本了?

我捂着嘴笑,她就明白,我分得那一半工钱又馋嘴了。原本跟爸爸说好工钱自用,全部用来看小人书的。这时,我只好挤眉弄眼,也不说话。姐白愣我一眼,并不深怪。

应该说,姐够意思,一次也没告状。我后来跟姐讲,看着没?你弟我如今活得比较实际,全仗了小时候用工钱买糖吃的传统。姐呢,她愿意看连环画,并坚持说

我们采的就是雪地上的花朵,这样的想象力,虽然没使她成为达利那样的大画家,不过,她现在画国画,还真是小有名气了。

童年时光,山里头,没见过用拖拉机集材的,都用牛。人们用板勾将原条的根部板到爬犁上,吆呼着牛拖。

从山里林场往镇子上的贮木场集材,也是牛爬犁。两条磨得锃亮的爬犁辙都泛了日光,也有暗的时候,因为路上低洼的地方被积雪湮没了。

逢到昨夜落雪,早晨过来,我和姐就得费劲一些儿。路上白茫茫一片,只能用脚去趟,看哪个地方硌着脚儿,停下一掘,噢,下边有。趟除上边的雪,用铁锹四处轻轻掘几下,再把锹深插下边一使劲儿,硬梆梆一大块下来了。有时,我俩就用手抬到爬犁上。真的,什么味没有。

飘雪的日子有意思,天不冷,姐摘了棉手闷子,伸开手,雪花飘落掌心,先是边缘消融,接着花一倒,消融成水珠了……这个过程好有趣,我学她,但我手掌茧子厚还是咋的,雪融得慢。姐说我这个人冷,我反驳,她跑,不小心被积雪掩着的东西绊倒了。姐坐地上拂雪,下面现出黄黄的一大块儿,姐就唱上了,好一朵大金花呵!

一圈圈的纹络因了雪的缘故,显得那么清晰,姐说,平时,咋没注意纹络呢? 多好看,一圈圈的,像水中的涟漪,像老树的年轮……姐真有想象力。为了附和她,我嗖嗖爬到路边的老树上,摘来冬青,将那青翠欲滴的叶茎,掰下几枝,置放四旁,一边说,金花还要绿叶扶么,我嚷,她也嚷。不曾想,玩得忘形,时间到了九十点钟,山上林场往地区贮木场运材的牛爬犁车队到了,一辆接一辆。

站路边看,车老板喊,离远点,别让尾梢子碰着。牛爬犁拖的原木十多米长的都有。

有的牛撑不住,停下,让开正道,在偏道上排。走了,留下热气腾腾的一簇。姐的眼睛放出光来。我说,这回是水彩画了。姐立即说,活生生的花朵哩。夸张的表情,现在想起来我都忍不住笑。

后来,别人家的孩子也发现这个致富的活计了,也来捡了卖,收购价格落下来了。一爬犁才能卖几分钱,再后来人家不收了,够用了。

我没兑现给爸买"蝶花烟"的诺言。爸想起来笑我,说,我白给你介绍工作了,一点报酬没有。我说你生的什么儿子你还不知道? 我又和姐说,当时,咋还用手往爬犁上搬呢? 一点也没觉得有什么特别的味。姐笑了说,花朵么,有味也只能是香味。

杜秋平

一脸正气

　　大约是从高中起，我开始注意自己的外表了。没钱打扮，人又生得不帅气，于是自卑开始慢慢将我围绕。在重点高中学习压力也挺大，我算不上出类拔萃的学生，我真的找不到一点自信了。

　　大学只考上了一所普通的本科院校，我木讷讷地要到异地求学。坐在列车上，我怀揣寒酸的路费，对未来简直一片茫然。同行的也有许多前去报到的大学生。看着他们时髦的装束和自信的面容，我不禁又深深低下了头。我想，在别人眼里，我一定是个土气而又寒酸的家伙！

　　列车颠簸中，我偶尔会抬下头，顺便瞅瞅窗外的景色。一位和蔼的老太太坐在我的正对面，她的皱纹堆积，面色却红润，还戴着很精致的眼镜，从打扮看来是位富贵且有学问的老人。她始终带着镇定的笑容，这种笑容我至今清晰可感。她偶尔会望望我，郑重其事地对我说，小伙子，看你一脸的正气啊，我很想跟你聊聊呢。我一直以为我很土气的，没想到在别人眼里是带着正气的面容，我有点高兴了。很快她便跟我攀谈起来，我笨拙地回答着她的问题。她问的都是很关心我的问题，并不住地点头微笑。我似乎是受了鼓舞，将我上学以来学到的知识和我心里那些隐隐然的想法说了出来。她听了有点儿吃惊，很快又微笑着说，孩子你真不简单呢。是的，我有许多梦想的，虽然不自信但我一直在努力着。老太太是天津口音，说话直爽，眼神又始终是那么关切。她还讲起了她的孙子和孙女，说他们都被钱毒害了，成天好吃懒做的。她笑容满面地说道着，我也微笑起来。

　　旅途变得不太漫长和寂寞。很快我的大学要到了，我向老太太道别。老人家的眼神更加关切起来，好像我就是她的亲人。而我也有同感，我简直把她当成我的奶奶了。我也依依不舍地注视她，并且挺直腰板儿，我是男子汉呢，老奶奶一个人在车上我有些不放心了。她这时又郑重其事地对我说："小伙子，一脸的正气！将来肯定会有出息的。"

　　下车了，老奶奶鼓励的话语深深印刻在我心里了。我这才知道原来我虽然不帅气却生了张极具正义感的面庞，我甚至有些骄傲起来。我于是带着自信走进了大学，投入到火热的大学生活中去了。我在大学里算是成功的，不但成绩优异，也取得了其他许多成绩。人也作得堂堂正正！

　　"小伙子，一脸的正气！"我相信自己是个具有正义感的人，也会始终坚持正义，自信地向前。偶然有不好的思想侵袭，我都会想起老人家的话。

　　人生的列车慢慢，我要始终行得端正，在正轨上前行。而且要自信！

天水

父子吧

一天，安在歌在电子信箱中收到一封信：如果你正在为人之父欢迎光顾"父子吧"网站，如果你正在为父子之间的代沟烦忧欢迎光顾"父子吧"网站，如果……更欢迎报名应聘该网站版副。信函后面便是"父子吧"网址。

安在歌马上打开该网站，并以网名"安哥"注了册。安在歌进入网站后看到无数有名有姓，无名无姓，甚至是匿名的网友的留言，感动不已。很多显然是作为父亲的留言简直说到自己心里去了。

而且更难以让人相信的是这里的版主却是一个年仅十七八岁的小伙子，其思想乃至认识问题都远远超过作教授的安在歌。

"我要是有这样的儿子也就终生无悔了。"安在歌这样想着，便对这里的版副产生了兴趣，因为他想与这个孩子合作，到时也好把自己那不争气的孩子带进来让版主小伙子开导开导。

当安在歌看到招聘广告后很为版主的创意折服，广告中说：之所以取名版副而不是副版主，其实是取其版主之"父"的谐音，是为了在这里进行模拟父子，为进入该网站的父母们、儿女们搭建一个温馨的平台，为他们答疑解惑，以化解父子之间的误会和隔阂。

再看版副条件简直是比照自己的条件设的，所以安在歌一报名便被录用了。

成为"父子吧"版副之后，网站便成了安在歌的第二个家，一有时间便泡在这个网上，他的主要职责是以父亲的身份回答那些少男少女们的一些疑问。有时候也帮版主小伙子解答一些网友的提问，因为他知道版主一定是个在校学生，每次上网也只能在平时的中午、晚上或周末。

就这样在网上工作了半年之久后，安在歌也就疏忽了对自己儿子的管教，直到有一天，孩子他妈对他说："你一天只是知道上网，也不看看你儿子都在干些什么，每天早出晚归，甚至彻夜不回，成绩也下降了许多。"一提起那不争气的儿子安在歌气就不打一处来，决心今天晚上等儿子回来后要他好好向别人学习学习。

可今天晚上儿子不知干什么去了，一直等到夜深也不见其回家，安在歌便一边上网一边等儿子，幸好父子吧网站有一位女孩轻生，也需要人劝阻。

直到天快亮了，那轻生的女孩才被两位版主劝住，打消了轻生的念头。这时，安在歌便松了口气，坐下来专等自己那不争气的儿子。

约莫又过了半小时后，儿子才疲惫地回到家中，一下子躺在沙发上。安在歌看到儿子火气就来了，狠狠训了一顿后，把儿子叫到电脑前，让他学学父子吧网站的版主。

谁知儿子扫了一眼电脑后笑了笑："那有什么了不起的？"

儿子这么一说，安在歌怒气更大，一巴掌打在儿子脸上。儿子生平第一次挨父亲的打，赌气摔门而去。

安在歌发现自己真的不理解儿子，便再次打开父子吧网站，想请教一下版主小伙子。等了一个多钟头，终于见到版主上线，安在歌为版主的充沛精力感动。说实在的，两人从来没有单独交流过，今天趁其他网友都没有上线，安在歌便把自己作父亲的苦恼，以及与儿子的隔阂都一一向知心的年轻版主诉说。

只见版主沉默了很久都没有回答安在歌。很久才打出一行字："其实在家里，我也不是一个好儿子，常常惹父母生气，他们都希望我好好学习，将来考一个好大学，但我却对 IT 有浓厚的兴趣。其实我知道他们都是为我好，可他们不理解我啊！"

安在歌想不到在网上一向热情活泼的版主也有如此不快，便反过来安慰他："看来父子之间是应该沟通才行，我相信你与你父亲会相互理解的。这样吧，你什么时候把你父亲叫到网上我给他开导开导，可我那儿子则对网络不感兴趣，今天晚上他很晚才回来，我叫他到网上向你学学呢，你听他怎么说，他说没有什么了不起的。"

安在歌继续说："其实想想，我真的不是个好父亲，也有很多不对的地方，不该伸手打他，应心平气和地和儿子坐到一起，像我们在网上与众多不知名的孩子们一样，好好谈谈……"

"其实，他天天在网上，天天与你见面啊。只是你们没有单独谈话而已。"版主停了一会儿，又打了一行字，"现在他终于了解你了。父亲！"

安在歌很是惊讶，半天才醒悟过来："原来你是版主？"

"是的，该网站就是我自己制作的免费网站，你不会忘记当初你是怎么进入网站的吧！我这样做就是让你知道你儿子并不是你想象的那么无能。"

安在歌终于明白：原来那封邀请函就是儿子发出的。

邢庆杰

送你一缕阳光

那是一九八五年隆冬的一个凄冷的日子。我在凛冽的北风中徘徊在县城的新华书店门口。那一天没有太阳，天阴阴的，正如我那时的心情。

我终于咬着牙迈进了书店。其实我蓄谋已久，我看好了柜台里的一本书，就是那本著名的《钢铁是怎样炼成的》。放那本书的玻璃柜台正好碎下了一个角，而那个角正好在外面，恰容一只手伸进去。几天前，我在看到那个缺孔的一刹那间已经打定了某种主意，只是控制着，不肯付于行动。当我乘店里人多，终于将一只颤抖的手伸进去的时候，尽管在心里反复念叨着"偷书不为窃也"的那句歪理名言，仍有一种犯罪感深深地浸透了我。幸好，没人发现，我将那本书快速地抽出来揣在了怀里，心狂跳不止。我见周围并没有人注意我，就装作若无其事的样子慢慢逃离了现场。

出了书店的门，一种大功告成的成就感使我几乎跳起来。但就在这时，一只大手不轻不重地拍上了我的肩头，刹那间，一种天要塌下来的感觉使我心如死灰。我跟那个人来到了一间办公室里。那是个三十多岁的男人，有些胖，戴着一副宽边眼镜，脸很白，头发乌黑且一丝不乱。"我、我很喜欢这本书，家、家里没、没……"我把那本书放在面前的写字台上，语无伦次地解释着。但后来我才发现那个人自始至终一句话也没有说，只是对我微笑着，是那种宽厚的微笑。等我不再解释了，他才对我说，这本书要放回去的，你自己再去买一本吧。说完，他递给我一张两元面值的人民币。我没有接，自小倔犟的我感到自尊心受到了莫大的伤害。我呆了一呆，忽然转身跑了出去。

顶着寒风，我在阴暗的路上匆匆走着，心情十分沮丧和惭愧。离书店很远了，忽然有一个骑自行车的人超过我后在我面前停了下来。我一看，正是抓我的那个人，心里一阵慌乱。那人支好自行车，将一本书递过来说，拿上吧，我已经为你付了钱。一时间，我不知所措，也不敢去接那本梦寐以求的书。那人将那本书拍到我的手心里，并顺势摸了摸我的头。我抬头看他，见他仍然微笑着，用充满宽容的目光看着我，乌黑的头发已经被风吹乱。一瞬间，我感到一股暖融融的东西从心底升腾起来，并在他的目光里感受到了一缕灿烂的阳光。我没有再犹豫，将那本书紧紧地抱在了胸前。那一年,我十四岁。

自此,每次走进书店,我总感觉有一缕阳光在温暖地照射着我,使我想起那双宽容的目光。不知从何时起,一向性情暴躁的我开始以宽容的目光对待事物了。我想,我是否也想成为别人心头的一缕阳光呢?

一九九九年十月,我去上海参加一个笔会。在临离开的前一天,我和一位山东老乡搭伴去南京路附近的一家书店买书。那家书店叫"南方书店",四层楼。逛了一个多小时,我选了十几本书,然后在门口交了款,就准备回下榻的宾馆。刚出了书店的门,就听门口的警铃尖利地响了起来。一个保安随即将正从门口经过的一个女孩拦住了。那个女孩约十七八岁,穿着一身旧运动服,一看就是在校学生。她红着脸从她的书包里拿出了一本书,交到保安的手里。这时,我已经走到她的面前,我对保安说,对不起,我们一起的,她忘了交钱。说着话,我将一张五十元的票子塞到那个保安的手里。也许是我手里提着一摞价格不菲的书的缘故,尽管他有些怀疑,但还是让我替那个女孩补交了书款,这件事就不了了之了。出了书店,那个女孩过来给我深深地鞠了一躬,一句话也没说,就红着脸匆匆忙忙地汇入了人流中。回来的路上,老乡问我,你这叫啥? 见义勇为还是英雄救美? 我笑了笑,什么也没有说。

也许,那本书,能成为那个女孩心头的一缕阳光。

开在雪地上的花朵

陈力娇

少　年

　　列车在沃尔平原上前进了 3 个小时,丝毫没有减速停下来的意思。它的内燃机出现了故障,紧急制动阀失灵了,列车长尤放急得满头大汗。尤放命令司机,必须在两小时内将机器修好,不然全乘务组成员及乘客将无一生还。可是已经晚了,火车的心脏老化了。在这上不着天下不着地的地方,想医好它比登天还难。司机急红了眼,说,没办法了,唯一的指望就是请求指挥中心做好扳道工作,尽量减少不必要损失。

　　尤放深知司机说的没错,他也深知,全车 1500 人的生命就将毁于一旦。

　　列车长尤放走进广播室,将一张纸条递给播音员,然后自己到车长室吸烟去了。

　　广播里立即传出女播音员这样一段话:各位乘客请注意,火车临时出现小故障,有关人员正在组织抢修,大约一小时内会排除,为稳妥起见,列车长动员全体乘客,把你们最需要告诉亲人的话写下来,有条件的乘客可用手机直接与家人联系。

　　女播音员的话音一落,全体乘客立即出现了瞬间的静止,人们的头脑里迅速盘算着这次事故的分量。两分钟后车厢里出现了慌乱,乘客像炸了窝。

　　与这极度的吵嚷、烦躁、愤怒比,15 车 2 包厢却出奇地安静。这里住着 3 位乘客,一位老人,一位年轻的老板,还有一位六七岁的少年。他们都是男性,相互间根本不认识。少年长得很好看,很讨老人与老板的喜欢,他们老早就想和他搭话了,可是少年没有搭话的意思,他一直不停地翻动他的卡通书,听他的随身听,一只小脚丫还不住地打着拍子。

　　广播里的消息让任何人紧张,老人和老板也不例外。但是有少年在,他们在极力压制着自己的情绪。老板站起身,他想去外面打手机,他有一个 1000 人的大厂,他要交代一下工作。但是车厢里的人都挤在过道里,嘈杂一片,年轻老板想了想重又坐下。但他在心里决定着,无论如何不能影响眼前的孩子,他太小了,生命刚开始就面临结束。

　　老板把手机贴在脸上,力争把声音放得平和。他说,喂,你好吗?和你说件事,家里饭锅里的饭不到万不得已的时候不能动,穿戴该发下去都发下去,有病也要挺

下去,怎么难也要挺下去。

他是在给他的妻子打电话,他用的是他们经常说的暗语,"饭锅里的饭"是他们家存在银行里的钱,"穿戴"是工人的工资,"病"是他们前行中的困难。老板说完这些,又说,我不方便。就把电话挂了。

只有老人听出弦外之音,老人对年轻老板的做法非常满意,他的眼睛一直在盯着眼前的孩子,他想不能搅扰了孩子,正在发生的事最好让孩子浑然不知,因为他的世界是没有风雨的世界。

老人看年轻的老板把自己重要的事安排完了,就和蔼地对他说,我的手机没电了,能借你的用一下吗?

老板把手机从包里掏出来递给老人,老人拨通了电话,老人的电话也是打给妻子的,老人说,唱诗班的课你替我去上吧,重点还是那首《同心掰饼歌》。接着老人又说,我顺路到另一个城市去,这件事拜托了,每晚的时间不要改变。

电话挂了,年轻的老板明白,老人是牧师,怪不得面对死亡如此的平静呢。

列车依旧疯狂地奔跑着,乘客在乘警的维护下也渐渐趋于平静,他们已经接受了现实。年轻的老板对老人说,我们睡一会吧,也许一切结束于梦中会很轻松。

老人摇摇头,他说,我们的任务还没完成呢,我们要守护他,他会吓着的。老人的下巴点着少年。接下来他们开始了认真的守望,他们唯恐死亡来临那一刻,会吓着眼前这个刚刚绽蕾的生命。

一个半小时以后,列车在沃尔平原上像一匹暴躁的烈马,疲倦地嚎叫一声后戛然停住,人们在猛烈的制动中打了个大大的趔趄,之后是一片不可遏止的欢呼声。

列车长尤放走进 15 车 2 包厢,他很兴奋,脸色通红通红。他向躺在床上听随身听看卡通书的少年说,儿子,我们终于可以回家了! 少年一跃而起搂住了他的脖子,少年说,爸爸,我就知道你准是英雄!

尤放抱起少年向包厢外面走,就在他要走出包厢时,少年突然回过头,对愣愣地看着他的两个人说,多谢一路关照,可是牧师,你知道《马太福音》第 29 章最后一条是什么吗?

牧师被这突如其来的问题问住了,他来不及思考就摇了摇头。少年说,我来告诉你们吧,是向前向前向前! 少年攥紧的小拳头在空中不住地摇动着。

列车长把儿子抱走了,车厢空了起来。半晌,年轻的老板问牧师,他说得对吗? 牧师回答,他说得对极了,但是《马太福音》只有 28 章,没有 29 章,也没有向前向前向前。

邓洪卫

同 学

许攸跟曹操是老同学。两人打小趴在一张课桌上念书。有什么好吃的分着吃,有什么好玩的一起玩。两人关系很铁。许攸喜欢叫曹操阿瞒,阿瞒是曹操的小名。两人还经常在一起谈论志向。许攸说,我想做一名太守,治理好一个州郡。曹操说,我想做一名宰相,治理一个国家。曹操便戏称许攸为太守,曹操还让许攸叫他宰相。但许攸还是叫他阿瞒。曹操说,你怎么不叫我宰相呢? 许攸很为难地说,我叫你阿瞒已经叫顺嘴了,一时改不了口。曹操笑笑说,那你还叫我阿瞒吧。

多年以后,曹操果然做了宰相。许攸呢? 在曹操手下做一个谋士。跟小时候一样,许攸还是称曹操为阿瞒。不光私下里这么叫,在许多公共场合下也这么叫。有一次,曹操为一件棘手的问题闹得焦头烂额,在相府开一个高级政治会议,参加会议的都是曹操手下的重要官员,气氛十分严肃。这时,许攸走到曹操跟前,拍着曹操的胳膊说,阿瞒,你怎么这么笨呢,简直是一头猪,你只须这么做,准能解决问题。一屋子的人都愣住了,很多人都面露不平之色。而曹操却哈哈大笑,没有丝毫不高兴。

谋士程昱来见曹操。程昱说,我听说,一个人的小名,只有在他未成年的时候才能使用,而这小名应该由他的父母长辈来称呼。许攸不过是您的一个同学,却多次在大庭广众之下,叫您的小名,无异于羞辱丞相。您为什么不怪罪于他呢?

曹操说,许攸不仅仅是我的同窗好友,而且是我的救命恩人。小时候,我特别顽皮。有一次,我爬到树上去摘桑葚吃,一不小心,跌到树下的污水塘里,是许攸把我从塘里拉出来,救了我一条命。许攸对我有救命之恩,怎么能因为他叫我小名,就治罪于他呢?

程昱说,自三皇五帝,礼仪一直传到今天。您作为一国的宰相,一人之下,万人之上,有着神圣不可侵犯的威严。许攸虽然跟您友谊深厚,但他依然只是您的一个下属而已,下属理所当然应该尊重上级,而不能因为救过您的命就可以随意冒犯您的威严。请丞相尽快制止他这种行为。

曹操说,一年有四个季节,四季有它不同的特点。每个人因为自己的生长环境不同而形成不同的习惯。许攸叫我的小名,只不过是他的一个习惯而已,这丝毫不影响他给我带来有益的一面。我记得当年我与袁绍战于官渡,两军相持不下,当时,我的粮草只够维持三天,是许攸从袁绍那边来投奔我,给我出谋划策,才使我一鼓作气打败袁绍,统一了北方。如果当初没有许攸,我早已被袁绍所灭,就不会有我今天宰相的职位,更谈不上宰相的尊严。与许攸的功劳相比,他叫我的小名是多么不足一论呀!

程昱不再说什么,只好退出去。许褚张辽等一些武将也多次来找曹操,都被曹操一一劝退。

这一年,许都大旱,粮食歉收。曹操问许攸该怎么办。许攸说,一方面,老百姓没有粮食吃,另一方面,达官显贵的家里却用成堆的粮食酿酒,造成许多粮食浪费。当务之急,是制止这种情况的发生。曹操立刻传令,全城从即日起禁酒,违法乱令者斩。曹操还让许褚张辽等武将领兵昼夜巡城,如遇饮酒之人,就地正法。

晚上,曹操悄悄把许攸请进相府,说,别人不准饮酒,老同学例外,今日咱俩好好叙叙旧,一醉方休。

许攸点头,好,好,阿瞒,你想得真周到呀。

许攸晃晃摇摇离开相府,已是深夜,天空中一轮明月虚悬。许都城的街道清清白白。许攸伸伸胳膊,微风拂面,许攸关关节节都舒坦。

忽地,马蹄声疾。大将许褚奉丞相之命巡夜。

许褚令军校,将饮酒之人拿下。

许攸说,我跟阿瞒饮酒,何罪之有?

许褚手中长枪一抖,许攸像秋天的树叶,飘落在地上。

许攸的葬礼在一天清晨举行。全城的百姓都聚拢来争看这位据说是绝顶聪明的丞相的老同学。响器班在哀伤地吹打,城中最好的歌手在动情地唱着挽歌。曹丞相哭得最悲伤,几欲昏绝过去,旁边的侍从看他的嘴在不停嚅动着,终于努力听清他一遍遍念叨的是:今后谁还叫我阿瞒呀!

曹操被侍从强行拉出灵堂,文武也跟了出来。

最后走的是行军主簿杨修。

杨修拍了拍许攸的棺木,叹道,你是最聪明的人,也是最愚蠢的人。

杨修还说,丞相的话,你怎么能当真呢?

杨修说着,背着手,摇头晃脑地走了出来。

李全

三道门

远远地看见那道铁门，我想起母亲的话："去吧，孩子，大胆地去吧！"

走近铁门，老板问："你是来应聘的吧？"我点点头。

老板说："年轻人，凡来这儿应聘，必须先过三道门。第一道呢，就是这铁门。"老板做出一个"请"的姿势，那样子很滑稽。

我轻轻地推了推门，它没有开。于是我又重重地推推。门似乎是越推越紧。我灵机一动，将门向外拉，不想竟被我轻松地拉开了。老板投来赞许的目光，说："小伙子，你很有创意！"

第二道门是一对红彤彤的木门，关得很紧，却没有上锁。不就是一对木门么！我用力推，用力拉，门没有开的意思。我羞怒了。这时，我听见母亲说："孩子，每扇门都有它独特的开启方法。"

可是，这扇门要怎样开呢？

我喜欢看老鼠偷东西吃。我常常把装有食物的密封纸盒放在老鼠出没的地方，然后偷偷躲在一边。老鼠很快发现了食物，用牙一下一下地咬破纸盒，然后钻进去把东西吃了。我突然发现我自己就是一只老鼠，只要有东西吃，用什么方法都行。于是，我找来一块大石头，破门而入。

老板站在我面前微笑："年轻人，你很有勇气。"

第三道门很特别，是用玻璃围成的圆门。

老板说："里面就是你工作的地方。"

我看见了屋内的摆设，看到了 21 世纪现代化场景。同时，我从玻璃上看到自己——蓬乱的头发和被风吹白了的胡须。我很纳闷，我一个年轻的小伙子怎么这么短时间就变成了糟老头子？我犹豫着，不敢开启那扇门。我害怕失败。

老板试探地问："怎么，不试试？"

我又听见母亲对我说："孩子，要大胆地尝试，其实每个人都有一把钥匙。"

钥匙会在什么地方呢？我已不下千次问自己。

老板说："这是最后一道门。"

对呀，我已越了两道门，难道最后一道就这样放弃？我不甘错过时机，不再犹

豫,大步向门走去。

　　门却自己开了。

　　老板说:"恭喜你,过了三道门!"又说:"里面还有三道门,你敢进吗?"

　　我点点头:"我想我可以!"

　　"那你怎样开那三道门?"

　　"用钥匙。"

　　"钥匙在什么地方?"

　　"在我心中!"

　　老板会心地笑了。

张学璞

被风吹走的夏天

是从什么时候开始进入夏天的呢?

火辣辣的阳光透过树叶缝隙,在地上留下斑驳的阴影。爹是悄悄地推开门进来的,爹进来的时候我正坐在床沿上发呆,我的眼前是一张雪白的稿纸,在稿纸的右下角画满了乱七八糟的印记。爹在稿纸上瞅了一眼,爹说又写小说呢?

爹的话让我不知道该怎么回答,我胡乱地点了一下头。爹知道我喜欢写东西,我曾经听到爹对娘说,以后少去娃的屋子,免得打断娃的思路。

爹趴在窗子上向外看了看,爹的手在额头上搭成凉棚的模样,很滑稽。爹说,你中午休息一会,下午咱们接着垒猪圈。

猪圈已经垒得差不多了,加把劲,今天下午就可以完全垒好。从我放暑假回家那天起,我和爹已经垒了将近五天了。

爹出去之后,我在床上躺了下来,脑子里依然在想着一篇故事的框架,渐渐地我就睡着了。

雨下起来的时候我并没有察觉,只是突然觉得天暗了下来,有凉风带着雨丝从窗户里吹了进来,打在我的身上,我一激灵,醒了。

雨下得很小,稀稀拉拉的。我看到爹在月台上站着,他伸出手试图去接住不断下落的雨点,他的脸上看不出是什么表情,他的眼睛不时地往天空的西边望去。

大约十分钟吧,雨势突然大了,斗大的雨点砸在院子里发出噼里啪啦的声响,地上很快就流成了一条小河。

我搬了马扎在月台上愣神,爹的后背挡住了我的视线,可我依然能够感觉到雨的凶猛与强悍。

娘从屋子里出来的时候,整个世界已经被雨水包围了,有雨点斜斜地往月台上扑来,我缩了缩身子,打算回屋子里继续睡觉。

就在这时,突然有一声刺耳的叫声穿透雨帘重重地打在我的耳膜上,我看到爹的身子一颤,然后他奋不顾身地向雨中跑去。

猪圈在围墙的外面,我突然想起爹奔跑的原因,刚刚那声绝望的喊叫毫无疑问是我家的猪发出的。

我犹豫了一下，顺手抓起竖立在门后面的雨伞，向雨中冲去。

雨水很快漫上了脚背，有雨水从四面八方拼命地向我砸来。

爹已经跳进猪圈里了，爹的身影在雨幕里显得分外的渺小，我努力地睁着眼睛，我说，爹，咱们把猪赶到院子里。

爹没有说话，水已经淹没了猪圈，猪只露出一只头在外面，它已经发不出声音，只要它一张嘴就有雨水倒灌进去。我看到猪的眼睛里充满了绝望。

猪圈里的秽物被雨水一泡，全部漂了起来，我看到爹的头发上、脸上沾满了泥土，爹弯下腰用力地去抱那头不断挣扎的猪，猪很壮，力气大得惊人，爹没有站稳，猛不丁地跌倒了，我看到有水迅速地淹没了爹的头顶，在满是积水的猪圈里形成一个巨大的漩涡。

我扔掉雨伞，突然跳了下去，由于跳得太猛，一口脏水一下子冲到了嗓子眼里，我感到全身都战栗了一下，腥臭味从嘴里瞬间涌了上来，爹向我吼了一声，快去抱住猪的后腿。

爹的声音被雨水淹没了，他的脸上已有些冻得发紫。我赶紧向猪圈深处挪去。

在绝望与恐惧里，猪显得比平时更有力气，它的后腿一下一下地蹬踹着我的胸膛，我丝毫不敢放松，拼命地向岸上移去。

当猪被安全赶到院子里的时候，我和爹都已经筋疲力尽了，我的头发上不断地淌着水滴，爹拿过毛巾在我头上擦了擦，爹说，赶紧换一身干衣服去，小心着凉。

雨停了之后，猪开始发烧，爹急坏了，从屋子里翻腾出很多药盒，这些药都是平时我们吃剩下的。爹说，人感冒了打一针就好，那咱们就给猪也打一针，把药量加大，应该没问题。

晚上的时候，我也开始发烧，爹取出白酒倒进碗里，他用打火机点燃白酒，瞬间就有蓝色的火花从碗里跳动起来，爹捧一捧在手里，然后迅速地往我背上擦去，爹说这是老家的偏方，擦点火酒，睡一觉就好了。

爹显然没有预料到我的病会持续好几天，他的嘴上开始生出了许多水泡。爹慌忙跑出去找村子里的医生，医生给我打了一针，他对爹说没事，吃过药就好了。我看到爹长长地出了口气。

医生走后，我开始觉得困，天已经暗下来了，爹就坐在床沿上瞅着我。依稀间，我听到爹在和娘说话。娘说，下雨那天你咋那么拼命呢？一头猪也没什么大不了的，你看把娃给折腾出病来了。

爹搓了搓手，干笑了两声说，娃这不是没事吗，幸亏猪也没事，要不娃开学的学费就全泡汤了。我算了一下，娃要1000，咱们把猪卖了，正好够。

我感觉有泪珠顺着脸颊淌了下来，我没有去擦，我生怕惊动了爹和娘。外面起风了，哗啦啦的，我听到有欢快的笑声从眼前调皮地跑过……

开在雪地上的花朵

蔡楠

天晴的时候下了雨

夏雨是丝绒厂一位普通的下岗女工。她在那个夏天做了一件极不普通的事情。正是这件事情,使她很快陷入了窘境。

那个夏天异常干燥。每个热辣辣的日子,人们都能在车站门口看到女工夏雨的影子。自从丝绒厂效益不行宣告破产后,工人们调走的调走,分流的分流,最没门路的就只好下岗自谋生路。夏雨便弄了个小冷饮摊儿。如今夏天卖冷饮的多如流星,"奶油冰糕刨冰豆宝"之类的喊声能胀破整条街。女工夏雨不是那种爱大喊大叫找买卖的人,她只是在别人聒噪的间歇里才很轻柔地甩出一两声叫卖。好在买冷饮的总比卖冷饮的多,所以夏雨的生意也还能勉强维持。

阿姨,我买雪糕,要夹心的。这是一个午后,一个漂亮的女孩做了夏雨冷饮摊儿的第一位客人。夏雨从冰柜里拿出雪糕,不由得多看了小女孩一眼。女孩和自己的女儿夏凌年龄仿佛,七八岁的样子,一身粉色的连衣裙,一顶蓝色的太阳帽,小脸蛋晒得红扑扑的。夏雨这时突然升起了一股柔情,她递给女孩雪糕的时候不禁摸了摸女孩的小脸,小朋友,你家大人呢?

我爸带我来接人,他去厕所了。女孩说,他叫我在对面马路上等他,不叫我乱跑。女孩给了钱,飞快地说完,转身就往回跑。恰在这时,一辆公共汽车拐弯进站了。啊,小朋友——刹那间,夏雨越过冷饮摊,飞奔上前,一把将小女孩推开。车停了,女孩安然无恙,而夏雨却被车头撞倒在地。

阿姨——小女孩扑向倒在血泊中的夏雨。

夏雨醒来的时候,已经在医院里了。值班护士告诉她,她的伤势不轻,牙龈和右手小姆指一共缝了7针。护士还说,是一辆公共汽车送她来的,车上还有一个中年男人和一个七八岁的小女孩。他们留下500块钱后就走了。

这到底是怎么回事呢,大姐?护士问。

夏雨无言。夏雨的眼泪却流了下来。自从丈夫有了外遇她主动提出分手后,夏雨还是第一次流泪,为伤痛,也为心痛。但想到那个像女儿一样漂亮的女孩平安无事,她又赶紧擦干了泪水。

大姐,500块钱花完了,护士俯下身来,将夏雨的枕头垫高,轻声说道,主治医生说你得住院治疗,可还得交 2000 元押金,这是医院里的规定!

夏雨点头,闭上了眼睛。好一会儿,夏雨对护士说,小妹妹,我这有 30 块钱,是卖冷饮赚的,你去给我拿点消炎药来,我出院!夏雨说这话的时候,嘴角里便又渗出血来。

夏雨又走在了干燥的夏天里。她没有再去医院,也没有向别人声张这件事,她带着女儿又摆上了冷饮摊。此后的一段日子,夏雨的伤口又发了炎,化了脓。她不能吃太硬的东西,只好靠冲饮流食度日,直到有一天终于昏倒在了冷饮摊前。

一个叫蔡楠的业余作家在一次采访中偶然得知了夏雨的窘境。于是,他写了一篇《好人夏雨》的报道投书报纸电台,很快被采用了。整个城市的人们才知道了普通女工夏雨极不普通的故事。领导、同事、朋友们来到了夏雨的家,将物品和钱一起放到了夏雨的病床上。有两家医院还争着为夏雨免费治疗,这其中就有原先要夏雨交住院费的那家。

故事还没有完结。许多人都在期待着那个小女孩和她的家人的出场。出事一个月后的某天晚上,故事的结局来临了。那个小女孩怀抱鲜花悄悄来到了夏雨的病房,身后跟着女孩的父母。再后面竟然是女儿夏凌和她的爸爸。下岗女工夏雨又一次流泪了,她把那个女孩和女儿夏凌一起搂在了怀里。

那天夜里,万里无云的晴空下了一场瓢泼大雨。

开在雪地上的花朵

白旭初

唐奶奶、儿女和麻将

唐奶奶是最喜欢星期日这一天的。星期日,儿女们便会带着儿女们的儿女们回到"老巢"来。唐奶奶的丈夫死得早,是她一把屎一把尿把四个儿女抚养成人。唐奶奶吃过不少苦。儿女长大后,都相继飞走了,在外筑了"小巢",把她孤零零的留在"老巢"里。

过去的星期日里,儿女还偶尔回"老巢"来打个转儿,现在却都不来了,只顾在各自的"小巢"里享受天伦之乐,忘了"老巢"里还有形孤影单的娘。

唐奶奶寂寞地打发日子。星期日见邻居张奶奶的儿女都来聚会,热热闹闹的,便羡慕不已。

唐奶奶一次见到大儿子,便生气地说:"平时你们要上班没空来看我,我不怪你们,难道星期天也没空?你看看张奶奶家是什么样儿吧……"

唐奶奶哽咽着,眼泪流出来了。

大儿子见娘难过样,忽动恻隐心,老老实实说:"星期天,兄妹们聚在一起打麻将呢!"

"兴钱吗?"

大儿子笑笑,点点头。

玩麻将是有瘾的,唐奶奶很清楚。唐奶奶出身殷实人家,当年,她的父亲嗜赌如命,且赌技高超。唐奶奶未出嫁前也经常和邻居的大家闺秀们打麻将。唐奶奶手气好,又从父亲那儿学了密不外传的几招,总是赢多输少。起了牌,不用看,用大拇指轻轻在牌面上一抹,便知手中之牌是"几饼""几条""几万"或是什么"风"了,绝无差错。后来,父亲大赌,偶一失手,一下子把家产输光了。唐奶奶也从此戒了赌。这些事她从未对儿女们讲过。唐奶奶曾告诫儿女们打打牌可以,千万不可上瘾也不要赌钱。没想到时风不可逆转,连自己的儿女也迷上了赌钱,连娘也顾不上要了。

唐奶奶又宽慰地想:好在是兄妹之间,也算是肥水不落外人田。便擦擦眼睛说:"就不能把麻将带回娘这里打吗?你们打麻将,我给你们做饭,不好吗?"

大儿子便说:"好。"

每逢星期日,唐奶奶便不等天亮就起床了,提了竹篮,走两里多路到菜市场买来鱼肉和时鲜蔬菜。然后把方桌摆好,把椅子擦净,单等儿女们光临。

于是,星期日这天唐奶奶的儿女们又都带着各自的儿女们飞回了"老巢"。

于是唐奶奶家里便一扫往日的寂静,充满了生气和活力。

唐奶奶在儿女们打麻将的喧闹声中,享受儿孙满堂的温馨,满面笑容地忙着做一桌丰盛的饭菜,款待儿女们。儿女们自然也很愉快。

这样过了一个又一个星期日。

一个星期日,唐奶奶去菜市场买菜前,打开柜子取钱时,发现没多少钱了。

唐奶奶是从一家集体企业退休的。过去,为了哺养儿女们,参加工作比较晚,退休工资便不多。这些年,唐奶奶省吃俭用虽然积攒了几百元钱,但哪经得起众多儿孙们嘴巴的消耗,如今眼看要捉襟见肘了。

唐奶奶不禁着急起来。

唐奶奶把大儿子喊到厨房里,斟字酌句地说:"你能不能跟弟妹商量一下,每人每月给娘补贴一二十元钱……"

大儿子脸上写满疑问说:"您不是有退休工资吗? 怎么……"

"过去只我一张嘴巴,现在……"唐奶奶说话竟有些噯噯了。

"那星期天我们就不来了。"大儿子说完又补充一句,"不,就少来了。"

唐奶奶急了,说:"我不是不要你们来,你们来了我高兴死了,只是你们在各自的家庭里也要吃饭呀!"

大儿子便侧转身子,有些不悦地说:"好吧,我问问他们。"

吃午饭时,儿女们谈笑风生,却对给娘一点钱的事只字不提。

吃完饭,唐奶奶又悄悄问大儿子。大儿子说我问过了,他们都没吭声。唐奶奶问大儿子,你呢? 大儿子冷冷地说:"慢慢来,别急嘛!"

一连两个星期日,儿女们谁也没提起给娘钱的事。唐奶奶便很难过。

这天,收拾完碗筷,唐奶奶来到麻将桌边,她决定自己去说。

四方城的战斗十分激烈。唐奶奶从儿女们的交谈中得知:今天的输赢已达五十多元。唐奶奶看了好大一会儿,发现跟往常一样,输了的,毫不犹豫地往外掏钱,面不改色心不跳。赢了的,接过钱就放入口袋,笑逐颜开,心安理得。

唐奶奶想,这真是应了一句古话:赌博佬儿不赖账。想后,便很伤心。伤心之后,忽然一个念头在心里升起。

唐奶奶说:"谁让我打几圈?"

"您?!"儿女们都诧异地抬起头,"您会打麻将?"

"谁让?"唐奶奶又说。

大儿子站起身,狡黠地笑着对娘说:"兴不兴钱?"

唐奶奶不动声色说："当然兴！"

唐奶奶真是威风不减当年，那码牌之娴熟、摸牌之神韵、打牌之迅速、掷骰之灵巧，令儿女们惊诧不已。更令儿女们不解的是，娘的手气特别的好，常常神不知鬼不觉便来个自摸"小七对"或是"清一色"！偶尔掷骰，"杠上花"开得令人眼馋！神了！好像有神灵相助一般。

两个小时下来，唐奶奶赢了六张"大团结"。

儿女们惊呆了。问娘何时学会打麻将又怎么这样会打麻将？唐奶奶总是守口如瓶，笑而不答。

每到星期日，唐奶奶的儿女们便早早回到"老巢"来，找娘打几圈。他们年轻气盛，不相信娘是常胜将军。然而唐奶奶不轻易上场，一上场，儿女们便败北。

儿女们心里顿生疑团：娘一定玩了假。可又让人看不出假来。难道娘有障眼法？

儿女们还发现：这之后，娘每月和他们只打一次麻将，赢了七八十元钱，便不打了。任你怎么说，她再也不上场。

星期日，唐奶奶的"老巢"里总是很热闹。

后来，唐奶奶死了。儿女们在清理遗物时，意外地发现娘的柜子里藏着一副有些年月、被手把玩得油光水滑的麻将。

刘建超

我的第一位女朋友

　　我的第一位女朋友名字叫美,用美的名字形容她的相貌一点不过分。我和美第一次见面,美就坦率地说,我选男朋友不注重外表如何,关键是要有内在气质。我心里直打忽悠,实在说不清楚我的内在气质该如何释放出来让美一览无余。

　　我告诉美我在家是老大,会做饭、会洗衣、有责任感、不乏幽默,而且业余时间写点东西,小打小闹在报上也发表了不少"豆腐块"。

　　美的几句话就把我的自信彻底摧垮:老大比较传统,比较守旧,缺乏开拓创新。洗衣做饭不应是男人用来炫耀的资本,不会做饭可以吃快餐,不会洗衣可以用洗衣机。会耍点嘴皮子不叫幽默,专业相声还幽不出来默呢。在报上发几篇文字就觉得有那么点味上来了,你说人们读报是看你的文字多呢,还是看征婚广告的多?

　　我汗颜,无言以对。

　　美挽着我的胳膊,靠着我的肩头,我想看看她姣美的脸庞,却总得歪着头。

　　我和美第二次约会是共同看了一场西方一交响乐团的访华演出,我和美一同走进一家咖啡厅。咖啡厅的装饰很温馨,很能勾起人的浪温情怀。

　　美轻轻搅着杯中的咖啡:"你觉得今晚的音乐会怎么样?"

　　我实话实说:"我不懂音乐,交响乐就更不会欣赏了。对流行歌曲还能听得懂。贝多芬、柴可夫斯基对我是白活了。"

　　美:真不敢想象,没有音乐的生活该多可怕。你听过钢琴王子理查德·克莱德曼的演奏吗? 他触键充满朝气与充沛的活力,并能创造出明亮辉煌的声响,音色亮丽而富有弹性。钢琴王子理查德·克莱德曼表现手法十分朴素,触键微妙轻盈,令人丝毫不觉矫揉及修饰,情感的表达直接、真诚。

　　我真佩服美对音乐还有这么深的研究。

　　美:你听过雅尼的音乐吧,火爆热情;凯丽金则是用倾诉触动你多年封存心底的哀愁。美陷入了沉思,两眼凝望着窗外的华灯,像一尊玉石雕出的塑像。

　　和美吻别时,美有些失望:你怎么不懂音乐?

　　我和美第三次约会是到美术馆看世界名画巡回展。

　　我提前给美打预防针:对绘画我可是不感兴趣。不过小时候我很爱看小人书,

《三国演义》、《水浒传》，现在还保存着呢。美说，看一幅画不是用眼而是用心去体会。你看拉图尔的这幅《婴儿》，不但明晰强烈，有生活气息，而且含蓄庄重，独特的烛光语言微妙的层次处理让人过目难忘，心灵得到净化。从美术馆出来，我和美坐进了一家小餐馆，美的胃口挺好，吃了一份牛排，一块面包，喝了一份牛奶。我说：美，将来我每天都给做你一份西餐，味道肯定好极了。

美叹口气，我真不敢想象，将来我们吃饱喝足了，该谈点什么？

美是和我在湖滨公园的鸳鸯湖心岛划船时提出分手的。这点我已有心理准备了，与美接触这段时间我一直没能展现出我的内在气质，可和美分手我还是觉得心里很不是滋味。

我和美准备从湖心岛返回时，忽然狂风大作，大雨倾盆，小船漂得渺无踪影，岛上没有躲风避雨的场所，我和美依在一棵树下，美浑身湿透，透湿的衣服紧贴着她婀娜的身体，只是没了往日的典雅，像一个受了惊吓可怜的小猫。

我脱下了外套披在美身上，美紧紧依在我的怀中。

"别怕，就当是在欣赏雅尼的音乐会。"我说。

"真想有一杯咖啡，一块牛排，你说你会做的。"

"可惜你没有机会吃了。"

"我想，我们再处一段时间。"美抱紧了我。

风停了，雨住了。公园的汽艇把我和美接出了湖心岛。

美后来给我来过几次电话，我都没有赴约。

我不敢想象，将来我俩谈完了音乐、文学、绘画，该干点什么？

陈力娇

军 礼

　　表哥当兵，全村人羡慕得不得了。那年我十五岁，跟在表哥身后送他十几里山路。三年后表哥穿着一身黄军装回来探亲，刷刷地迈着军人的步伐，一到村口就把人震住了。二娃跑来告诉我，说你表哥回来了，那个气派。二娃用手比划着，涎水都流出来了。

　　我跟二娃跑到村口，果然见一群孩子把他围在中间。表哥迈着大步，煞是威武，十几个孩子跟着他一溜小跑儿。表哥目不斜视，背着黄色挎包，扎着军用皮带，军帽上的五角星把周围都映亮了。我想喊表哥，嗓子却紧，喊不出来，最后只得躲在树后。二娃着急，往出拉我，我搂紧树干的当儿，表哥刷刷刷地从我身旁过去了。

　　事后二娃问我，你怎么了？自卑了？自卑他也是你表哥呀。我没回答二娃，不知如何回答，大约对表哥的敬畏从那时起就埋入了我的心底。

　　一转眼，我考取了大学并大学毕业了，临工作前夕，我也像表哥一样回了趟家乡。临到村口时，我想起表哥当年回来的情景，身前身后秋波频送，表哥见到村干部和德高望重的前辈，还规规矩矩打个立正，敬个军礼，那威武，那强悍，让人一看就肃然起敬。

　　可我到村口时，情形与表哥当年相反，一群玩耍的孩子见我待理不理，他们好像不认识我一样，无视我的存在，我只有慢吞吞寡淡地奔往家中。这对比让我心里很空寂，不由得想，我和表哥到底差什么？到底谁的价值更大？为什么表哥前呼后应，而我却门可罗雀？如果说论资历，表哥现在是营级干部，手下几百号人，这倒是令人刮目相看之处。可我也不是等闲之辈呀，我即将去做一个企业的部门经理，我的一项发明还得到了世界的承认呢。这就是说我也不照表哥差，至少可以说我们是不同岗位上的优秀人才。

　　可是有一点还是让我惴惴不安，也是我不及表哥之处，那就是表哥把手举向额头，双腿并拢，啪地向人行军礼那会儿，确确实实让我不敢小视。我隐隐约约感觉到我对表哥的不服气就出自那里，并且怀疑它会像影子一样影响我和表哥一生。

　　在企业做出了成绩，这一年老总放我一周假让我出去旅游，我想了想决定去表哥当兵的城市。在青岛我受到了企业界巨头的欢迎，在星级酒店享受星级待遇。

这当儿我给表哥打了电话,让他也来参加这高级盛会。我心底的秘密也许就我自己明白,那就是我要和表哥一比高低,看看倒是他的军人风度在这里有光彩,还是我这创百万利润的企业老板更让人望而生畏。

表哥来了,还是那么年轻壮硕,威猛英俊。在酒店一个豪华的包房里,我把表哥向在座的知名人士做了介绍。我的话音刚落,表哥不失风度地啪地向一桌人行了个庄严的军礼,他虽没穿军装,军礼却敬得让所有人生出崇敬,也让我浑身一紧,就此想到一个锥子一样的词——神圣。

酒过三巡,众多人都寒暄退去,主办人领我和表哥到录音棚去唱歌,其实这是我有意提出来的,我和表哥从小就爱唱歌,可是我们从来都分不出名次,只有二娃坚定不移地认为我比表哥的嗓音浑厚,现在我想听听表哥的声音还是什么样子。

这家录音棚很先进,边唱边录也边出光盘,表哥唱了一首《想家的时候》,我唱了一首电视剧《三国演义》的主题曲,效果都极佳极到位,表哥的音域还是像早年那么宽,那么厚,经过伴奏乐配合,更是妙不可言。可以说这一轮我和表哥看不出上下。然后是我和表哥再一次喝酒叙旧,你一杯我一杯畅谈小时候的趣事,可大多都是表哥的事有亮点,而我怎么说也是小毛孩子上树爬墙的事。表哥开始有了醉意,舌头有些硬,而我也有点飘飘悠悠,说话不着边儿。毕竟喝的是人头马和XO,可我们还是看不出谁高谁低。

后来我提出打台球,这家酒店有上好的台球案子,堪称本市第一,而我的球技在我们千人企业中也名列前茅,我顿时信心倍增。可是一旦打起来,我发现表哥人醉手没醉,一杆一个准,百发百中。我这才想起表哥在部队是练过枪法的,而我也就只有甘拜下风了。

我是个不服输的人,面对表哥的军人风度,我只有出此下策:我领表哥进了KTV包间,我的一个响指引来几位天仙女子陪我们一起唱歌。美女们性格很开朗,见表哥在那里坐着一本正经,其中一位美女就坐到表哥旁边,正准备将香腮向表哥的脸颊贴去时,表哥突然像个弹簧一样弹了起来,然后站起身向目瞪口呆的我们啪地打了个立正,行了个标准的军礼,再然后他转身迈着正步跨出房间,刚才的醉意一扫而空。

陈永林

慈善鸟

加勒比海上有座小岛,名叫慈善岛。慈善岛上栖息着成千上万只慈善鸟。

慈善鸟很溺爱自己的后代。幼鸟一生下来,慈善鸟就一天到晚在外捕食喂养幼鸟。幼鸟长大了,能飞了,却不想学飞,不想学捕食,仍赖在巢里喊:"饿呀,饿呀。"慈善鸟只有更辛勤地捕食。慈善鸟为喂饱它们,自己舍不得吃。它们"饿呀饿呀"的叫声让空着肚子的慈善鸟更加忙碌了。因而许多正在捕食的慈善鸟,却一头栽进太平洋,它们是累死的、饿死的。

父母死了,那些不会飞也不会捕食的小慈善鸟仍喊"饿呀饿呀",别的慈善鸟就衔食物给它们吃。

慈善岛上的人也像慈善鸟一样极爱自己的子女。子女长大成人了,可他们仍不要子女干活。只待他们老了,做不动了,子女才干活。许多人因劳累过度在壮年就去世了。岛上人的日子过得极苦,仅能混饱肚子。

岛上有个叫蒙弗兰克的人,六岁时父母先后病死了,他成了孤儿。有人在他脖子上系了根黑带子。岛上的人一见脖子上系着黑带子的蒙弗兰克,就知道他是孤儿,因而都给他食物吃。蒙弗兰克走到哪,吃到哪。他想在谁家吃饭就在谁家吃饭,想在谁家睡觉就在谁家睡觉。如哪家不给他饭吃不让他住,那全岛的人都瞧不起那一家人。

蒙弗兰克在小孩中是吃得最好穿得最好睡得最好的,许多小孩都恨自己不是孤儿。

但不安分的蒙弗兰克想看看外面的世界。一天他上了一艘旅游船,船上的人都去了岛上。蒙弗兰克藏在一个厕所内。

船上一个好心的英国人收养了蒙弗兰克。

蒙弗兰克在伦敦上了大学。

但蒙弗兰克的心一直留在慈善岛上。蒙弗兰克想改变慈善岛,想让慈善岛的人过上富裕幸福的生活。

因而蒙弗兰克大学一毕业,就回到慈善岛。

蒙弗兰克先是给岛上的人讲外面的事,讲年轻人不干活而靠父母养活是可耻

的,讲年轻人应该对父母孝顺,讲父母溺爱自己已成人的子女是害了子女……蒙弗兰克讲了很多,可岛上的人就是听不进。岛上的人都说:"神鸟也是这样爱自己的子女,难道我们连神鸟都不如?"慈善鸟被岛上的人称作神鸟。人们溺爱自己的子女也是向慈善鸟学的。

蒙弗兰克觉得改变岛上人的思想观念得先改变慈善鸟的生活习惯,得让慈善鸟不再给已长大的慈善鸟捕食,要让它们自己捕食。如它们不捕食,那只有饿死。

想了很久,蒙弗兰克才想到一个办法。蒙弗兰克带着录音机来到海滩上的灌木丛中,慈善鸟的巢就筑在灌木丛里。巢中的成千上万只已长大的慈善鸟不停地叫唤"饿呀饿呀"。蒙弗兰克把小慈善鸟叫饿的声音录了下来。然后走到另一片树林里,开了录音机,把声音开到最大声,又安上扩音器。录音机里小慈善鸟悲哀的喊饿声超过灌木丛里小慈善鸟喊饿的声音,因而成千上万只慈善鸟把嘴里的鱼虾、蛤蜊、海蟹全往树林里扔。

慈善鸟一直往树林里投了几天食物。地上铺了厚厚一层鱼虾、蛤蜊与海蟹。

巢里的小慈善鸟饿得难受,只有学着飞,学着捕食。

巢里再没有一只喊饿的慈善鸟。

蒙弗兰克也关了录音机。慈善鸟再不需要为小慈善鸟捕食了。蒙弗兰克对岛上的人说:"神鸟的生活习惯不是改变了吗? 我们人呢? 不同样可以改变? 我们年轻人有力气,应该干活,应该让自己的父母亨福……"蒙弗兰克正说得起劲时,一块石头飞来,砸了蒙弗兰克的后脑,血涌了出来。

晚上,蒙弗兰克被人杀了。躺在床上的蒙弗兰克身上被人刺了十几刀,血浸透了身下的床单。

第二年春天,慈善鸟又到了繁殖季节。两个月后,幼鸟长大了,仍赖在窝中喊饿,慈善鸟又一天到晚给它们捕食。先是一个老人在树林里学着小慈善鸟的叫声"饿呀饿呀",后来又一个老人来了,三个,四个,几十个老人来了。他们学慈善鸟喊饿声学得极像,叫得悲悲切切的。无数的慈善鸟飞来投扔食物……

第三年,巢中的慈善鸟长大后,慈善鸟没再给小慈善鸟喂食。饿得难受的小慈善鸟只有学着飞,学着捕食。

……

再后来,岛上的中心广场上耸立了一尊蒙弗兰克的铜像。

胡炎

影　子

影子说：我带你去一个地方。

他诧异：我的影子会说话？

影子不容置疑：请跟我走。

影子飘然而行。他机械地跟随。

凌晨时分，天色朦胧。路灯依旧亮着，保持着华丽的沉默。

影子时短时长，游移变幻。

你是固定的，而我是自由的。影子说。

他蹙起眉。

我能到你永远不能抵达的地方，也能遁形为肉眼不可及的盲区。我能千变万化，而你只能在恒定的躯壳里想入非非，让躁动的灵魂在生命的釜砧上挣扎。

他感到某根神经隐隐作痛。

不要胡说。他制止。

影子一笑，挺诡谲，之后便缄口不语了。

走到立交桥上时，天色已然大白，日头很艳，像个浓妆艳抹的女人。

他凭栏驻足一刻。

影子纵身一跳，扑向了桥下花丛旁的一个女子。女子亭亭玉立，玲珑有致，让他的心禁不住怦然一动。

不久，女子身旁有了一个大腹便便、派头十足的男人。

好女都给狗叼了。他感慨。他想起自己曾经钟爱的一个女友，就是背弃他跟了这样的一个男人。那时他天昏地暗，独立桥头，差点寻了短见。

影子心满意足地回来，舔着嘴唇，春风得意地说：我已经亲了她。

他不齿地撇撇嘴。

你能吗？

下流！他说。

影子仍是一笑，不再说话。

日上三竿时，他们来到了一座威严的大楼前。一辆豪华小车上下来一个脑门

贼亮的人,轩昂地拾阶而上。

他的牙齿咬出了"得得"的响声。

影子一个箭步,撞了那人一下,摇头晃脑地冲他笑。

撞得好! 他说。

当然。影子说,我知道你恨他,——半年前你栽到了这个混蛋手里。

他倒抽着冷气,心里油煎火燎。

趁没人注意,他朝那辆车上狠狠踹了一脚,骂道:乌龟壳子王八蛋!

影子大笑。

车上突然传来警笛声,他一惊,下意识地一路奔逃。

一条幽深的巷子里,他停下来,心脏快要跳出嗓子眼了。他成了一只"水鸡"——全身大汗淋漓。

没出息! 影子嘲弄道,掷给他一个眼白。

我不能栽第二次。他喘着说。

影子得意了:我可以撞他可以骂他,但他浑然不觉,我因此安然无恙,皮毛无损。

我不是影子。他没好气地说。

正午,日头毒得像个泼妇,大地升起的烟岚使一切都变得影影绰绰,恍若蜃境。影子说:到了。

那是一座城堡。壁立万仞的城墙把天地隔绝开来,无法洞悉里面的秘密。

他有点紧张,也有点兴奋。

进去吧。影子轻舒云袖,神秘的城门訇然洞开。

一座大殿,光色幽暗。他四顾茫然。影子看着他,又轻轻一笑,甩手一指,四壁无数小门开启:豪宅、靓女、八交椅、血刃、面具……金光玉影,让他眼花缭乱。

它们都是你的了。影子说。

他怔了片刻,忘情地扑了过去……

四下陡然紫雾弥漫,他似入迷境,不知所如。

他寻找影子。但他徒劳枉然。

我在这儿。一个苍远浑厚的声音自空中传来。

他循声仰视,但见影子通体幽蓝,顶天立地,遮云蔽日。

你……是我的影子? 他颤抖地问。

不,影子摇摇头,现在,你是我的影子。

我是我的影子的影子……他若有所悟。

他不愿做自己影子的影子。

他想离开城堡。但四面八方到处都是影子,他找不到门。

折 腾

小林昨晚睡觉失枕了,早上一起来,脖子就只能向一边歪着,扭一下就疼得受不了,结果上班的时候,他一整天都只能把头偏着。

小林办公室就两个人,除了他,还有一个就是公司有名的"一枝花"王丽。这天,两人在办公室坐着,王丽突然"腾"地一声站起来,冲小林说了句:"有病!"气冲冲地出了办公室!

怎么了这是?小林是丈二的金刚摸不着头脑,正在纳闷,电话响了,公司牛总叫他去一趟!小林吓了一跳,牛总叫我干什么?他来到牛总办公室门口,看见王丽气鼓鼓地从里面出来,坏了,一定是她打我什么小报告了,可我没做什么啊!硬着头皮进去后,果然牛总见他就发火:"小林你说你上班都在干什么?据群众反映,你整天看人家女同志,你是不是想去传达室专门看人啊?"

小林恍然大悟,肯定是自己整天歪着头,坐自己右边的王丽误会了,以为自己在看她,急忙解释:"误会呀牛总!我不是往王丽那边看,我是脖子失了枕,只能向右扭,不信你看!"说着,小林龇牙裂嘴地扭着脖子。

"哦?"牛总半信半疑:"过来我看看!"小林走过去,牛总用手摇了摇他脑袋,小林疼得直吸气。牛总哈哈大笑:"原来你也扭了脖子,哈哈,这滋味不好受吧?"他歪着头,对小林说:"我失枕都一周了!哎,谁知道我们这些失枕病人的痛苦哟!"小林这才明白过来,原来牛总也和自己一样啊!他傻笑着正不知该说什么好,牛总却亲切叫他坐下,说:"小林啊,你不用担心,王丽那里,我去给你解释。下班后我带你去见个推拿医生,我试了好几个了,老不见效,听说这个医生医术高明。"

小林是惊喜万分,他一普通办事员,平时哪有机会和牛总单独相处啊,没想到这次因为失了枕,却和牛总有了"共同语言",还能一起去看医生!不是这病,能有这机会吗?后来到了医生那里,牛总还叫医生给小林先治。领导介绍的医生就是好,推来拿去,小林疼得出了一身大汗,就听"喀碴"一声,好了!

回到家里,小林洋洋得意地晃着脖子,把和领导同病相怜的事告诉了老婆,没想到老婆却大不以为然:"牛总一定是担心这个医生又治不好,脖子白白地被揉来揉去,怕疼,所以才叫你先去试的!"哎,女人就是见识短!小林一点也不觉得替领

导当当"替身"有什么不好,因为从那以后,牛总见了自己老远就笑着点头。连主任和小林说话,也客气了三分!

现在小林天天就盼着再和牛总得个同样的病,再"亲密接触"一回,到时候好好汇报汇报工作,说不定哪天自己就提拔了呢。工夫不负有心人,那天小林在回家的公共汽车上,看见了牛总坐的小车。小林知道牛总是刚出差回来,透过挡风玻璃,他看见牛总的左眼蒙着一块纱布!机会来了!晚上,小林来到一家个体诊所,进去就说:"拿块纱布来,把我的左眼蒙上!"

第二天一上班,小林就打听到,牛总是出差时染上了红眼病。于是,当别人问他眼睛上的纱布怎么回事时,他就装作很倒霉的样子,说得的也是红眼病。他还去牛总办公室门口晃了一圈,牛总看见小林,露出惊讶的表情,但是没叫他。

整个上午,小林忙得团团转,好容易抽出功夫去趟厕所,他在隔间里关上门,美美地盘算着,牛总估计现在比较忙,等下自己查一下哪里有治眼病的特效门诊,也可以主动给牛总介绍嘛,这不是又有了一次和牛总接触的机会吗?正想着,外面有两个人在说话,听声音都是公司的。一个人说:"这事有点怪!牛总和王丽一起出差,据说是王丽先得红眼病,跟着牛总就得,可人家司机大刘却没事。"

小林一惊,王丽的确是和牛总一块出了差,但今天没来上班,怎么她也得了红眼病吗?只听另一个人说:"嗨!那有什么奇怪?红眼病是一种急性传染病,是通过接触传染的,你说大刘能和王丽亲密接触吗?"

"那小林怎么也得上了红眼病?我们这儿没流行红眼病啊?"

"那小子和王丽在一个办公室,听说经常整天盯着王丽看,王丽又不是什么省油的灯,说不定他们也早就……嘿嘿嘿。"

两人说完话出去了,剩下小林一个人在厕所里发呆。完了!自己装什么不好,偏偏装了个要"亲密接触"才能染上的红眼病,这不真的"有病"吗?就在这时候,他听见厕所外面有人在喊:"小林,小林!牛总叫你去他办公室!"

黄守东

神秘的启事

　　大学毕业后,我一直没能找到合适的工作。

　　这天,又一次应聘失败了,可我还是没有灰心丧气,我依然相信天生我才必有用,前边一定正有机遇在等着自己。这么一想,一不留神我一头撞在了电线杆子上。我捂着额头咧着嘴刚要走,一抬头电线杆子上一则招聘启事牵住了我的脚步。那则启事只有十一个字:

　　急需人才,由此向西五百米!

　　我觉得这则启事未免太简单了,还有些怪,可我不愿放弃这个机会,就向西走了五百米左右,来到了一条巷子口。等着我的不是什么公司单位,而是另一根电线杆子,上面也贴着一张规格式样相同的招聘启事,只是这回启事的内容简略到了只有五个字:

　　向南五百米!

　　我更觉得奇怪了,就又往南走了五百米。这回迎接我的还是一根电线杆,电线杆上还是一张简单的启事,这次是叫向东五百米。

　　现在我猜到这很可能是一个恶作剧了,再走下去未免有些冒傻气了。可是犹豫片刻,我还是按着启事的指令向东走去——宁可当回傻冒儿,走趟冤枉道,我也要弄清到底是怎么回事——我就是这么个脾气。

　　第四根电线杆上的启事这样写着:揭开第一张启事,你会称心如意!

　　转了一圈,我又回到了撞我的那根电线杆下。揭开了第一张启事,下边果然又露出了一张白纸,白纸上却没有一个汉字,只有一串阿拉伯数字——那是一个手机号码。我按照那个号码拨通了电话,电话里一个机械平板的声音向我提供了另一组号码,然后立即把电话挂断了。我穷追不舍,又按着那个号码拨打了另一部电话。这回接电话的是位音质充满磁性美感的小姐,她娇柔暧昧地让我晚十点再给她打电话……

　　晚十点,我当真又拨通了那个有些神秘有些诱惑的电话,这回接听电话的却又换成了一个声音沙哑的男人,他命令我马上赶到一个地方去。

　　按着电话提供的地址,我很快赶到了那个地方。

那是座普通写字楼五楼的房间,里边亮着灯,但敲门却没人应声。我试着推推,门是虚掩着的。走进屋,里边空空如也,而墙上一张夸张的大漫画却特别醒目——画上边,一个调皮的小男孩正幸灾乐祸地指着我说:傻帽,你上当了,哈哈!

我腾地红了脸,转身逃出了那间屋子跑下楼去。

到了外边经冷风一吹,我冷静下来,想想不对头,赶忙又掉头跑了上去。好在屋门还向我敞开着。进屋掀起那张漫画,漫画下边果真还附有另一张纸,上边写着几个字:如果你想抓住机遇,就在零点前赶到芳新园五号。

跑下楼,我立刻跳上一辆出租火速赶往远在市郊的芳新园。不巧的是出租车半路出了故障,到了芳新园已是零点二分。我来到五号大院门口,只见大门紧闭,门上贴着一张惨白的纸,上边写着几个严厉的钢笔字:你来晚了,明早七点是你最后的机会!第二天不到六点,我就早早来到了芳新园五号门前等候。七点整,一辆黑色轿车准时停在了我身边。开车的是个不起眼的瘦老头,他打量了一下我,问清我就是那个锲而不舍的应聘者后,就面无表情地让我上了车。

车子开回市里一直开进了如日中天的"新世界"企业集团总部院内。

开车的瘦老头领着我来到了五楼总经理办公室,然后大模大样地坐在了老板台后,郑重其事地介绍:"我是'新世界'集团总经理。"说着向我递过一张名片。

我看看那张印制精美的名片,又惊讶地把这位貌不出众衣不惊人的总经理打量一番,一脸迷茫地努力要弄明白这到底是怎么回事。

总经理笑着对我说:"不必怀疑,我是货真价实的总经理!我跟你做了个有趣的游戏,玩得很开心——现在游戏结束了,你后不后悔?"

我说:"不,至少我弄清了是怎么回事,只是我觉得这种游戏并不是很有趣!"

总经理说:"为了感谢你的合作,我可以发你一笔奖金……"

尽管感到受到了愚弄,我还是礼貌地谢绝了他的奖金,然后尽量不失风度地向外走去。

总经理却唤住了我,然后走过来,望着我问:"年轻人,愿不愿到'新世界'来工作啊?"

我以为自己听错了,我以为这位总经里又要玩什么捉弄人的无聊游戏,可看他的样子又不像开玩笑。于是我有些傻乎乎地望着他点了点头:"当然、当然愿意,只是……"

总经理拍拍我的肩,郑重地说:"现在我正式通知你——你已通过了考核测试,被我集团公司录用了!"他又握住我的手评判道,"你也许不是一个特别聪明的人,但你肯定是一个勇于探索、百折不挠的人,而我们急需的,正是你这种人才、你这种精神!"

第二天,我就到"新世界"上班了。

江薛

刘　浪

其实,刘浪不想回家。回家没什么意思。一间破屋,一个跛爹,还日夜守在麻将桌旁。儿时抱成团的伙伴,一长大,就像爆竹燃过后的纸片,不可能再聚在一块儿。回家过年? 都一米七了,有什么年不年的。

在厂里挺好,睡觉、看书,饿了就舍得些,到外面炒个小菜,要不还可以来点儿米酒。况且不打算回家的工友也不少,可以打牌,可以聊天,不难过。

主意都打好了,谁知在电话里,他那个跛爹说,你不想看我,我想看看你啊,回来吧! 刘浪听着,鼻子里居然泛起酸酸的味道。回? 就回吧!

买票的过程再怎么惊心动魄,还好已经上路,刘浪随着人潮穿过地道,扑向那个长长的铁盒子。像灾后的难民。

前面的那个,更像。背上一个大帆布包,左手一个大编织袋,右手一个大皮箱。什么都大,就人小。刘浪走快两步,看到一张唇上茸光黄灿灿的脸。想了想,刘浪说,老乡,我来帮你。他就几件衣服,一个人,两只空手。那孩子尚未明白草木皆兵,转头冲他灿烂一笑,把编织袋分给他,接着往上冲。那孩子说,几个月前来,我妈非得让带两张棉被,到了才发现,这儿的冬天根本不冷,有个老乡走了,又把他的棉被给了我,我就趁过年送一张回家,家里冬天才冷呢!

刘浪没说话。

然后上车,场面颇为壮观。上完车,物归原主,那孩子张开嘴,大概是想说声谢谢,被身后的挤了个跟跄,咽了回去。稳住了再看,满眼人头。

一路无语。加了一件毛衣,又加了一件外套,那个小城就到了。

人群呼喊着,雀跃着散开,转眼满目空旷,仿佛刚刚的喧嚣从天而降,又凭空消失。

西北风割着脸,刘浪抬起头,重重地叹口气,真的回家啦?

敲了好一阵,爹才开门,爹似乎老了些,似乎也没老,上下包裹得像个树桩。爹眯起眼,用劲笑了好久,接过包,赶紧生火。

爹说,儿子,把手给我。刘浪的手便放在爹温暖的手里,任他轻轻地抚摸。刘浪突然想哭。爹坐在那儿,不停地打哈欠。爹,怎么,没睡好?

一晚上没睡！

干吗呢？

呵呵，赢了几十块钱！

刘浪的心一沉，他妈的回家——回家他妈的有什么好？他抽回手，又将手伸进红艳艳的火里，直到烧得生痛。

除夕那天，刘浪忽然想起了他的娘。他娘把白粉吞进肚里，想带回来发财，不料半路却毒死他乡。回家的只是一具尸体，散发着恶臭。那时候刘浪还小，但他明白他娘是个彻头彻尾的坏人，他没有想她。

莫名其妙地想到了，刘浪就出门，站在了娘的面前。娘，我也让你看看！没有墓碑，荒草、杂树快要压平那个小小的土堆。莫名其妙地，刘浪转身回家，挥舞着镰刀疯狂地把它们消灭掉，然后把土堆由小变大。

刘浪又想哭。

有一天，下起了大雪。雪一下子淹没了整个世界，刘浪扫开一块，罩鸟，又跑到山上，拼命追那些小巧玲珑的脚印。回来，刘浪亲自下了回厨房。有点儿意思。刘浪清清楚楚地记得，在家的那几天，下过一场大雪两场小雪，都美。

年飞快就过了，仿佛是被西北风刮跑的。

要走了。爹说，我也看够了，走吧，记得有空打个电话，啊？

跟回来时一模一样，一个人，几件衣服，刘浪上了去火车站的汽车。他把小包放好，把自己放好，呆呆地望着窗外称之为家乡的地方。忽然，他的指尖触到兜里的一张纸片，下意识摸出来，展开，五个字：老乡，谢谢你！刘浪的眼就睁大了。是谁留的？只有在外地才会有老乡，火车上那孩子？或许是。一火车都是老乡，另外的可能，便是一个张冠李戴的故事，他享受了别人由衷的感情。那孩子干吗不用嘴说呢？不是那孩子的话这个人又是谁呢？他又得到了谁的帮助？又如何想到选这样一块小小的纸片？藏着谜的那几个歪歪扭扭的字，在刘浪眼里抖动。刘浪觉得肚子里某个东西被点着了，接着迅速膨胀，只刹那，身体的每一个细枝末节都暖和起来。

刘浪突然想活动活动身体，一扭头，看到窗外电线杆边上的一只流浪狗。他跳下车，蹲在狗的面前，一个人和一只狗奇怪地对视了一会儿，人就爽快地笑了，从口袋里摸出一个他姑妈煮的鸡蛋。狗摇着尾，吃得津津有味。刘浪便又笑了，说，你也在流浪啊！这样吧，我们约定，明年咱们在这里重逢，好不好？又笑，又说，对了，你还没名字，我给你一个，嗯——就叫刘浪，跟我一样。

车开动，刘浪摇着尾，看了好一会儿拉走刘浪的汽车。

刘浪。流浪远方。

焦松林

母亲的存折

大前天,连电话都很少打的母亲忽然拨通了我的手机。"林子,我有件事要让你办一下。"母亲还是风风火火的样子。老娘有事,哪怕是赴汤蹈火也得答应,我爽快地应下了,"好,您只管吩咐。"

母亲沉吟了一会儿,"是这样的,我和你父亲这几年来,积攒了一万块钱,你能不能帮我送进银行存起来?"一万块钱?我的眼睛一下子湿润了。十年前我还在上学,四年本科读完,家里一分积蓄也没有不说,连像点样子的东西都折出去卖了,给我当了学费;接着我找工作,又要花钱,再接着,结婚生孩子,还是花钱。我有时觉得自己把老娘那里当银行了,可穷人在钱的面前,永远也装不了英雄说不了硬话,一次又一次地默默接过来,换来的,是一次又一次的内疚和不安。

母亲曾经说过,要是有一天能办一张银行存折,看到自己的钱存那上面就好了。现在,她终于能将愿望实现了。我一阵高兴,忙不迭地答应着,说马上就赶回来。母亲便放下了电话。

老家在农村,距离我现在住的地方有 20 多公里,我便决定回趟家,正要把实情告诉妻子,可转念一想,还是不说的好,否则,她没准儿就会打那钱的主意。家里住的这三室一厅是按揭买来的,每月都要缴月供;孩子上学,请了家教。这个家,一开门,天天得花钱。于是,我撒了一个谎,说领导要带我一道下乡,可能今晚要迟点回来。下乡对于我来说,是家常便饭,妻子也没多想,就说了句那就快去吧,孩子今晚我来接。

解决了后顾之忧,我立即打了部车,直奔乡下老家而来。到了村口,就看到母亲站在入村口的马路上,正和旁边的几位老人说着话呢。看到我下车,母亲收了话,急匆匆地向谈天谈得正欢的老人说:"我得回家了。儿子工作忙,我待会儿再和你们聊。"

回到家,母亲将一大叠钱拿了出来。我一看,脑子里嗡的一声,这些钱,大部分是十元的,五元的。一百的也有,可不过廖廖数张。这钱要是送到银行,得数到什么时候才算完哪。母亲显然看到了我的迟疑,忙问:"怎么,这钱,银行不让存?"

开在雪地上的花朵

我立即笑了，"哪会呢，银行不让存钱，那还叫银行？我今晚一定会把存折给你送来。"按母亲的习惯，她肯定会接着说："不急不急，你哪天有空哪天再送。"然而，这一回母亲却眼前一亮，急急地问道："哦，今天你没事？晚上就能送来？"我点点头，心说，这事无论如何也得在今天办好，这是母亲等了这么多年的心愿了。

赶回城里，已是午后两点半了。我来到一家农行的储蓄所，刚把钱拿出来，那个与我还算熟悉的工作人员小赵就懵了，"老兄，这钱得麻烦你自己点好了，然后再交给我。按说，这样的钱，我们必须等空闲的时候才清点的。"说着，他告诉我，把五元的、十元的，按叠一一扎好。

小赵的话让我尴尬不已，加上一旁等着取钱的顾客也看着我，我额上的汗一下子就流了出来。越是着急，双手的动作越是缓慢，既怕数错了，又怕弄混了。好不容易按小赵的要求捆扎好，已是下午三点多，距离他们停止营业不过半个小时了。

这时候，母亲的电话再次追了过来，"林子，钱存好了吗？"我心里不由得有了些怨气，我这老娘，难道还怕儿子吞了她的钱不成？还打电话来催呢。可这话只能在心里腹诽，嘴上却是说不得的，我只能一个劲儿地说快了，快了。

赶在下班前五分钟，小赵终于点完了这一万块钱，准备来办存折了。我特意拿出母亲的身份证来，核对了名字的写法，然后拿出一张纸来，工工整整地写上了母亲的大名"胡秀萍"。

傍晚，我把存折交到了母亲手里，老人家竟然和父亲两人各牵存折一个角，小心翼翼地拿着走到了屋外，对着亮看了几遍，嘴里还大声地念叨，"是的，这名字是我的名字。清清楚楚地印着呢。"引得左邻右舍都从家里伸出头来看。我心里更加不是滋味了，甚至连以前对父母的苦楚与辛劳的感触都抛到了脑后，认为人老爱财这句话，说得是再妥贴不过了。

母亲收好了存折，留我在家吃晚饭，我没有答应。出租车还在村口等着的，我快步走了出去，临上车时，我回头看了一眼，父亲和母亲竟然也跟上了来，看到我回头，他们又站住了，脸上写满了笑容。

这事就算过去了。谁知过了一周，母亲又一次给我打电话，叫我回去一趟。我无奈，只得抽空回了趟老家。进门坐下没多久，母亲把那张红色的存折拿了出来，递到我的手里，里面还夹着她的身份证，"这钱，是给你用的。你收好了。"

我呆了呆，根本不知道她的用意是什么。既然要给我，为什么还要存上呢。"村子里几户老人，手里有点积蓄，想存银行。因为不识字，便让自己家的孩子去存，谁知，钱倒是存了，名字却是儿子的。老人们感叹，现在人人都爱钱，连自己的儿子都不能信呢。我跟他们说，我儿子就不会这样，这不，我和你爸商量了，把钱交给你存上。果然，这存折上是我的名字。我这几天把存折给他们看，他们一个个心服口服呢。"

原来我母亲是想在邻居面前替儿子挣张脸。我正要说什么,母亲又说道:"你以为我想显摆什么吧?不是,娘儿娘儿,就算是一家人,也要按各人的想法做。娘疼儿子,儿子也不能不管娘和老父,为所欲为吧。你做得好,没有让娘失望。钱拿着,还房贷。"

我眼里的泪一下子涌了上来。这回,存折我没有接过来,而是还到了母亲的手里,"您和父亲都上了年纪,这钱,就用来买些好吃的。日子慢慢过,您的儿子长大了。"

开在雪地上的花朵

金波

最后一片野果林

　　我小叔土蛋是望天冲最后一个吃野果子的山民。

　　望天冲八山一水一分田，靠山却不能吃山。因为山上长满了刺藤树，每年秋天，刺藤树上结满野果子，又红又小，像野樱桃，吃起来又苦又涩，根本不入世人的眼。除此之外，山上什么都不长。自古以来，山民们以山上的野果子为水果和零食，野果子一红，大家都上山采摘，鲜吃，直到吃得满嘴发苦、舌头根僵硬，这才把剩下的野果子扔掉，过着再也没有水果吃的穷日子。直到后来，望天冲出了个能人叫金旺……

　　金旺是望天冲第一个把自留山变成花果山的山民。这小子有文化，也有见识。他率先挖掉了漫山遍野的刺藤树，栽上了板栗、银杏、木梓树，等树上开花结果了，被山外来的人抢购一空，金旺便成了望天冲的首富。他率先盖起了两层洋楼，买了一辆大卡车，家里经常摆放着苹果、橘子和梨，过着小地主一样的日子。后来，观望已久的山民们纷纷坐不住了，也学金旺挖山开地，栽板栗、银杏和木梓树，虽然收获不如金旺，却也一个接一个地发家致富了，家里吃起了从外地买来的真正水果。

　　然而，就在这时，望天冲突然流传着一个可怕的谣言：望天冲地脉薄，撑不起福，谁想在山上打主意，老天爷就处罚他。言之凿凿，有理有据。原来，自从山上栽种板栗、银杏和木梓树时起，望天冲突然流行一种怪病，学名叫顽固性夜盲症，一到晚上就看不见东西。这病是从金旺开始得的，然后是金旺一家人，接着富起来的山民一个接一个地得起了这个可怕的夜盲症。尽管夜盲症只是在黑暗处看不见东西，并不妨碍白天的劳动，但仍让人心悸不安。这件事终于让一个山民逮着笑柄："活该！想在穷窝子里翻身，问问你的八字够不够吧！"

　　这个山民不是别人，正是我的小叔土蛋。

　　不过，土蛋很快就发现：得不得夜盲症，与贫富没有一丁点儿关系。

　　土蛋好吃懒做，住在三间破旧的草房里，田里种的庄稼只够一个人吃。除了干一点儿农活，大部分时间就是睡大觉。虽然穷困潦倒，却不思进取，自甘落寞。他听说进城打工，一个月能赚好几千，便扔掉田地，一个人进城当了民工。

　　土蛋在打工期间依然好吃懒做，打工三年，没有攒下一分钱，却把眼睛"打"坏了——连他自己也得了夜盲症。土蛋吓坏了！他不知道自己为什么也得这种病，不是富人才得夜盲症吗？怎么自己穷得丁当响也这样呢？只好卷起铺盖，跋山涉水回到望天冲，回到自己的草屋。那时，正是秋季，自留山上的野果子红了一片。土蛋爬到山上，摘了一捧又一捧野果子解馋，直吃得嘴唇发苦、舌根僵硬，这才倒在山上睡了一觉。一觉醒来，夜盲症居然好了！土蛋这才发现，得不得夜盲症，只与吃不吃野果子有关。

土蛋获得了这条重要信息后，开始重新审视这片仅有的刺藤树，不由得惊喜万分：幸亏自己还保留着它！他不知道野果子与夜盲症之间究竟是啥关系，但这片野果子的的确确治好了自己的夜盲症！这时，土蛋又多长了个心眼儿：不能把这个秘密告诉任何人，否则山民们会来哄抢一空；再者，谁让他们把自己山上的刺藤树挖掉了呢？想发财，你就得付出点儿代价！

土蛋一边幸灾乐祸，一边破天荒整理起自己的自留山。一向懒惰的他，居然在刺藤林周围筑起了一道高墙，上面栽上蒺藜树；为了防止别人钻进林子来，土蛋还放养几条大猎犬，在山中日夜巡逻。接着，他又在山上搭了两间草房，日夜守护着。

就这样，土蛋成了望天冲最后一片野果林的守护者，自然也是望天冲唯一一个没得夜盲症的山民。每到晚上，家家户户大门紧闭，狼狗把门。山民们早早安歇，只有土蛋成了夜游神，在山村中串来串去，大声唱歌。万一谁家夜间有事，就请土蛋代劳，自然付给他双倍酬谢。土蛋一下子成了望天冲人人讨好的香饽饽。

然而，就在这一年，土蛋突然害了场重病，一天比一天严重。看来挺不过去了，土蛋想起了医院。但土蛋是望天冲唯一的贫困户，连一分钱的押金都交不起。被逼无奈，只好抖抖索索地去找金旺借钱。如今，金旺不仅年年卖板栗、银杏和木梓，还开了个水果批发站，钱自然越赚越多。

为了借到钱，土蛋打算出卖不得夜盲症的秘密。土蛋说："金旺，你知道我为什么不得夜盲症吗？"

"我早就知道了，"金旺笑道，"我曾经去科研机关了解过，秘密就在野果子身上。我们望天冲人人体天生不能合成一种物质——牛黄酸，缺少牛黄酸人就得夜盲症，正好野果子里含有大量牛黄酸，可以补充。"

"你早就知道？"土蛋大吃一惊，"那你怎么还挖了自留山上的刺藤树呢？"

"你觉得，是贫穷好呢，还是一双好眼好呢？"金旺意味深长地说，"如果一个人天天过着穷日子，就算有一副好眼睛又有什么用呢？而且，科学家已经找到根治这种病的方法，马上就会临床应用。治眼病是可以等的，可发财致富怎么能等呢？一等就错过了机会呀。"

土蛋闻言，羞得满脸通红，无言以对，低下头陷入长久的沉思之中。不久，便离开了这个人世。

冷国文

有人投河

　　春日的一个傍晚，在这个城市最繁忙的一座大桥上，有个妇女翻越石栏杆，投河自尽。这虽只是一个小小的插曲，并且很快结束了，但围绕其中的若干细节，我进行了深入细致的调查了解，初步掌握了第一手材料。

　　自称是第一目击者甲：时间大约是五点吧。我刚好经过大桥，一眼就注意上了这个妇女，她提着个旧编织袋，东看西看，走走停停，不晓得要干什么。我与她擦身而过时，发现她神情呆滞，两眼无神，心想是不是个精神病人，或者受了什么刺激，来寻短见的。走了一段，我终究不放心，回头一看，坏了！她已走到大桥中间，身子突然往栏杆外一扑，就跳下去了。我连忙向她跳河的位置跑去，边跑边扯开嗓子喊："来人啊，有人跳河了！快来人啊，有个女的跳河了！"

　　据说是见义勇为者乙：听到惊呼，我三步并作两步地跑到桥边，看到一个人在水中扑腾。救人要紧！我顺着河堤的堡坎滑下去，一个猛子就跳入了河中。一下去我就踏实了：水只齐腰深，淹不死人的，只是淤泥太厚，在里面走一步都很费劲。那女的身子斜插在河中，水都要淹到她的下巴了。我大声说："不要慌，我过来拉你。"然后，一步一步艰难地向她走去。脚下，臭气直冲鼻子，熏得人直想吐。近了，看清了，原以为是年轻姑娘，没曾想是个中年妇女，长得黑黄黑黄的，脸上还淌着污水，惊惶失措地看着我。看她怪可怜的，我伸出手把她拉了起来。

　　120 急救医生丙：经初步检查，病员头胸腹部及上肢完好。其右脚掌有一条三公分长的出血浅裂口（估计是河中玻璃所划伤），腿部皮肤有多处擦伤，并伴有数团红斑（可能是河水过敏反应），经简单外伤处理，并补充液体，已无生命危险。旁边一个衣裤全湿的男子，左脚掌流血不止，听说是下河救人所致。我建议他随同去医院包扎一下，经求证并得到不收费的答复后，他采纳了我的建议。

　　《新新都市报》记者丁：接到报料人的电话，我第一时间赶到现场，恰好看到跳河妇女被医护人员抬上担架。我急忙将录音笔递过去，期待她说出一句能上头版的惊人之语。而她只摇头叹气，对着救护人员和全体观众，说了一句"痛死我了"，就没再言语。我不死心，打车到医院。值班医生告诉我，那个妇女输着液，趁护士不注意，拔掉针头跑掉了。是出不起治疗费，还是想再次投河？看来还有文章可做。

邻居戊：这位大姐也是，再怎么想不开也不该去跳河啊。她命确实苦，嫁个男人不争气，天天去赌钱，把下岗的补偿费输光了不说，还欠着别人好几万的账。没办法，男人出去躲债了，屋里只剩她们娘儿俩。她那个娃儿也不学好，有时偷家里的钱去上网，有时几个晚上都不回家。摊上这些事，哪个不着急嘛！不到万不得已，谁会走出这一步？

被救妇女己：真是"人倒霉，盐巴都要生蛆"。千不该万不该，我不该去捡那个塑料袋。我从桥上过时，看到栏杆上套着个袋子，干干净净的，虽然管不了几分钱，但捡一个是一个。哪晓得刚解开，恰巧吹过来一阵旋头风，把口袋吹脱了手，我急忙伸手去抓，没料到口袋没抓着，人却栽到河里去了。要是淹死了倒好，一了百了。这下弄得满城风雨，丢脸啊！在医院挂了会儿吊针，我想还是赶紧离开，医院哪是我们这种人住得起的。糟了！天快黑了，娃儿回来弄不到饭吃了。哎哟，脚又痛起来了。咋办呢？

厉剑童

空 位

"你说,这是怎么搞的?你们班明明只有55个人,为什么上报56个?这不是弄虚作假砸学校的锅吗?你给我说清楚,那个空位是怎么回事?"

初一(1)班班主任赵老师前脚刚跨进校长室,司马校长就怒气冲冲地朝他发话了。

也难怪司马校长发火。上午,县教育局基教科的马老师来学校检查固生工作,赵老师的班报了56个学生,可负责检查的马老师进教室一统计,却发现班里只有55个学生,并且教室中间一排的第三个位子空着。铁证如山,说明这个学生的的确确辍学了。

学生辍学这在哪一个学校都是天大的事。因为县教育局每年一度的年终量化考核,明确规定超过限定辍学率,考核一票否决。干了一年的工作就算是白干了。从上到下,这么重视学生辍学,你当班主任的不及时上报,不设法补上,这是严重失职,是重大教学事故,是给学校脸上抹黑。你赵老师就等着挨处分吧!这不,刚送走教育局的马老师,司马校长就把赵老师找来了。

司马校长铁青着脸,拿烟的手抖抖的,烟头眼看就要烧着手指了,却浑然不觉,眼睛自始至终紧盯着赵老师的脸。

赵老师沉默了许久,终于开口了:"校长,您先别生气,我们班的确有56个学生。"

"你说,那少的那个学生哪儿去了?"司马校长质问道。

"校长您还记得那个李小米吗?"

"李小米?就是那个很淘气、经常给学校惹个小乱子的李小米?"

"是他,两个月前他出车祸死了。"赵老师说到这里,顿了顿,摘下眼镜,擦了擦眼睛。

"这我知道。哎,小小年纪就这么走了,可惜了。"司马校长不无惋惜地说。

"那个空位子就是留给他的。"赵老师说道。

"给他留的?这人死不能复生,既然人已经不在了,为什么还给他留着位子?还有,计算人数时为何把他还算在你们班?"

"这——校长,请您跟我一块到教室里走走好吗?"赵老师恳请说。

"去教室? 干什么?"司马校长疑惑地看着赵老师,不知道他葫芦里卖的什么药。

"去了您就知道了。"

"好吧,我跟你去。"

司马校长和赵老师一前一后进了教室。

这是下午第三节自习时间。教室里,学生正在专心致志地自习。

司马校长扫视了教室一眼,很显然,他对学生的表现很满意。然而,当目光落在中间那个空着的位子上时,司马校长的脸色顿时晴转多云。

赵老师走上讲台,轻轻敲了敲讲桌,说:"同学们,请停一下。"

学生齐刷刷地抬起头,愣愣地看着赵老师和司马校长。

"同学们,我有一个问题想请同学们解答。"赵老师说着,看了司马校长一眼,接着说,"请大家谈一谈你心目中的李小米是个什么样的同学好吗? 谁先说?"

"老师,我先说。"

"不,老师我跟他同桌,我先说。"

"不行,他跟我是最要好的同学,我先说。"

……

赵老师话音未落,学生便争先恐后地说起自己心目中的李小米来。

司马校长静静地听着。

听着听着,司马校长的眼睛湿润了。因为,在他的眼前,分明看到了另一个李小米,一个曾经将自己零用钱捐给灾区的李小米,一个为了解开一道数学难题而步行七八里找老师请教的李小米,一个在运动会上不小心摔倒了却坚持走完全程的李小米,一个……

"多可爱的一个孩子啊!"司马校长由衷地赞叹道。

正慨叹着,司马校长突然发现教室里不知什么时候静下来了。他再次用目光巡视了一圈教室,只见每个同学的脸上都挂满了晶莹的泪珠,和李小米前后桌的那几个女生伏在桌子上,肩头一起一伏,发出轻轻的啜泣声。

"我们喜欢李小米!"

"李小米,我们爱你!"

"李小米,我们想你!"

"李小米永远和我们在一起!"

……

也不知是谁喊出的第一声,全班同学一个接一个深情地呼唤着。骤然间,教室里汇成了情感的海洋。

司马校长震撼了。

望着眼前这群可爱的有情有义的孩子,他再次将目光落在那个空空的座位上,久久地,久久地……

突然,司马校长用颤抖的声音说:"对,孩子们,李小米永远和你们在一起。他永远属于我们这个班。中间的这个空位也永远属于李小米!"司马校长说完,两行热泪早已滚滚而出。

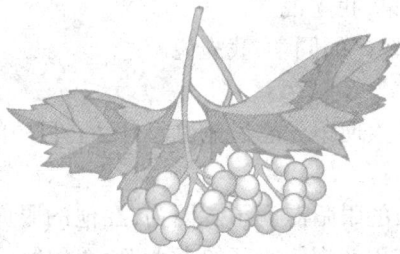

一九八六年落雪时分

清晨雾蒙蒙。

雾蒙蒙的时候,我们干一些不想让别人看见的事情。那时我一定还在睡梦中,否则我会看见父亲赶着母猪和一群小猪崽子在雾中行走的情形。母猪一定对父亲的行为不甚理解,毕竟它已经在那个猪圈里呆了多年,看着它的孩子们逐个被人捉走。那时,氤氲的雾气让它看不清远处,它只能在父亲藤条的驱赶下深一脚浅一脚地迈步。或许,它感到一丝隐隐的恐慌。它的孩子们哼哼叫着,向它抱怨。

父亲把猪从猪圈里赶出来时,在它的脖颈上狠狠地抽了一下,以示对它慢腾腾的不满。父亲很着急,他要在明亮的清晨到来之前,把猪赶出去。他尽量在雾中睁大无神的眼睛,但他仍希望雾气能更浓重些,即使人们和他撞个满怀也看不清他不安的脸庞。

父亲赶猪出门时,母亲问他了一句:"人家同意了吗?"

"同意了。"父亲小心翼翼地说。

我隐隐听到了他们说话的声音,但随即又被温暖哄睡。

父亲像管理一支纪律散乱的娃娃兵一样,赶猪走在冬雾笼罩的街道上。当把猪赶进一个小院子时,父亲松了一口气。那是一户人家多年前就废弃掉的院子,草木荒芜。房屋的衰败景象让童年的我产生这样的幻觉:一个灰头皱脸的老太缓缓地打开房门,面无表情地、长久地望着我。我们经常故作惊慌地从院门前跑过,只敢从破旧朽烂的木板门外瞥一眼进去。后来我想,猪娃娃们在那个冬草杂芜的陌生院子里来回走动时,也许惊恐不安,浑身颤抖。

然而,父亲把猪赶进去时或许对那个凄凉的院子充满了感激之情。因为他可以放心地走回家,迎接即将到来的马兄弟。当父亲还是个小老板的时候,他就是我们家的常客,而当父亲一贫如洗的时候,马兄弟依然如故地每年到我们家来——只不过把注意力放在了猪身上。他一踏进我们家的院门,就会急切地朝猪圈望去,甚至径直朝那里走去,关切地询问母猪的奶水、猪崽子成长的情况,仿佛一个离家多年的男人在关心家里妻儿的生活状况。马兄弟应当给予小猪关怀,因为当小猪长大的时候,他要理直气壮地捉去抵债。

然而,那个雾蒙蒙的清晨,父亲决心敷衍他的马兄弟了。他不能在来年春天两手空空地应付他大儿子的定亲大事。

马兄弟像往年一样在冬天的上午把自行车停在我们的院门口。他热情地跟父亲打招呼,眼睛却关注着靠近西墙的猪圈。但是他支起的耳朵并没有得到猪哼哼声的答复,因此他向西挪了两步。空荡荡的猪圈让他大惊失色。他惶恐不安地探脑往猪棚里望去,纷乱的杂草和寂静空洞的窝棚仿佛一门大口径的重炮,轰炸了他的内心。

那时,母亲的哭声从厨房飘了出来,穿过渐渐散开的薄雾在院子里飘荡。她凄惨的哭诉让我感到灰蒙蒙的天空也许再也亮不起来了。马兄弟对母亲的哭泣感到不解,父亲冷静地告诉他:"马兄弟,对不住,要让你白跑一趟了。昨夜里母猪和猪娃儿都让人给赶走了。"

马兄弟皱起了眉头,不安地踱着脚步。

"怎么会呢?"他念叨着。

父亲把他请进屋坐下,叹了口气说:"村里冬天一直都很乱,咱家的院墙又矮。夜里我听见母猪叫,也没太在意,后来我听见小猪都叫了起来。我赶紧起来,看看是咋回事。我开门看见三个人正往院门外赶猪。那三人看见了我,一个人对我说'进屋去',我就关上门进来了。"

马兄弟急得不行:"他让你进来你就进来,你咋那么听话?"

我爹苦笑着,无可奈何地说:"我不是听他的话,我是听枪的话。他手里端着一杆大猎枪呀!"

马兄弟四顾无语。

父亲也只顾抽烟。

他们沉默着,母亲忙活着,天阴沉着,北风刮着,我呆呆望着,望着情绪低落的天空。我隐隐地希望,北风能够把天上凋零的花瓣吹来,撒在村庄,纷纷扬扬。午后的北风越来越强劲,父亲一定怕突然下起雪来,但我已经看到了希望:沙粒一样的雪糁正在大地上摸爬滚打。

父亲朝院子里望了一眼,他眼神中的不安和脸颊上的焦躁让我感到自己罪孽深重:我召唤来了一场让父亲痛苦的雪。母亲说了声:"下雪了。"马兄弟站起身,到门口仰脸张望。父亲的眼里燃起了希望。

马兄弟推车到门口时,大片的雪花飞扬散落。父亲不停地向马兄弟赔不是,马兄弟则很痛苦地跨上了自行车。父亲匆忙朝宽阔的村路两端望去一眼,雪花已经严密地覆盖了大地,没有一处漏洞。父亲望着马兄弟离去的身影,轻轻呼出一口气。然而,当父亲准备转身回家时,他的腿脚顿时僵硬了——

他清晨安置好的母猪领着它的娃娃们浩浩荡荡地回来了。它们哼哼着,一路小跑,从马兄弟的自行车旁经过,朝我们奔来。马兄弟停下车,回过头来。父亲低声对母亲说:"别让它们进家。"说着便上前拦截。母猪调头钻个空子,朝家门冲刺,但门口还有我和母亲这道防线。父亲抄起一根木棍挥去,母猪躲闪开,围着大门口来回周旋,猪娃娃们叫唤着,在它身后跑来绕去。

父亲忙乱之中还不忘朝马兄弟那边喊一声:"谁家的猪,怎么跑到这来了。"

马兄弟不吭声,坚定地站着。

北风呼号,雪花狂舞,母猪肥大的身躯显得尤为灵活。父亲胡乱叫骂着,挥动着木棍,跌倒又爬起,驱赶这头死心眼的猪。雪地被他们践踏得凌乱不堪,新的雪片落在裸露的土地上。父亲手中的木棍终于击中了母猪,它尖叫着在雪地里奔逃,小猪们紧随其后。父亲穷追不舍,似乎要把它们赶到天边,赶到另一个世界去。他那由于过度激动而扭曲颤抖的身体在雪中趔趄地奔向远处。

我忘记了那天父亲在雪地里跌了多少跤。但我那时觉得,小猪们摇头晃脑地跟随母亲在雪地里奔跑时一定很快乐,也许那是它们一生中难得的欢快时光。

梁刚

意料之外的面试

　　陈晨大学刚毕业,这天他到一家著名企业去面试,面试通知上明白无误地通知他于上午9点前10分钟,到公司大楼前厅接待处登记姓名,然后拨通43246人力资源部分机电话,允许后,即可正式面试。如果迟到,且超过10分的,一律按自动放弃论处。

　　该公司的管理非常严格,操作流程规范,企业文化独特,自然,企业的收入也相当可观,所以,许多大学生都以能够考入这个企业为荣。

　　陈晨也不例外,他非常重视这次面试。尽管他在大学的学习非常优秀,每年都能拿到奖学金,但毕竟施展自己的才能须有一个足够宽阔的平台,陈晨相信自己:只要给他一个支点,他能撬动整个地球。

　　陈晨这天以正装隆重出现在这家公司大楼的前厅,他看见了登记处的指示牌,看见了站在桌旁的保安。

　　陈晨上前向保安礼貌地打招呼,说明来意后,便出示了通知书。

　　保安看完陈晨的通知书后,非常礼貌地说,请稍等,我马上给你转过去。然后他就拿起电话,快速地按了几个键码,但电话没人接听。保安就说,没人接,面试人员可能暂时走开了,请稍等。

　　陈晨心里掠过一丝诧异,这种企业怎么会爽约? 也许……

　　时间在一分分地流失,陈晨心里焦急,他让保安再打电话,保安接通电话后,电话里传出来的,仍是无人接听的盲音。

　　9点钟到了,陈晨有些不快。

　　9点零5分了,电话还是无人接听。保安自始至终都非常耐心地帮他打电话,并不时将电话递给他亲自验证。

　　电话确实无人接听。

　　9点10分了,陈晨感到非常愤怒,一个著名企业怎能如此失信于人,即便临时有急事,也该吩咐保安,先作交待,说明情况吧!

　　按通告书上规定,参加面试迟到超过10分钟,即按自动放弃论处。也罢,陈晨觉得错不在自己,他想明天再来,保安可以证明,他是准时前来参加面试的。

陈晨记下了保安胸卡上的名字。

当天晚上,陈晨收到了这家公司发来的一封电子邮件,来件是这么写的:

陈先生:

今天上午9点,我们准时对你进行了面试,你非常守时,这点很好。但你没有仔细观察保安所按的电话键码并非是43246,反复多次,你都没能看出来。而且你的身后就有一台公用电话,你完全可以自己重打一遍,以验证电话那边是否有人接听。尤其是面对小小的挫折,你只用了10分钟就选择了放弃。我公司的用人标准是按特定的企业文化来设定的,即:成功在于坚持!

祝你下一次成功。

读完邮件,陈晨顿时呆了。

开在雪地上的花朵

林华玉

神秘的的密码

　　轻工局局长张涛因为贪污受贿被人举报,被公安局立案侦查。在进行了强大的政治与心理攻势之后,张涛交待了犯罪的事实,还交待说,他把所有的赃款都放在了他家的一个大保险柜里。警察正想问他保险箱的密码时,只听张涛闷叫一声,接着就忽然晕倒,众人忙手忙脚地把他送到医院。经过一番检查,才知道他是因为受到强烈刺激诱发了脑溢血,接着张涛被送到急救室抢救。数小时后,手术结束,走出来的医生告诉警察,张涛的性命是保住了,可是他却失去了一切知觉,成了一个植物人,而且恢复正常的机会几乎等于零,也就是说,那个保险箱的密码只有警察自个儿去破解了。

　　警察上门搜查了张涛的家,结果在客厅的一角真的发现了张涛所说的那个保险箱,警察立即打电话叫来了开锁高手毛三前来打开保险柜。毛三来了之后,俯身仔细地看了看保险箱,然后摇摇头说:“这保险箱我开不了。因为上面的不是普通的锁,而是一种国外进口的声控锁,也就是说,控制这种锁的密码其实是主人的一句预设的暗号,只有对上暗号,这保险箱才能打开,否则……”毛三接着告诉警察,根据他的经验,这种锁的控制密码一般都由八个字构成。警察都想:这好像也没有什么难的。他们就根据贪官的特点,轮番上阵。有的说:人不为己,天诛地灭;有的说:人为财死,鸟为食亡;还有的说:何水无鱼,何官不贪……大家绞尽脑汁把能想到的此类话语都说了出来,可是那保险箱的门却如生了锈一般纹丝不动。正在警察无计可施之际,一旁的毛三突然说:“或许这把锁更高级一点,只能识别主人的语气,就是说只有主人才能打开它。”

　　看来只有等张涛醒来之后这保险箱才能打开,警察没有办法,只好把这个保险箱运到警局的机密室,封存了起来。

　　斗转星移,转眼十几年过去了,张涛一直没有醒来,一直在医院里躺着。他的那个保险箱则一直躺在警局的机密室里,虽然这期间有许多人试着打开那把锁,可是都因为密码错误无果而终。就在警方对于张涛的病及打开保险箱将要失去信心之际,张涛忽然睁开了眼睛。

　　醒来之后的张涛恢复得很快,一个月就会说话,两个月就会走路,三个月就恢复了全部记忆。半年之后，张涛就出了院，然后就被直接带到了警局的机密室，警察要他破解那个保险箱的神秘密码。

张涛很合作，他蹲下身，对着保险箱说出了那句暗号，只见保险柜的门忽地一下子开了。

在场所有的人听到这句话都差点晕倒，因为这句话竟然是：一生正气，两袖清风。

胡炎

天　职

看到那些鼠头鼠脑的家伙时，我就有一种与生俱来的愤怒。我挥着锐利如剑的爪子，大喝一声向它们扑去。但是梁先生的绳子套牢了我的脖子，使我在猛勒之下的疼痛中功亏一篑——这帮狡黠而猥琐的家伙趁势落荒而逃。

我困惑地看着梁先生。

"宝贝，我养你是做我的宠物，而不是捉耗子。"说话的是梁夫人，一个足足小梁先生 20 岁的如花似玉的女人。她竟躲在梁先生的身后，这使我始料不及。看来，勒在我脖子上的绳子，其实是操纵在梁夫人的手里。

"可是……"我想辩解。

"小傻瓜。"梁夫人娇嗔地点了点我的脑袋，轻轻地抱起了我，为我理着身上的毛发。我的怒气在她的纤手下一缕一缕散尽。我眯起眼，静静地感受着她怀中的馨香、酥软和温暖。

我就这样打了一个盹，醒来时，我感到饿了。

梁夫人特别善解人意，变戏法似地为我备好了美食——长江里的一种鱼，前几天从新闻联播中听说，这种鱼都快绝迹了，千把块钱一斤，而我居然可以足不出户，大而啖之。

我感激地看了梁夫人一眼。我触摸到了梁夫人眸中那汪柔柔的水。她真的爱我。

我第一次感到幸运了。我的父辈刚刚教会我一个叫做什么"之剑"的词，我们一家就在宠物市场上"家破人散"了。现在，我的亲人，它们可好？

梁先生有夜间外出的习惯，这便把许多的孤寂丢给了梁夫人。我的主要职责是陪梁夫人散步，还有就是在她的挑逗下蹦跳戏耍，这会让梁夫人十分开心。再有呢，就是陪她睡觉了。

经常地，在梁夫人轻微的鼻息里，那帮来路不明的家伙会三三两两地溜进来，贪婪地嗅来嗅去。的确，梁家的好东西太多了，怕是这帮鼠辈此生享用不尽的。但我不允许，我假寐而偷窥之，然后以迅雷不及掩耳之势，冲下席梦思——我忘记了那根绳子，那根绳子的另一端就系在床腿上——结果，我当然还是忍着颈痛望鼠兴叹。

"宝贝,你要洁身自好,可别脏了自己啊。"梁夫人搂着我,喃喃如呓语。

我心中蓦地战栗了一下。"洁身自好",这话说得真好,我岂可食鼠而秽及自身?

渐而,我对鼠视若无睹了。

渐而,这群野鼠定居于此,饱暖而淫逸,家族不断壮大。

梁先生归来,有时也看它不过,便放鼠夹以除之。偶有贪嘴者上当毙命,余则引以为训,退避三舍了。

始终没我的用场。

我习惯了。

适应而致坦然,坦然而为境界,有境界则可体味幸福。生于梁家,更得美艳夫人呵护,锦衣玉食,何由不快?

日子越来越久,平静如水。有天,梁夫人忽然拿出了一摞存折,一张张翻看,我在一边好奇地打量。每张上都有一个很大的数字,这些很大的数字堆起来,是一个更大的数字。我算不过来。梁夫人惨淡地笑了,说:"这些都是我的啊。"话落,两颗泪从她的眼里滑下来了。

梁夫人不快活。我看出来了。我不解。

就在第二天,梁夫人和梁先生发生了有史以来最大的一次争吵。后来,梁先生扬长而去,梁夫人抱头痛哭。我伏在梁夫人腿边,想安慰她一下,但她悲痛欲绝。末了,她擦干泪,甩甩长发,咬着牙,一张脸煞白,样子很可怕。她抱起我,一字一顿地说:

"看吧,我要告倒这个衣冠禽兽!"

我全身发抖。我预感到要有大事情了。那一刻,我突然觉得我的命运正在一根游丝上荡着秋千。

很快,梁先生入狱了。梁夫人也入狱了。我一个人呆在这座豪华的大房子里。房门上都贴了封条,不久它就要被拍卖了。我感到孤独,恐惧。我和老鼠们共同吃着冰箱里的余餐。吃饱了,便一个人蜷在床头,追寻着梁夫人从前的温柔和哀怨。

吧嗒,我掉泪了。

可食的东西很快被席卷一空。我饿了。我进梁家以来第一次感到了痛彻骨髓的饥饿。这饥饿压迫着我,撕咬着我,让我坐卧不宁,几欲疯狂。

我又看到那帮贼头贼脑的家伙了。无端地,我的两腮突突地痉挛,一股愤怒冲天而起,好像一柱岩浆,从我生命的底部骤然爆发,不可遏止。坏蛋!我心里骂着。我绷紧了前腿,屏住呼吸,一跃而起……

老鼠们对我的举动显然猝不及防。当鼠血从我的利爪下淅沥而下的时候,其他被吓傻了的老鼠仓皇地叫着：

"这家伙……这家伙一定疯了！"

疯了吗？不，我似乎现在才大梦初醒。当我初涉人世时，我的父辈就曾告诉我：

"孩子，你的利爪就是咱们猫类的正义之剑，举起它铲除硕鼠吧，这是咱们的天职！"

李桂芳

转 变

这是一个酷热的六月的星期天。

中午刚吃完饭,李刚就约了同学刘民到游戏厅去,已经打到《离奇》第二十关了,李刚心里充满了闯关后的激动,他决心继续打下去。

学校在郊区,要进城还得走半小时的路。俩人冒着酷暑走着,一会儿就大汗淋漓。正在这时,李刚的手机响了,是父亲打来的。父亲说:"刚娃,你在干啥呢,吃饭了没?"李刚在太阳下眯着眼厌烦地回答:"正在学习呢,要月考了,我正忙着。"旁边的刘民一听,就心领神会地朝李刚挤眉弄眼,李刚也不由露出一个诡秘的笑。电话那边,父亲仍在说着:"刚娃,饭一定要吃饱,不要节约。告诉你一个好消息,爸刚做完庄稼,在这城里找了份工作,每个月一千块呢,是在厂里的车间上班,不风吹雨淋的,挺好。你可别嫌爸唠叨,上次给你班主任打电话了,他说你的学习成绩可下降了……""爸,你总说成绩成绩的,我不正在努力吗?要没啥我就挂了。"一听到成绩,李刚的情绪就恶劣起来,不由分说,挂断了电话。

其实,李刚心里也挺愧疚的。他知道父亲不容易,母亲死后,他就一个人撑起这个家,他什么事儿总不落人之后,这不,还给他买了手机,说是平时打个电话方便。父亲打电话倒方便了,就是一打就是身体呀,成绩呀,吃好呀,穿暖呀什么的,李刚觉得父亲甚至比母亲还唠叨。可父亲越是唠叨,李刚就越觉得自己对不起父亲,却总控制不住游戏瘾。李刚曾经也无数次下过决心,却又无数次在同学的怂恿下土崩瓦解。李刚想,等《离奇》打完了,就收手了。

正想着,一辆的士停在了他们面前,刘民拉他一把:"上车吧,发什么愣呀。"坐在凉爽的空调车里,李刚心里还是有些七上八下的。父亲每次到城里办事,总舍不得坐车,说能节约就节约,可自己,却从来不知道节约。

李刚还在东想西想的时候,的士已经利索地停在了一家他再熟悉不过的游戏厅门前。门前有一株高大的杨树,长得枝繁叶茂,民工们经常在中午的时候在那树阴下乘凉。远远地,他看到那树阴下已经有几个拉平板车的人在那儿歇息,有的已经发出了很响的鼾声。

就在他打算像往常一样穿过他们中间走进游戏厅的时候,他的目光突然就僵

了,他看到了一张熟悉的面孔。那是一张布满了沧桑,过早爬上了皱纹的衰老的面孔。那人正大张着嘴,悠然地打着鼾,涎水顺着他的嘴角流下来,流得老长老长,亮亮的,象一条小溪。而他的旁边,放着半个没啃完的又大又厚的馍,一看就知道是自家烧制的,馍的旁边是半瓶凉水,看样子,那人是极度疲倦,吃着吃着就睡过去了。

李刚站在旁边,呆呆地看着,泪水不知不觉地流了满脸。已经走进游戏厅的刘民见李刚半天没进来,出来一看他正站那儿流泪呢,就疑惑地问:"怎么了?"李刚一扭头跑开去:"我不舒服,不想去了,你去吧。"李刚哽咽地说。刘民百思不得其解:"你小子,不是你约我来的吗? 怎么现在又不玩了?"李刚见刘民声音大起来,赶紧上前捂住了他的嘴巴:"小声点,别吵醒他们,让他们多睡会儿吧。"说完,扭头跑向学校,刘民拼着命也没追上他。

那天以后,李刚仿佛变了个人,拼命地学习。有时夜深了还躲在被窝里用手电筒看书,球场上没他的影子,游戏厅里更没见过他的踪影,只见他吃饭上厕所都小跑着。

父亲依然打来问候的电话,李刚现在觉得句句都很贴心。父亲在电话里说他工厂的效益不错,让他别节约,注意身体,每每听着,李刚的泪水就不争气地流出来。

期末考试的成绩出来了,李刚得了两张奖状:一张是成绩进步奖,一张是成绩优异奖。又是一个星期天的中午。李刚拿着那两张奖状,小跑着去了城里。来到那株杨树下,李刚又看到了那个熟悉的身影,正躺在平板车上酣睡呢。李刚静静地坐在树影下,等着。

那人终于醒了,睁开朦胧的睡眼,他的目光就直了:"你怎么在这儿?""爸,我来看你!"父亲从板车上坐起来,嗫嚅着说:"看我,在别人的板车上睡着了。"李刚走上前,递过那两张奖状,眼泪又出来了:"爸,你别骗我了,我知道你一直在拉板车,可你,你也别太累着。"父亲迟疑一下,接过奖状,目光就湿漉漉地看他说:"刚娃,你给爸争气了! 你妈妈也该放心了。"父亲的泪也涌出来,缓缓地爬满脸。

李刚走上前,轻轻地替他擦去泪水……

临川柴子

翅　膀

　　关小羽长出了一双翅膀,这双翅膀是他用意念栽培出来的。

　　暑假了,想好好玩一下的关小羽失望了,所有的时间都被预定被填充,关小羽依然活动在家与培训班之间。父母临上班前反复叮嘱他在家里要认真练琴,看到那张琴亮着一排黑白分明的眼睛,关小羽心里就有一种烦躁和厌恶。

　　关小羽拉了拉门,门很坚固,从外面反锁上了,他又去开窗,只看到窗口外那一方天空,家在七楼呢,关小羽双手托腮,像一只困在笼中的鸟。

　　假如能是一只鸟,关小羽想,那样可就自由了。他看到窗外有白色的鸟飞过,翅膀自由地在空中划着优美的弧线,偶尔也有一两只蝴蝶,绕在窗前自在飞舞,关小羽的心追着蝴蝶的翅膀,一直翩跹到他视线到达不了的地方。

　　如果我有一双翅膀,我一定像鸟儿一样飞翔。关小羽想。

　　"如果你想变成一只鸟,你就动用自己全身的力量,用意念让自己成功。"关小羽突然想起他看过的一篇童话。

　　关小羽心念一动,就盘坐在镜子前,集中意念全身心地默想,默想自己能够拥有一双飞翔的翅膀。

　　不可思议的奇迹就在这时出现了,睁开眼,关小羽看见自己的双臂正在变成翅膀的样子,他舞动了几下,呼呼生风。

　　我长翅膀了,我能飞了! 关小羽抑制不住心里的激动,他在屋子里绕了几个圈,然后从前门到达阳台,再从阳台上直飞了出去!

　　关小羽在空中还没忘记最后看了看自己的家,看了看那间他生活了十多年的房间,他现在成为了一只鸟,他脱离牢笼了。

　　关小羽在城市的天空自由而孤独地飞着,没看到一个同伴,他就向郊外飞去。在郊外,他看见一片苍茫的田野,其间有连片的工厂区,几支高高的烟囱利剑一样地插向蓝天。

　　太阳快要落山了,做了一天的鸟,自由而枯燥,关小羽收起羽毛,落在一棵瘦小的树上。他觉得做一只鸟并不幸福,如果只是整天这样飞来飞去,那也是一件相当可怕的事。

开
在
雪
地
上
的
花
朵

关小羽害怕了，他不想做一只无家可归的鸟，他要回家，他要变回去。

关小羽又从郊外往城里飞，却在鳞次栉比的钢筋水泥的丛林中迷了路，每个窗口都亮着同样的灯火，既熟悉又陌生，关小羽成了一只迷途的鸟。

从此自己将做一只彻底的鸟儿了，将成为猎人的目标，关小羽一阵悲从中来。突然，他从一家窗口看到一个熟悉的身影，那是他的同学江晓妍。他大声叫着江晓妍的名字，可是江晓妍只是呆呆在看着他，此刻在她眼中他不过是一只鸟，一只城市中的鸟。

"妈妈，你看，有一只鸟。"

"不许说话，专心练琴。"

关小羽看到江晓妍的面前也有一张钢琴，江晓妍的手指在上面叮叮咚咚地敲打着。她母亲可不像自己母亲那样开通，只把他一个人关在家里练，江晓妍的母亲像一个巫婆一样站在江晓妍的身后，手中的棍子时不时地落在江晓妍的身上。关小羽想制止她的暴行，大声地叫着，江晓妍的母亲挥舞着手中的竹鞭，毫不留情地击打着落在窗台上的关小羽，关小羽惊叫了一声，展开翅膀苍惶地飞走了。

关小羽飞过一扇又一扇窗口，还没有找到自己的家，有些心慌意乱。这时他又看到一张熟悉的面孔，他看到班上的小胖正趴在桌上做作业，桌子上堆满各类课外作业。小胖戴着厚厚的眼镜，像一只蜗牛行进在书山题海中，小胖的母亲一脸阴险的笑容，正在用一只肯德基的鸡翅引诱着小胖："乖，再做两道题。"小胖望了望散发着诱人香味的肯德鸡，又埋下头，黑色镜框快要挨到桌面上。

关小羽这次没有叫小胖，知道叫他他也认不出自己来，关小羽又展开翅膀飞在了城市的天空。就在他茫然若失的时候突然看到了父母的身影，他找到自己的家了！关小羽激动地收翅停在阳台前。他想，父母一天没有看到他了，一定非常着急，我要变回去。

可是意外的是关小羽看到屋内有一个长得和他一模一样的男孩正在练琴，他父母在一旁骄傲地欣赏着。屋子里的关小羽看到阳台上的这只鸟，凝神望了一下，又默然地低下头去。

屋内的关小羽和阳台上的关小羽又一次目光相撞，片片羽毛纷纷飘落。

关小羽就在这时哭了，哭着的关小羽突然醒了过来，太阳依然很亮，窗外的小鸟在展示它们的翅膀，关小羽的面前排列着长长的黑白相间的琴键。

闭月

偷来的眼泪

那是一个月黑风高的午夜,我终于鼓足了勇气,凭着自己所有的偷盗伎俩潜入了那栋我窥视已久的别墅。

当我跳进屋里以后,却嗅到了一股陈腐发霉的气味。我屏住呼吸,在黑暗中小心翼翼地摸索着。为了不碰到东西发出声响,我只好打开了手机。借着微弱的光亮,我发现这竟是一个装饰豪华却又古老陈旧的住宅。

"你来了? 卫生间的窗户关好了吗?"

当我刚走入客厅,竟然被这个突如其来声音吓得魂飞魄散,下意识地握紧了匕首。一个苍老而沙哑的声音在静谧的夜里久久地回荡着,显得异常的阴森恐怖。

声音刚落,眼前一片通明。我愕然地呆立在大厅中央。顺着声音望去,只见一个衣衫褴褛、瘦小枯干、满脸皱纹的老人紧闭双眼,旁若无人地端坐在沙发上。

"过来坐吧,陪我说说话。"我的到来非但没有给他带来一丝恐惧,他竟然若无其事地和我客气着。

"你怎么知道我来了? 你知道我是干什么来的吗?"

"我当然知道,因为我们是同行。不过,年轻人,你的偷盗技术还嫩了点。"

"我……我……我们……"我更加愕然了。

"听我的话放弃吧,尽管我知道干我们这行的谁都有万不得已的苦衷,如果你实在需要钱我可以满足你。"

"为什么?"我茫然不解地问。

"看到我了吗? 我已经有十多年都没走出这个家门,很久也没有人来看我了,也好几天都没有吃东西了。"

他的话不禁让我想起在我窥视这栋别墅的时候,确实发现这栋别墅除了送外卖的和钟点工很少有人来过。

"为什么会这样?"

"年轻的时候,我凭着自己一身的偷盗本领积攒了不少的财富,给两个儿子置办了大量的产业。可是,到头来他们却以我这个做贼的父亲为耻而退避三舍,从来都没有为我尽过一点孝道。如今,我落了个风烛残年孤苦无依的下场。唉! 真是

开在雪地上的花朵

追悔莫及啊!"说到这里他已经老泪纵横了。

不知道为什么,看见他那伤心绝望痛苦无助的样子,我的鼻子也不禁一酸。

不知不觉我们已经聊到了天亮,当我离开那栋别墅的时候,心里竟然感到异常的迷茫。这倒不是因为我的两手空空,而是因为那位老人的身世和经历给我带来的强烈震撼。

"记着抽时间来看看我吧,我好孤独、好寂寞啊……"

临别前老人对我所说的这句话,仿佛一次又一次地回旋在我的耳畔。一阵寒冷的晨风迎面吹来,我不由自主地打了一个冷战。

那以后,我也曾抽时间去看过他几次,给他带去一些吃的和用的,陪他闲聊。可是,忙忙碌碌、提心吊胆的偷盗生涯使我很快就把这件事情淡忘了。不久我就在一次偷盗作案的时候,不小心被警察发现并逮捕了……

半年后,当我刑满出狱再次想起老人,并以同样的方式潜入他家时,我却嗅到了一种与第一次来时截然不同的气味。一种臭味,不!确切地说是一股霉败腐臭的气味。一种不详的预感猛烈地撞击着我。

我摸索着拉开了客厅的灯,却看见老人仍然寂寞孤独地蜷伏在那个沙发上。和上次不同的是,这次他不是坐着,而是俯卧在那里。

我快步向他走去,那股愈来愈浓烈的腐臭味迫使我不得不用手捂住了鼻子。等走到近前,就更加证实了我的预感和猜测。这个孤苦无依的老人已经死去很久了。我呆呆地注视着他那痛苦万状的尸体,不禁又一次打了个冷战。看见老人的尸体,我仿佛看见了未来的自己。正当我不知如何是好的时候,却蓦然看见沙发前面的茶几上放着一张信纸,我急忙上前抓起展开。

只见上面写道:"我知道你还会再来的,可是我已经等不到你来了。谢谢你在我生命最后的日子里陪我度过了一段难忘的时光,但愿我的死能够改变你的生活。请帮我料理好后事,变卖我的房产,留下你的生活所需,将其他的全部捐献给慈善事业。我想你一定会明白,我为什么不把这些财产留给我的两个儿子。最后请你再听我的一句忠告吧:人生在世,与其抓住权利和财富,还不如抓住快乐和幸福。"

信还没有读完我就已经泣不成声了,哭声久久地回荡在这栋空旷而陈旧的住宅里。当我把眼泪擦干的时候,我仿佛已经看到了一个全新的灵魂和一个真实的自己。

少年忧伤

一

虹虹爱看小人书。虹虹看小人书入迷的模样好俊。

虹虹不太搭理我们男生,除非他有小人书。虹虹会很乖巧地走到那个男生跟前,能让我看看你的小人书吗?男生百分百地投降,百分百地把小人书送给她,哪怕这男生正看得入迷。

我攒着零花钱,买了一本《小李飞刀》,故意在虹虹面前显摆。

虹虹来借我的小人书了。

我要求虹虹就在学校的小河边看。

虹虹听话地点点头。

夕阳映红了清凌凌的河水,波光粼粼,好看得像虹虹的酒窝。

同学放学都要走过这条小河,看到我和虹虹在一起,男同学羡慕地吐舌头。

天暗了,看不清了。虹虹要带走小人书。

我不答应,只同意明天放学还让她在河边看。

晚上,阿飞把我的小人书借走了。

第二天放学,我叫虹虹,虹虹说她已经看过了。

是阿飞昨晚拿走我的小人书去巴结了虹虹。

我揍了阿飞。

阿飞不理我了,虹虹也不理我了。

我发誓:要是再省钱去买小人书,我就是小狗。

二

男生滑冰,女生在旁边看。女生中有我妹妹和虹虹。

我们当时滑的是冰板。冰板制作很简单。锯两块与脚大小相等的木板,每块木板镶上两根铁丝,再系上绳子绑在鞋子上就行了。

男生滑得显摆,女生看得眼馋。

我妹妹要滑,被我给哄走了,我正在给女生加深印象呢。

虹虹抬了抬下巴,说让我滑滑。根本就不是商量的口气。

我立即就把冰板从脚上解下来,殷勤地帮助虹虹系上。妹妹在边上做鬼脸,我装作没看见。

虹虹小心翼翼地走了几步,说,不行,冰板太大了。

回到家里,我量了妹妹的脚丫子,就找来木板用钢锯条截木板。

妹妹很兴奋,中午吃饭一个劲往我碗里夹菜。

我在冰上滑着,另一幅冰板背在我身后,妹妹急得直嚷嚷。

我在等虹虹。

虹虹来了,手里提着一双带着雪亮冰刀的真正的滑冰鞋。

大家呼啦都围了过去。

我把身后背的冰板扔给了妹妹,回家。

晚饭,妈妈表扬我,知道带妹妹了。

我烦死了。

三

学校参加部队的文艺汇演。

安排我和丫丫演李玉和李铁梅。

安排阿飞和虹虹演杨子荣和小常宝。

我不愿意,我不演李玉和,我要演杨子荣,

我想和虹虹演,让我演座山雕演栾平都行。

我找老师提要求,老师不同意。

我就开始捣乱,排练故意忘词,唱跑调。还挖苦丫丫。

丫丫气哭了,找老师告状。

老师很生气,后果很严重,把我给拿下来了。

老师果然让阿飞去演李玉和,去和丫丫对唱了。

我就等着演杨子荣。

丫丫病了,发烧。老师让虹虹去接替丫丫演李铁梅。

丫丫病好了,和我一起演杨子荣和小常宝。

老师说,这回你满意了吧,好好排练。

我气得去找丫丫吵架。

丫丫莫名其妙,说我怎么啦?

怎么啦?你瞎病啥呀?!

四

看电影。

部队的电影大都在露天放映。

大操场,竖起两根杆子,撑起一块白色的银幕。

有电影的日子是快乐的日子。

老早,就有人开始占座位了,书包、帽子、砖头都代表着一个人已经就位。

我早早就坐在一个砖头块上,盼着天快快暗下来。

人头攒动时,我看到了左顾右盼的虹虹。

虹虹肯定没有占到好的座位,她有些焦急。

好的位子已经被挤得无处下脚。

我起身就往军人服务社跑,气喘吁吁地要搬椅子。

我妈妈奇怪了,这孩子从来都是坐砖头,今天讲究了。

我扛着椅子挤到虹虹身边,故意说,人不见了,椅子没人坐了。

虹虹没有反应,我又故意说了一遍。

前边有个女生朝虹虹招手,这里有个空位,快!

虹虹一跳一绕地坐在了一块砖头上,那正是我刚才腾出来的位子。

我那个气呀。

阿飞过来了,看到我的椅子空着,说咱俩坐。

我一脚踹在阿飞精瘦的屁股蛋上。

那晚放的啥电影? 小狗才记得呢!

五

虹虹咱巴结不上,拉倒。

丫丫可是像我巴结虹虹那样巴结我。

举个例子,下雨,她把妈妈送来的伞给我用。

再举个例子,丫丫悄悄地往我的座位斗里放苹果。

学校宣传队到农村演节目,来去都是坐着拖拉机。

演出结束,天晚风凉。

我带着军大衣。

丫丫说,哥哥咱俩盖大衣吧,冷。

我把大衣摊开了。

丫丫说,阿飞你也起过来吧,人多暖和。

三人盖着一个大衣在拖拉机的拖斗里颠簸。

不一会儿,都睡着了。

大衣颠簸掉了,我竟然看见,阿飞和丫丫俩人手拉着手。

我不知道怎么了,眼泪就委屈地流下来。

我把大衣紧紧裹在自己身上,我冻死你们俩!

陈永林

乌　鸦

二傻的院子里有棵枝茂叶盛的鸡公树,鸡公树上有两只鸟窝,一只鸟窝里住着一只喜鹊,另一只鸟窝里住着一只乌鸦。每天早晨,喜鹊便"加加"地叫两声。喜鹊叫时,二傻的父亲乐哈哈地笑:"喜鹊给我们报喜呢,今天不知又有啥喜事。"二傻的母亲也笑着说:"喜鹊叫得真好听,喜鹊一叫,我身上的骨头都酥了。"乌鸦有时也忍不住跟着"呱呱"地叫,二傻的父亲便拿石头扔树上的乌鸦。母亲对二傻说:"快骂乌鸦。"二傻便骂:"乌鸦对着我呱,乌鸦死了爷,娘在屋里哭……"后面的话,二傻忘了。母亲骂二傻:"已教你一千遍了,还记不住。你这猪脑子!"二傻的母亲骂起来:"娘在屋里哭,爷在山上放爆竹……"据说乌鸦是报忧鸟,乌鸦一叫,就有坏事降临,只有对乌鸦大骂,乌鸦的报忧才不灵验,才能化险为夷。

乌鸦不敢再叫了。

乌鸦对喜鹊说:"人们怎么讨厌我的叫声,却喜欢你的叫声呢? 你的声音并没有我的声音好听呀。"喜鹊说:"我是报喜鸟,你是报忧鸟,人们自然喜欢我。"乌鸦说:"那我今后只报喜,不报忧。"

这天,二傻的弟弟划火柴,把灶外的柴火引燃了,浓烟一个劲往外飘。二傻的父母都在田地里干活。乌鸦对喜鹊说:"我得去叫他们回来灭火。"喜鹊说:"那你不又成了报忧鸟?""那你说怎么办? 眼睁睁地看着这火越烧越大,然后把这房子烧为灰烬? 我办不到,我情愿他们讨厌我。"乌鸦说着飞走了。乌鸦在二傻父母的头顶上盘旋,并"呱呱"地急叫。二傻的父亲捡起块土坷垃扔乌鸦,二傻的母亲又骂乌鸦,"乌鸦对着我叫,乌鸦死了爷……"乌鸦仍不飞走,叫得更急了。二傻的母亲说:"是不是家里出了事? 乌鸦给我们报讯来了。"

二傻的父母急急地往家里跑。很远,便看到房子的上空浓烟滚滚。二傻的父母一边跑一边喊:"快帮我救火,快帮我救火。"村人都挑起水桶,拿着水盆跟在二傻父母身后。

火终被扑灭了。

二傻的母亲蹲在地上号啕大哭,乌鸦也"呱呱"地凄叫。二傻的父亲捡起块石头扔乌鸦,乌鸦飞了。乌鸦感到很委屈,如不是自己及时报信,那这房子已烧为灰

烬。可他不但不感激他,还恨他。喜鹊说:"谁让你是报忧鸟呢。"二傻的父亲也说:"乌鸦一叫,坏事就到。还真灵。"二傻的父亲拿根竹篙捅乌鸦窝,竹篙短了,够不着乌鸦窝。二傻的父亲便爬树,爬到一人高,脚下一滑,一屁股坐在地上。二傻的父亲摸着屁股"唉哟唉哟"地呻吟。

乌鸦也对喜鹊说:"我发誓,今后天塌下来,我也不报讯。"喜鹊不说话,只笑。乌鸦问:"你笑啥?"喜鹊说:"你做不到的。"乌鸦咬着牙说:"我一定做到。"

但乌鸦还是没做到。

一条大蟒蛇进了院子,朝二傻的弟弟爬过去。二傻拿了根竹棍打蟒蛇。蟒蛇"呼"地一声蹿起来,缠住了二傻。二傻大喊:"救命。"乌鸦一个直冲,对着蟒蛇的眼睛狠狠地啄,蟒蛇痛得松开了二傻,张开大口朝乌鸦扑去。乌鸦躲开了,对着蟒蛇"呱呱"地愤怒地叫。乌鸦对喜鹊说:"你快去报信。"喜鹊说:"我是报喜鸟,我只会报喜。"乌鸦说:"那你来对付这条蛇,我让他们来支援。"喜鹊说:"别吵了,我要睡觉。"喜鹊缩回窝里。乌鸦只有同蟒蛇斗。乌鸦知道他斗不过蟒蛇,他只有瞅准机会啄蟒蛇的眼睛。蟒蛇另一只眼睛又被乌鸦狠狠地啄了一下,血一下从蟒蛇的眼睛里涌了出来。蟒蛇逃了。乌鸦累得只想趴在窝里好好睡一觉,但又担心蟒蛇会再来,只有歇在树枝上"呱呱"地叫。

收工回家的二傻父母远远便听见了乌鸦的叫声,心猛地揪紧了,又出啥事了?要不这报忧鸟不会叫得这么急。二傻的父母加快了脚步。此时喜鹊也叫了起来,二傻的父母的心这才踏实了,报喜鸟叫了,不会有啥坏事。二傻见了父母,说:"一条大蛇缠得我不能吸气,要不是乌鸦啄蛇的眼睛,我准被蛇吃了。"父亲说:"你这个傻瓜,把喜鹊说成乌鸦了。喜鹊和乌鸦都分不清。"二傻说:"真的是乌鸦。"父亲仍不信:"好,是乌鸦,在你眼里喜鹊就是乌鸦。"二傻说:"喜鹊是喜鹊,乌鸦是乌鸦。乌鸦啄蛇的眼睛,喜鹊趴在窝里睡觉。"父亲对二傻吼:"别再说了。"二傻再不敢出声了。

二傻的父亲说:"自从乌鸦在树上筑了窝,我们家没太平过,得把这乌鸦赶走。"二傻的父亲搬来梯子,拿着竹篙爬上梯子捅乌鸦窝。树枝一根根掉下来了,乌鸦在二傻父亲的头上"呱呱"地凄叫。片刻,乌鸦窝成了地上的一堆树枝。乌鸦伤心地飞走了。

这年夏天,二傻的弟弟在鄱阳湖畔玩水,脚一滑掉下了湖。站在树上的喜鹊看见了,"加加"地叫了两声。喜鹊猛地想到自己是报喜鸟,忙闭了嘴。如自己拼命地叫,那不成了报忧的乌鸦?那谁都讨厌自己。喜鹊只有看着二傻的弟弟在湖里手脚乱扑腾,头一会儿蹿出水面,一会儿沉到水里。片刻,湖面平静了。

于德北

美丽的梦

这是一家文具礼品店,在两所学校的中间。一边是小学,每天可以看到花儿一样的孩子,叽叽喳喳的,比阳光还要新鲜、灿烂;一边是中学,来来往往一些羞涩的"青杏子",让人总忍不住想起春天。就这样一家店,日日和孩子们拢在一起,喧喧闹闹地生活在一起。

店主人四十多岁,人很漂亮,只可惜两条腿却患了小儿麻痹症,久经医治,可以用双拐维持艰难的行走。

她原来在电影院工作,后来电影院解体了,自己就琢磨着开了这家店。

一晃,她的店在两所学校之间已存在十多年了,最早买过她东西的孩子已经上大学了,有的已经结婚了,甚至抱了他们的孩子来店里,让她有机会招待这父一辈子一辈的客人。

"爸爸来买,就一块,宝宝来买,就八毛。"

她坐在那里,双手半举着孩子在眼前,脸上挂满了喜庆。

听了她的话,那孩子的爸爸或者妈妈就开心地笑了,一下子也陷入温暖的回忆里。

她的店就这样,孩子来买东西打八折。

店名叫"丘比特",她的外号叫"老友"。

其实,她的真名叫"梅",孩子们对她的爱称是"老梅","老梅老梅"地叫了一段时间,她突然宣布:"我不叫'老'梅了,我叫'老有'。""老没老没"多难听啊,还是"老有"好,就叫"老有"。

孩子们一多半不明就里,跟着叫"老友"。老朋友嘛,这个称谓也不错。

这几乎成了她的口头禅。

由此也可见,她是一个原则性极强的人,这样的人往往倔强。也难怪,以她的身体,支撑这样一家店,不倔强一点也不行。

她开店,弟弟妹妹们常来帮忙,帮她照顾柜台,也帮她进货。

她对大弟说:"今天进货的时候,进三个发卡。"

大弟去了,结果进了五个发卡。

她看见了就问,大弟说,人家就剩五个发卡了,全进了,还便宜一点呢。她却不依不饶,说好了,进三个发卡,为什么要进五个?! 大弟说,还不能来一个变通吗?她说:你变通了,我这里就压货了,不行,你得给我退了去。大弟说:退了,还不值个车钱。她说:那我不管。争执了半天,大弟几乎气哭了,还是跑了一趟,退了两个发卡。

大弟说:"行行行,谁让你是我姐呢。"

是呀,谁让她是他姐呢。

她谈过一次恋爱。

那男孩的家在郊区,中学毕业了就来城里闯荡,闯荡了几年,也没闯荡出个结果。她开了店,需要一个帮手,朋友就介绍那个男孩来。男孩来了,试了几天工,给她留下了。

这个男孩长得帅气,手脚也麻利,语言也利落,一张笑脸从早到晚招呼着孩子们,小店陡增了不少的人气。

男孩会做事,自从他来了之后,她就再没吃过冷饭。他买了长长的一截皮管子,到中午的时候,就把煤气盘接到室外去,他手里的大勺叮叮当当一响,饭菜的香气就扑到鼻子里来了。开始的时候,他做什么,她就吃什么。后来,她也学会点菜了,时间一长,变成她点什么,他就做什么了。

"好吃吗?"他问。

"好吃!"她肯定地回答。

两个人对视一眼,都笑了。

俗话说,日久生情。渐渐地,两个人都有了那么一点点感觉,感觉对方好、体贴人,感觉离了对方,心里就空落落的。于是,一场暂短的,也是轰轰烈烈的恋爱开始了。说这场恋爱短暂,前后不过一年;说它轰轰烈烈,是因为他们之间的年龄差距。他们相差十岁,这样一场姐弟恋,会遭到别人怎样的看法呢?

压力是自然的。

面对压力,她是不怕的。

可面对压力,他呢?

时间长了,他就露出惶恐来。

也许,开始爱情是一种冲动,可结束爱情却需要一种理智。她考虑再三,当然主要是为他考虑,决定自己应该理智,不管自己有多么地爱他。她对他只提了一个要求,要见见他的母亲,他犹豫再三,勉强安排了。

那一天,她穿着得体,在"莲花阁茶艺社"见了他的母亲,她强忍着,可还是哭了。她说,她爱他是真心。她说,她没有勇气带着他去抵挡世俗的中伤。她当着他母亲的面,给了他两万块钱,应该是她开店后的全部收入吧?她知道,他有他的理想,那理想不太恢宏——开一个和她一样的店,自己的店。她给了他两万块钱,有了这笔钱,足够他去继续闯荡他的世界了。

她就是这样一个人,原则性极强,性格里透着扭不弯的倔强。

现在,她已经不年轻了,仅和十年前的自己比,就已经不年轻了。她对着镜子梳理鬓边的头发,发现了黑丝里掺杂着白发。

一个小姑娘怯怯地进来,悄声悄语地说:"阿姨,我爸爸想给我买一个娃娃。"

噢,好可爱的小姑娘啊,天使一样美丽。

她尽量地弯下身去:"是爸爸要给你买一个娃娃?"

小姑娘点头。

她微笑着说:"要是爸爸来买呢,这个娃娃就卖十块,要是你来买呢,就卖八块,你是让爸爸买呢,还是自己买?"

小姑娘想了想说:"我自己买。"

她捧起小姑娘的脸,开心地说:"真聪明!"

小姑娘又想了想,说:"可是,可是钱是爸爸的。"

听了小姑娘天真的话,她笑了,而且笑出了声。

她在笑着,可那站在门外的小姑娘的爸爸却忍不住哭了。

李永康

二胡的悲剧

好多次走上舞台,面对痴情的观众,那把二胡却发出令人失望的音色。为此,我很沮丧也很悲伤。这把二胡的确太漂亮了:褐色发亮的琴杆,洁白如水的弓,云状斑纹的蟒皮……最重要的它是一位女孩送给我的。

那时候我即将从音乐学院毕业。那女孩是我在学院的舞台上拉那支著名的《二泉映月》认识的。那天我拉完后忘了下台,报幕员报了下一个节目我才回过神来,自我感觉非常良好。落座后我都还在回味,邻座的一位女孩伸过手轻轻地拍了拍我表示祝贺。我颇感诧异。那女孩不顾周围同学的乜眼称赞说:"你拉得很有激情,不过还没有拉出凄凉悲怆的旋律来。"我心里一震,也有点别扭,慢慢地眯上了眼。那女孩知趣地不再说什么。

晚上我去河边散步,那女孩也在那里。我正想避开她,她却跑过来招呼我,还说已等我好长时间了。我莫名其妙地盯着她。她心直口快地向我道歉,要我原谅她下午的直率。接着她告诉我,她叫梅,比我小一个年级,最爱听我拉二胡,已经注意我许久了。我心里很激动,也为自己的小肚鸡肠感到脸红。那天晚上我们谈得十分投入。后来我们又多次来到河边。渐渐地我才知道,梅和我一样来自偏远山区,只是她们那里的条件更差,所以日子过得比我家还紧。可是这些情况你从梅的外表是无论如何也看不出来的。更让人惊讶的是梅敏锐的眼光。

有一天晨跑,梅说我近来好像有什么心事。我摇了摇头。梅说,你最近拉二胡总显得沉重有余凝重不足!我鼻子一酸,转过身看远方初升的一轮红日强把眼泪咽了回去。我不能告诉梅,我被分配回了家乡,也许那里贫穷艰苦的生活将使我永远失去心爱的二胡。就在我走出校园步入社会的时候,梅送了我这把精致的二胡。我知道梅对我有意,可我却毫无准备,也没有回赠梅什么。我只在心里暗暗地发誓,我一定不要辜负这把二胡。

应该说我是幸运的。我来到山区工作了半年就被外省的一家歌舞团看中,我又可以专心致志地拉二胡啦!我要把这个好消息告诉梅——初到那片贫瘠的土地使我心灰意冷,除了给家里报过一声平安外,我还没有给同学写过信,更没有给过梅只言片语——我觉得没有颜面见人啊！去歌舞团报到的当天，我买了最好的信笺纸，用尽了平生所学的极尽美好的词汇——就差把心掏出来装进信封寄给快要毕业的梅了。我盼呀盼，十天二十天，一个月过去了，梅也不给我回信。我又写，用快件寄，信原封不动地退回。开始我不理解，接连收到几十封退回的信，我才明白了梅的良苦用心。梅是要我一心一意地拉二胡呀！从此，我心中只有二胡。

转眼五年过去了，我尽管一直苦练，频繁地登台，却没有获得成功。我对自己也失去了信心。这时梅老是在我的眼前晃动。每晚做梦也梦见梅。我心里好苦啊。剧团要我参加全国民族器乐大赛，我也懒心懒肠的。走上舞台，我心中也只有梅——台下的观众和评委消失了。梅楚楚动人地对我微笑。我想开口给梅说什么却说不出来。梅似乎要走，我急了，忙操起二胡忘情地拉了起来……直到台下响起了雷鸣般的掌声，我才知道我这是在台上演出。比赛结束，我意外地得了特等奖。

我对梅的思念更加迫切了。我决定亲自回一趟学院。我一定要找到梅，我要把这个喜讯告诉她。学院的一位教师费了好大劲才想起来。她说，那位女学生当年因拿了学院的一把珍贵的二胡被开除了……

我被惊得目瞪口呆！

开在雪地上的花朵

刘靖安

吃 雪

这天,大雪,很冷。

杜太太站在雪地上,始终微笑着。纷纷扬扬的雪花白了她的头发,白她的衣服。慢慢地,杜太太蹲下去,伸出青筋突出的右手,五根手指深深插进雪里,抓起一把雪,对面前的男人说,你,吃雪吗?

男人摇头,说,不吃。

我吃。杜太太说完,一把雪就揉进了嘴里。杜太太的牙掉得差不多了,幸好,雪不用牙咬,自个儿慢慢化了,成了水。吃完一把雪,杜太太又抓了一把。吃完三把雪,杜太太就被雪水滋润得鲜活起来了。她的微笑,水灵灵的,像一碰就会涌出水来。

男人看得目瞪口呆。

杜太太站起身,拍了拍双手,对男人说,你走吧。男人就蹒跚着走了。男人一步一回头,对杜太太说,你再考虑考虑吧,我是真心的。杜太太没说话,只是使劲地挥手,很坚决的样子。

杜太太的丈夫已经死了十多年,很多好心人看她无儿无女,一个人生活得有些孤独,就张罗着给她找老伴。杜太太开初一概回绝了,后来实在不好拂了人家的好意,就半推半就有条件地答应了。她的条件是,见面可以,必须是冬天下雪的时候。每年下雪天,杜太太都会见上几个男人,但没一个男人愿意像她一样吃雪。不吃雪,其他的事儿就自然免谈了。

人们不理解,都说,杜太太这人,怪!

是啊,杜太太这人确实怪。就拿"杜太太"这个称呼来说吧。村里人从没有谁把一个女人叫做某太太的,而杜太太偏偏让人们这样叫她。谁要是不这样叫,她心情高兴,就看你一眼,说,叫我杜太太;如果心情不好,她就不说话,只用眼睛的余光剜你,像仇人一样,让你下不了台。久而久之,人们都习惯了,都叫她杜太太了。

杜太太的丈夫姓杜,叫杜一虎。活着的时候住在村东。村东有一条河,叫巴河。河上,有一座古老的石拱桥。再往东,就是一条通往县城的公路。据说,杜太太就是从县城里来的,当然,这也只是据说,谁也不知道她是哪儿的人,是怎么到村里来的。很多人问过,问杜太太,不说;问杜一虎,也不说。

那年,天降大雪。

那年,饥饿像一条蛇,冰冷地缠住了村里的每一个人。父母都饿死了,杜一虎也挣扎在死亡的边缘。一天早晨,杜一虎坐在雪地上,大把大把地吃着雪。远远地,杜一虎看见,一个人影趔趄着步子,向自己走来了。杜一虎摇摇晃晃站起来,也趔趄着步子,迎了上去。

走着走着,两个人好像都用尽了全身力气,一屁股坐了下去。两个人之间的距离,不过一步之遥。

杜一虎努力地睁开眼睛,他看清了,眼前的人,是一个瘦得不成人形的大姑娘。她,就是现在的杜太太。

杜太太说,大哥,给点吃的吧。

杜一虎听到这话,竟然笑了笑,说,好啊,其他的没有,我请你吃雪。

杜太太怔了怔,说,那,我们吃雪。

杜一虎说,好,我们吃雪。

杜太太抓了一把雪,揉进了嘴里。杜一虎跟着抓了一把雪,也揉进了嘴里。

吃完一把雪,杜太太说,我们,要活下去。

杜一虎刚才吃过雪,吃得不少,听了杜太太的话,使劲地咽下一口雪,也说,我们,一定要活下去。

两个人吃了雪,哆嗦着,搀扶着,慢慢走向了杜一虎家的土坯房。

从此,杜太太就在村里住下来了。

后来,生活渐渐好了,有吃的了。杜太太还是盼望下雪。下雪的日子,她就和杜一虎一起出门,选一块雪地,像小孩一样疯玩。玩够了,就面对面坐下去,一边说话,一边吃雪,你一把,我一把,吃得贼欢。杜一虎死后,杜太太就一个人吃,每年都吃,一边吃,一边叫着杜一虎的名字。叫着叫着,就流下泪来,雪水和泪水,全让她吞进肚里去了。

这些,村里人都知道。但大家不明白的是,杜太太怎么就那样怪,怎么偏偏喜欢吃雪的男人呢?

现在,又一个男人走了。杜太太也不知道,她到底见过多少个男人了。男人的背影在雪光的映照下,把杜太太的眼睛晃得生疼。渐渐地,杜太太的眼睛模糊了。

不知不觉,一个冬天就这样完了。冬天完了,就是春天、夏天、秋天……季节不断更替,可杜太太还是老样子,还是一个人孤零零地生活着。

一天傍晚,又有人走进了杜太太的土坯房。

杜太太好像苍老了许多,不知什么时候,她已经挂上拐棍了。来人看着日渐苍老的杜太太,说,一个人住在这房里,连个说话的人都没有,杜太太你这日子苦哇。

习惯了。杜太太说。

我又给你找了一个,眼看又要入冬了,你再试试吧。你放心,我替你问过了,这个人说他也会吃雪。来人敞开嗓门,声音很高,生怕杜太太听不到。

真的吗?杜太太的眼睛亮了一下。

当然是真的,我怎么会骗你。来人说。

好吧。杜太太满心地答应了。

可是,杜太太等了一个冬天,没有下雪。杜太太一生中,也第一次没有吃到雪。

杜太太像丢了魂似的,喃喃地说,今年,怎么不下雪呢?

吴宏博

你这个坏蛋

我一直不爱父亲,因为我感觉父亲从小到大就不爱我,他给我用得最多的一句话就是:你这个坏蛋!

母亲共四个孩子,我是最后一个出生的,我前面有一个哥哥和两个姐姐。听母亲提起过她在怀我的时候身体很不好,因为生养哥哥和姐姐时落了一身的病,父亲就多次建议母亲把未成型的我"做掉",好在外婆阻止,我才幸免"遇难"。所以我固执地认为,父亲从一开始就不爱我。我还曾试探性地问过母亲:"爸是不是根本就不爱我?"母亲就慈善地笑,打着我头说:"胡说,哪有父亲不爱自己儿子的?你们四个,你老小,你爸最爱的就算你了!"我知道那是母亲为父亲的开脱。

父亲爱不爱我,我最清楚。我是被他骂大的,小的时候,看见我"研究"家里的钟表,他会骂:"你这个坏蛋,又在搞破坏!"看见我和其他小朋友打架,他会骂:"你这个坏蛋,又不学乖!"我开始上学了,如果哪次考试考得不好,他会骂:"你这个坏蛋,又没好好学!"即使哪次考好了,他还会骂:"你这个坏蛋,可别骄傲!"大学毕业了,我走向社会,他还要骂:"你这个坏蛋,到单位别给你爸丢人!"上了几年班,我年龄渐渐大了,父亲接着骂:"你这个坏蛋,也不抓紧谈个对象,小心当光棍!"我结婚了,心想父亲该歇歇了吧,没想到他还继续骂:"你这个坏蛋,也不看我跟你妈都一把年纪了,身边连个孙子都没有!"

三十年来,我最不爱听的一句话就是——你这个坏蛋!最不爱的一个人就是骂这句话的父亲。

妻子怀孕了,我发誓将来要好好爱我的孩子,用我的爱去换他(她)对我的爱!我不想成为父亲一样的父亲!

孩子要出生了,我、母亲和父亲都守在产房外。里面一声啼哭,我当爸爸了。护士抱了孩子出来,说:"是个儿子呢!"我接过儿子抱在怀里,小家伙一声大哭,竟翘起小鸡鸡尿了我一身,我笑着竟脱口而出:"你这个坏蛋!"我为自己给儿子说的第一句话而震惊,这为什么不是我为我深爱的儿子精心准备的第一句话呢?在内心反复演练了十个月,第一句我绝不是想说这个呀!已近七旬的父亲一边笑呵呵地低头用手指逗孙子,一边不经意地给我说:"你这个坏蛋,当年还不是尿我

一身!"

　　那一刻,我才忽然明白表达爱的方式有无数种,父亲的方式只是其中一个不算特殊的表达。天哪,我错怪了父亲整整三十年! 我这个坏蛋呀!

阎耀明

重逢的意义

这里与喧闹的城市一河之隔。这里有开阔而肥沃的土地,有清新的空气,排列整齐的日光温室、塑料大棚点缀其中,弥漫着浓郁的乡土气息。能在这里安身,刘哲十分满足。

刘哲没有腿,在一次围歼拒捕歹徒的战斗中,他的双腿被歹徒击中了。他曾靠自己的智慧和胆略侦破过无数起案件,抓住过许多凶残的罪犯,但他对这些成绩只字不提,并且拒绝了立三等功和两室一厅住房的奖励,他不想要任何荣誉,只想到这个位于城郊的小村里,与母亲一起安安静静地生活。

一些青菜装在一只塑料方便袋里,静静地躺在门边。是早晨开门后母亲首先发现的。谁放的呢? 刘哲想了好一阵也没有结果。

每天早上,都有一袋新鲜青菜静静地躺在门边,足够他们母子俩吃的。母亲可以不用买菜了。

但刘哲觉得,他有必要把事情搞清楚。他决定明天凌晨起床,再来一次"蹲坑",侦察一下。

太阳快落山时,一位小女孩来找刘哲,"我爸爸今天过生日,请您过去一起吃晚饭。"小女孩指了指后面的一座房子,"叔叔快走吧,我爸爸把饭菜都做好了。"

小女孩推着轮椅走进了那个宽敞的院子,男主人帮助刘哲把轮椅摇到了屋里。

两个人相对而坐,桌上,是散着香气的菜肴,还有酒。

刘哲开始打量这位请他吃饭的人。

"菜是我送的。"男人垂着头,"今后你吃菜都由我负责了。我种菜施的是农家肥,没有污染,干净。"

"你是——"刘哲发现这个人很面熟。

"你的事报上登了,你搬来那天我就认出你了。"男人接着说,"你抓的坏人太多了,所以认不出我了。我是你曾经抓过的抢劫犯米羊。"男人慢慢地抬起头。

刘哲点点头,"对,你是米羊。你怎么会在这儿?"

"我刚从狱里出来时,身无分文。你给了我五十块钱。当时我的脸,真比挨了一巴掌还难受。我决定重新做人。我承包了这里的蔬菜大棚,靠种菜我生活得很

好。"泪水很快盈满米羊的眼窝,"刘哲,没有你,很难想象我会有今天。"

　　刘哲心里一热。他伸出手,叫了一声:"米羊!"

　　两只手紧紧地握在了一起。

沈会芬

心中的爱不会忘记

救援部队摸黑赶到小山村时,玉琳在漆黑狭窄的空间里,已经被压了十多个钟头了。

半夜里,玉琳是被轰隆的响声惊醒的,她一下子从被窝里坐了起来。没有等她醒过神来,紧接着她的眼前一黑,一块巨大的水泥板从房顶上掉下来,正好砸在她的脚边上,另一头重重地搭在身后的墙体上。本来她想喊睡在另一头的表姐,可飞落的石头子和尘土,呛得她发不出声音。

等待一切都平静下来,惊恐的她摸到了表姐那冰冷的双脚,那上面有腥味刺鼻的血。她举着粘满鲜血的双手呆呆地躺在那里,此时,她的大脑里一片空白。

天黑前,她和高她两级的表姐结伴回到了家。因为今天是星期天,母亲特意做了一大桌子的好饭菜,让在学校里吃了一星期咸菜的她们解解馋。晚饭后,玉琳和表姐躺在床上聊天儿,表姐说:明年我一定要考一所好的大学,走出山村,去看看外边的世界。谁也想不到半夜里发生了可怕的地震。

玉琳的心情渐渐地平静下来,此时她不能太伤心了,因为地方小,空气会渐渐地稀少,她的生命也会受到威胁,她现在唯一能做的就是保存体力,等待着救援人员的到来。

玉琳感觉到自己的呼吸越来越困难,她渐渐地进入了昏迷的状态,恍惚间她隐隐约约听到了一种响声,她的心中有了期盼,强迫着自己清醒一些。她摸索了好长一段时间,才摸到了一块石头,她向水泥板敲去,一下两下……

武警战士玉强突然听到了一声轻微的敲打声,他立即放下手中的铁锹,趴下身子把耳朵紧紧地贴近地面上。玉强突然站起身来,激动地大声喊道:快快挖,下面还有人活着。

陷入昏迷中的玉琳,瞬间感觉到呼吸变得有些畅快了,隐隐约约有一丝丝小风吹进来,她惊喜地用手中的石块再次向水泥板敲打……嘴里断断续续地喊道:救命啊! 救命……

这时她感觉到一只沾满土的大手伸了进来,她一把抓在胸前,紧紧地不再松开。外边的玉强温和地说:小妹妹,不要害怕,别紧张,我们来救你。

开在雪地上的花朵

洞口能容一个人进出时,他叮咛道:来,小妹妹,我慢慢地拉你出来。玉琳听话地把手伸出来,递给玉强,他小心翼翼地试探着向外拉玉琳,玉琳的双手一下子搂住了他的脖子,玉强抱起玉琳向救护车跑去。

几年后,大学毕业的玉琳,找到了合适的工作。在她脑海的深处,永远忘不掉那个叫玉强的战士。她鼓足勇气到部队去找,部队的领导告诉她,玉强几年前已复员回老家了……

杨海林

向下开的花朵

我的高中是在乡下念的。

虽说不上是百年老校,但至少也是半百了吧。教风严谨,教学成绩却很差。校长老曹没办法,到高二时,便将每个学生在心里盘桓一遍,然后,在文、理科的基础上增设了一个综合班。

这个综合班,实际上收留的都是一些"害群之马",为了笼络我们,在开设正常科目的同时,还邀请了乡里的农技师来给我们开设了几个劳动技能课——凤尾菇的栽培呀蜜蜂的饲养呀什么的。

那时还没有职业技术学校,老曹的这个权宜之计竟引起了教育部门的重视,三天两头地到我们学校来开现场会。

我们的鼻子都气歪了:这个老曹,不是存心拿我们开涮嘛?

这样的课,只有苏紫耘爱上。

苏紫耘和我是同桌,每次上这样的课,我都看见她拿个笔认认真真地做着记录,有时,还主动举起手来提几个这样那样的问题,那架势,好像田间地头的老农。

我们都觉得好笑:这个苏紫耘,是不是脑子进了水了?

好在乡里的农技师们也知道这不过是做做样子,没几天,就摆出他们的派头来了,上课,来得也不准时了,即使来了,那课讲得也不认真。

苏紫耘再提问,就常常让他们很为难。

苏紫耘就叹口气。

再后来,苏紫耘也不爱上这样的课了。

一个人,去了操场。

那时流行一首港台歌曲,叫《穿过你的黑发的我的手》,苏紫耘就有那样的一头黑发。

苏紫耘的头发又黑又亮,披开来,像一面镜子,能在她的头发上看见人的影子,而且,这些都不是洗发水护发素呵护下的结果,这样的黑发,难道还没有许多双手想穿过吗?

很长,一直垂到屁股下面。

却被苏紫耘剪了。

剪成个很短的蘑菇头。

原来，苏紫耘找了体育老师，想考体校。

成绩不好，又不甘心回家种地，谁不想考体校啊？

体育老师姓姚，叫姚益香，从淮阴师院体育系刚分配过来，篮球专业的，一心想给他的母校再送进去一个篮球专业的学生，便同意了。

但有个条件，让苏紫耘先掂球，能在一个星期内把球掂得像他一样熟练，就教她。

五天后，我们去操场观看苏紫耘的掂球表演。

苏紫耘静静地站在操场上，眼睛怯怯地看着脚下的杂草。

姚益香从我们中抽了7个平时喜欢打球的学生，然后把口哨一吹，宣布如果这7个人能在半小时内从苏紫耘的手中抢过篮球，发毕业证书时我们的体育成绩肯定是一路绿灯。

再吹一声口哨，比赛开始了。

这时的苏紫耘哪是苏紫耘哟！

苏紫耘在人群中左冲右突，那球在她手中忽高忽低，嘭嘭的响声撞击着我们的耳鼓，我挤在人群中，只觉得苏紫耘身上滚热的汽浪向我袭来，转瞬间又无影无踪。

过了10分钟吧，我们一开始的信心都没了。

妥协了。

姚益香怂恿我们再坚持一会，说女同学都有个缺点，就是缺乏耐力，没准过一会她就要主动认输了。

鬼子累得满头大汗，蹲在地上说抢什么抢呀，这篮球就是她苏紫耘生的儿，能让咱沾边儿？

把所有人都逗乐了。

到了高三，所有人都认为苏紫耘考上个淮师体育系已经没有任何问题了，校长老曹甚至婉转地暗示姚益香去他的母校拜访一下。老曹的话说得很绝，他说咱们也不指望那些考官关照什么，但是也不能挨黑枪呀。

文化课是提前考的，歪歪扭扭地，居然被苏紫耘考过去了。

去淮阴师院参加专业考试的前一天，校长老曹特意安排了一场篮球比赛为苏紫耘壮行，苏紫耘作为我们这些差生的榜样早就成了大家瞩目的焦点，所以这个比赛聚集了很多人，有的甚至是从别的学校赶来的。

掌声一直就没停过。

到下半场时，可能是苏紫耘觉得不过瘾，总想表演个高难度动作，后来，她终于逮到一个机会，抱着篮球在空中连翻了两个筋斗，这才将球塞进球篮。

哗——,掌声雷动。

就在苏紫耘将要落地的一瞬,她的短裤忽然落了下来,像一朵向下开着的花。

苏紫耘的家里很穷,只和一个奶奶相依为命,哪里买得起球衣呀?平时训练时就一直穿她奶奶给她缝的短裤,可能是平时流汗过多,把里面串着的布条儿泡烂了,一用力,就断了。

全场的人一下子愣住了。

姚益香反应快,顺手扯过一面彩旗,遮住了她裸露的下半身。

苏紫耘的脸白了一会儿,竟艰难地笑了笑。

哗,又是一片掌声。

此后,就没了苏紫耘的身影。

据说,去淮阴师院考试的那天,校长老曹特意买了一身球衣送给她。

那天,苏紫耘很兴奋,考得也很顺利。

姚益香不放心,找了他的一个哥们打听,说是绝对没问题,就是有挨黑枪的,那也轮不到她苏紫耘这样的成绩。

考完试的当天晚上,苏紫耘就死了。

回到家上吊死的。

还留下了遗书:我的家里实在太穷,就是考上了,我也上不起呀。

要是这样说,她也没有必要去师院考试呀。

鬼子说。

你放屁。

校长老曹狠狠地骂了他一句。

那张录取通知,后来一直被校长老曹放在学校的陈列室里。

英霆

面　试

某外资企业招聘工作接近尾声。经过层层选拔进入前三名的人,要通过外国老板的亲自面试。

华伟是第三个,也是最后一个走进总经理办公室的人。他礼貌而又得体地说:"总经理,您好!"

总经理没有说话,而是瞪着一对蓝眼睛注视着他,脸上写满了惊疑,继而又换成了惊喜。

"小伙子,世界真是小啊!我们竟然又见面了。"总经理一边从老板台后面转过来,一边操着半生不熟的中国话兴奋地说。

华伟愣了,自己好像没见过这个洋老头。

"怎么,你不记得了?去年6月在西湖的游船上,我女儿不慎落水,是你勇敢地跳入水中把她救了上来。"他双目闪烁着激动的火花,滔滔不绝地说着。

"对不起,总经理,我没有救过您的女儿。"

"什么!小伙子,这件事对你来说可能是一件小事,你记不清了。可对于我和我的女儿来说那可是一件天大的事,我不会认错人的。喔,你请坐,我们慢慢聊聊。"

华伟没有坐下,他望着总经理很认真地说:"总经理,您一定是认错人了。因为去年我根本没到西湖。"

总经理仔细地瞅了瞅华伟:"对不起,看来真是我认错了,但你和那个人长得太像了。"

休息室里,公司秘书宣布:华伟先生被聘为总经理助理。

游睿

寻　找

闷热!

我站在大街上,看着来来往往的车辆,看着来来往往的行人,心里空荡荡的。这会儿,我的书包越来越重,大概是因为有了里面的那台机器吧。我放下书包,小心翼翼地取出那台机器。它其实并不大,构造看起来似乎也很简单。可是现在我急于找到一种燃料,让这台机器在短时间内转动起来。

老实说,我一直觉得自己的智商可能有问题。同样的教室,同样的老师,同样的课,可每次考试的分数我却总和别人不一样。要说唯一相同的,就是我始终是最后一名。我也想过要考好一点,想过给父母的脸上添一点点喜悦,可是我的成绩总是最后一名。

老师说,你得找找原因。比如,向你的同学陶小毛学习学习,向他取点经。

我其实是个很听话的孩子。我按照老师的话狠狠找了好几天,最后我拔了好几撮头发,终于把原因定为自己的智商有问题。尽管如此,我还是决定向陶小毛学习学习,向他取点经。

或许这是我唯一的希望。

陶小毛的智商其实我认为也不怎么高,甚至有时候我还觉得他傻乎乎的。他学骑自行车学了好几天才学会,而我半天就会了。可是他成绩总是班上第一名。成绩好不是智商高又是什么?

玄!

我是在一个阳光特别放肆的下午拦住陶小毛的去路的。当时陶小毛正小心翼翼地捧着一个盒子,他脸上那两块眼镜片被太阳照得很刺眼。陶小毛的步子很慢,像是在努力地想什么。

站住!我想把自己的出现变得更加文明些,但我的智商却叫我只能这样和他打招呼。

陶小毛不是我想的那么糟,对着阳光,我看见他脸上有笑容。

有事?

有事!

我说，陶小毛，你知道我智商出了问题，可你的智商为什么那么好？为什么总考班上第一名？你得老实告诉我，不说我今天不让你回家！

知道啦。陶小毛说，我早知道你会在这里问我，我已经等你很久了。

你怎么知道我会找你？

秘密。陶小毛又笑了笑，笑得有些狡猾。

那你就快说吧。我没什么耐心。

陶小毛这时候变得有些异样起来。我感觉他身上有种神奇的东西在感染着我。他说，其实我们每个人都可以变得聪明起来的。但必须要有我这台机器。

机器？什么机器？

陶小毛就把他手里的盒子递给我。看，就是这台机器。陶小毛看看周围，然后把嘴凑到我耳朵旁边对我说，你信不信这台机器是一个外星人给我的？外星人说只要谁能让这台机器转动起来，谁就会变得出奇的聪明，智商就会变得特别的高。老实告诉你吧，我成绩好就一直靠它呢。

真有这么神奇？

骗你是小狗。陶小毛很认真地说。

我连忙睁大眼睛说，你可以借给我吗？要不租给我，或者卖给我？我一旦有了这台机器，再让他转起来，我还担心什么？

可以，当然可以。想不到陶小毛出奇的大方。不过，他愣了一下说，但你现在是无法让这台机器转动起来的，因为它里面没有燃料。你必须亲自找到一种燃料让它转动起来。

你就不能告诉我是什么燃料？

陶小毛说不能，你自己去找吧。说着陶小毛转身就走了。

我赶紧把那台机器放进书包。我决定哪怕今天不回家也要找到这种燃料。

就这样，我走上了大街，开始寻找那种燃料。我首先去了加油站，加了一些汽油在里面，可是那台机器根本没反应。接着我又去了燃气公司，把天燃气做燃料，可是机器还是不动。紧接着，我又用了煤、酒精等许多东西做燃料，可是都没能让那台机器转动起来。

我终于有些着急了。我觉得下午的太阳照得特别的热，太热。难道我就真的找不到那种燃料？那么机器就不能转动，机器不转动，我的智商不是永远就这么低？不行，一定要让这台机器转动起来。

我开始尝试其他东西做燃料。我买了瓶水倒进去，机器没反应。我买了瓶酱油倒进去，机器还是没反应。我甚至买了几个包子几块巧克力做燃料，机器仍然没反应。什么破机器！

我实在是受不了了。该死的陶小毛，为什么就不告诉到底什么是燃料呢？我站在街上,想哭。真是气愤,怎么我就找不到这种燃料呢? 我觉得越来越热,再这样下去我会热死,急死,气死。

最后,我痛苦地蹲在了街上。我绝望了。看来我是找不到这种燃料了。我端着机器,有种想把它砸掉的冲动。

瘟天,热呀! 我心里骂了一句。我感到我已经汗流浃背了。就在这时,那台机器竟然出奇地转动了一下。

转了! 我揉了揉眼。它果然动了一下,接着又动了一下。也就是说我找到这种燃料了,我马上就可以变得高智商了! 兴奋像岩浆一样迸发出来。可是这究竟是什么燃料呢?

我保持原来的姿势,过了很久我才发现,原来让那台机器不断转动的燃料竟然是我脸上不断淌出来的汗水。每滴一滴汗水,就让它多转动一次。

我的心猛然一振! 我终于找到了让我智商变高的燃料,而它竟是如此简单。渐渐地我的眼睛有些潮湿了。

这时,有人拍了我一把。回头,是陶小毛。

开在雪地上的花朵

曾平

山 问

孩子在看电视。电视是黑白电视。看着看着,孩子得蹿过去,用手,啪啪啪地拍上一气,那些突然消失的画面和声音,才重新钻出来。

父亲坐在门槛上抽烟,烟是坡上种的旱烟。父亲一边抽烟一边往外望。

一座一座的山挡着父亲的视线。山的那边是一片一片的云。

爹,啥子是城市啊?孩子的眼睛盯在电视上。一个甜美的女声深情地呼唤,"创优秀城市,建美好家园。"孩子看这则广告好久了,他看到一排排高楼,整洁的街道,鲜花盛开的花园,绿茵茵的草坪,热闹的运动场,堆积如山琳琅满目的食品,一张张灿烂的笑脸。

父亲抽他的烟。电视里说的那些地方他没去过。他的父亲,没去过。他的父亲的父亲,也没去过。父亲说,城市,城市就是房子!父亲也是在电视上看的,电视上说到城市的时候播放的就是一排排房子。

爹,城市的房子怎么和我们的不同?孩子指着电视上的画面,问。孩子的房子是用茅草和泥巴搭的,雨和风常常折磨着他和父亲。

这个问题父亲想过,一想,他的头就发痛。

人家有钱!父亲说。

爹,钱是啥?孩子问

父亲从口袋里摸出几张角币,让孩子看,说,这就是钱!父亲解释说,钱可以买东西吃,买衣服穿,可以修房子。

孩子拿起几张角币,说,爹,我们有钱,我们怎不建跟城市一样的房子?

我们的钱建不起房子!

我们的钱不是钱?

父亲抽他的旱烟,抽旱烟能缓解他的头痛。

爹,钱究竟在哪里嘛?

钱在城市!

爹,为什么钱在城市呢?它为什么不到我们山里来?

山里路太远,钱嫌累!

爹,钱嫌累,我们用轿子把它抬回来!

抬不来!

那怎办?

不知道。父亲的头好痛。

孩子快速地转动着小脑袋。孩子问,爹,钱既然它不来,我们到城市去找它!

你以为钱那么好找? 大家都朝那里挤,不踩死人才怪!

爹,我不怕踩死!

父亲坐在那里,头更加地痛。父亲不再说话,只吸烟,一动不动。

有一天,来了一些山外的人。山外的人对孩子说,想不想去城市啊?

孩子打量着陌生人。

陌生人说,城市有很多很多的钱,想不想去捞?

孩子说,想!

陌生人说,想就跟我一起走!

孩子就失踪了。

孩子失踪了,父亲着急起来。父亲就去找老族长。父亲说,老族长,那些进山来的陌生人你要管一管!

银须飘飘的老族长坐在门槛上一边吸烟,一边往外望。远方是一座一座的山。山那边是一片一片的云。

老族长说,怎啦?

父亲说,那些陌生人拐走了我的孩子!

老族长抬起头,说,怎管? 我刚才到村里转了一圈,孩子全都没有了。

全都没有了? 父亲吃惊地问。

老族长没有回答,继续抽他的旱烟,望着远方一座一座的山和山那边一片一片的云。

周海亮

长凳

乡下的雨比城里的雨大,我这样认为。

逢夏季,逢大雨,雨便把乡村浇得亮晃晃的,呈现一种模糊和扭曲的景致。于是河水暴涨,黄浊,湍急,直冲而下,村人就跑出来,急匆匆的,却不是为了看景,村人没那个雅兴和时间,他们出来,为了捞东西。

总会有可捞的东西。河的上游连着很多村落。河水里飘来垃圾、南瓜、巨木、甚至家具,当然,更多的时候,只会飘来一些碎草。碎草被河边裸露的树根挡住,就有村妇拿了粪叉,捞半天,捆紧,带回家,晒干,可以煮五六碗的稀饭。

方言里,这叫捞浮,几乎每一个村人,都干过这事。

宝田与三麻同龄,论辈分,宝田管三麻叫叔,但从不叫,亲哥俩似的友谊。那时三麻正跟一条鲢鱼搏斗,三斤多重的鲢鱼自己蹦上岸,三麻扑过去,手一滑,鲢鱼又蹦回到水里。三麻骂,成心逗老子呢你。这时他听到宝田的声音,凳子!

是长凳,放在堂屋,一次可以坐三四人的那种。凳子从上游飘下来,被雨后的阳光照着,闪着木质的暗黄。等凳子靠近,宝田便拿一根粪叉,看准了,猛地向岸边一划。凳子在水中打一个旋儿,飘到叉子不能所及的地方。

宝田急了,凳子,飘了!凳子,飘了!他向着凳子喊,很无助的样子,却并不看三麻。凳子飘出很远,颜色开始暗淡。宝田向回跑,寻着更长的粪叉,或者棍子。三麻正是这个时候,跳下水的。

三麻是村里水性最好的一个,没费多大劲儿,就把凳子救回。他把凳子坐在屁股下,一边哆嗦,一边拿手抚摸。三麻说,多好的凳子啊!

三麻把凳子带回家,三个孩子争抢着坐。一个孩子跛脚,很严重,吃饭时,几乎趴在地上。三麻的女人说,这下好了,这下好了。三麻说,好个屁,那是宝田的凳子。女人便看着他,尽是不满。

宝田常来。他对三麻说,这凳子,是我先看见的。三麻说,是。宝田说,我的叉子,没捅准。三麻看一眼正在凳子上玩得起劲的跛脚儿子,说,是。宝田就不再说话,有时喝一碗三麻家的玉米粥,把嘴巴咂得夸张地响。

有时三麻去找宝田。三麻对宝田女人说,要是我不去捞那个凳子,凳子就冲远了。宝田女人说，知道。三麻对宝田女人说，家里孩子，腿不好。宝田女人说，知道。三麻对宝田女人说，下次再捞浮，如果有凳子，我拼了命也为你家捞一条。宝田女人的嘴就撅起老高。不会那么巧，她说，捞了这么多年，头一次看见你捞到凳子。宝田火了，丢了手中的筷子，大骂他的女人。女人就哭，数落着宝田的窝囊。

凳子就放在三麻家的堂屋。宝田来了，常常坐在上面。一边用手摸着，一边说，多好的凳子啊！

那年，没有为三麻和宝田再下一场大雨。天热得很，三麻的承诺，被太阳烤焦。

第二年夏天，终于下了一场大雨。好像所有的云彩都变成了雨，直接倒在了河里。河水再一次暴涨，更浑浊，更湍急，河面变得更宽。

雨还没有停，三麻就叫上宝田，要去捞浮。宝田说，等雨停了吧，会有凳子吗？三麻说，现在去，会有。

还没到河边，两人就发现河面上飘着一只凳子。尽管影影绰绰，看不确切。三麻说，是凳子吗？宝田说，像。三麻就狂奔起来，奇快，宝田在后面喊，三麻！三麻没有回答，依然狂奔。他跳下了河。

三麻就这样被河水冲走了。宝田还记得，三麻在河水中举起的那条凳子，不过是一个窄窄的硬木板。

尸体是在下游很远的地方发现的，三麻被泡得肿胀和惨白，像发过的笋。三麻的女人只看一眼，就昏过去；众人把她叫醒，她再看一眼，再昏过去；众人再把她叫醒，她就疯了。

她把跛脚儿子抓起来，扔到院子里。然后抱着凳子，去找宝田。她对宝田说，别再捞浮了，叫三麻回家吧。宝田嘿嘿笑，像哭。她再说，三麻水性好，但水太凉，别让他下水。宝田再嘿嘿笑，更像哭。她再说，三麻呢？宝田便不再笑了，抹一把泪说，对不住你，婶娘。宝田头一次叫三麻的女人婶娘，三麻女人感觉不是在叫她。

那以后，村人常常听到宝田在夜里，打他的女人。女人的惨叫，传出很远。

有时我回老家，去三麻女人那儿坐坐。那是一个已经六十多岁的女人，我也叫她婶娘。

我问她，婶娘，认识我吗？她说，认识，你是小亮。我问她，婶娘，身体还硬朗吗？她说，还好，什么病也没有。我问她，婶娘，家里日子还好吧？她说，还好。只是，三麻没有坐的地方。

她家里，摆了一圈沙发。那是她的跛脚儿子添置的，他们一直住在一起。

后来我知道，她的家中曾经失火，宝田送回来的凳子，早已化为一把清灰。

她盯着我，她说，三麻没有坐的地方。如此重复，一直到我离开。

小的时候，在雨后，我也常常和大我十几岁的堂哥跑去捞浮。我们捞到了碎草、葫芦、树枝、油桶、南瓜、竹篓、八仙桌。我们捞到了很多东西，但我们依然贫穷。

初恋往事

"告诉你一个秘密吧。"晓丹说。

"什么秘密?"

"嗯——算了,还是不说了。"晓丹卖着关子,没有说下去。

接下来是一阵寂静。

这是一个被风吹过的夏季,我和晓丹漫步在高中母校的竹林小道上。风阵阵吹来,吹动密匝匝的竹叶,窸窸窣窣,清脆入耳。学校里异常宁静,我们的脚步富有节奏地在石板路上轻轻踩出回忆的乐章。

晓丹突然又问我:"你初恋发生在什么时候?"

我知道了,晓丹要告诉我的秘密肯定跟她的初恋有关,而且跟母校有关!我一阵惊讶,但没有表现出来。说实话,读高中时,晓丹是一个极其平凡的女生,即便她现在看起来是那么的美丽和动人。

我知道,如果我不如实回答她的问题,也甭想知道她的秘密。

我说:"我的初恋嘛,跟乔有关。知道乔吗?那个坐在我后桌的男生,高高瘦瘦的。"

"知道,当然知道,当时他还是我们的篮球主力呢。我当时就看出来你们的关系不一般了。现在你们还联系吗?"

"不联系了,前年春节同学聚会时见过一次,没什么感觉了。哈哈,不说他了,说你吧,说说你的初恋,也是在高中吗?"我知道是时机了,并且似乎她也有一吐为快的欲望。

"嗯,是在高中,在我们要高考的那个学期。"

"跟谁?我们班的?"

"不知道他是谁。"

"说半天,你在耍我。"

"没有,我说真的。"

"那怎么一回事?不知道是谁,还叫初恋么?"

"你别急,听我慢慢说。"晓丹说——

"上高中那会儿,我比较孤僻,喜欢独来独往。我很自卑,因为我不漂亮,所以我把所有的心思都放在了学业上。我喜欢一个人到这片竹林里看书,看累了,就在这片树林里到处走走。我敢说,当时我们班上的男同学都没有把我放在眼里,有些男生可能都叫不出我的名字。直到有一天,我发现,原来事情并非我想的那样。你看——"

　　晓丹把我拉到一簇竹子前,指着一棵竹子齐眉高的地方让我看。这时,我才发现那个地方竟然刻着"我爱张晓丹"五个字。五个歪歪扭扭的字,经过长时间风雨的侵蚀显得有点斑驳不清,不仔细辨认还真看不出来。

　　当我的思绪飘回到那个年代时,晓丹继续说——

　　"你知道吗? 我从来不敢将这个秘密告诉别人。我一直在猜测这个男生会是谁,可是一直没猜到。也许,他跟我一样,是一个内向的人,不敢把心里所想的事告诉别人,只好把它刻在了竹子上。你说那个男生会是谁呢? 我真的很想知道。"

　　晓丹把我拉到一张石凳上坐下。她坐在我旁边,仰着头,一脸的陶醉。我突然想起一句话:自信的女孩是最美丽的。我打量着晓丹的侧面,看见了阳光下她脸上细细的绒毛。其实她本来就是一个好看的女孩,只不过在读高中时,她太沉默寡言,并且太不注重服装的搭配了。

　　我愣了足够长的时间才回过神来。我说:"我当时忙着高考,怎么会注意到是谁呢?"我终究没有告诉她,那五个字是我和另一个女生刻上去的。

　　那是高中时期的最后一个愚人节,我知道她经常在这里看书,就跟另一个女生想了这个馊主意来愚弄她。但由于那时快高考了,我们没来得及把真相告诉她就把这件事淡忘了。

　　我们万万没有想到的是,这五个字,竟绽放了一个女孩子内心最珍贵的美丽!

開在雪地上的花朵

尹利华

鸡 王

　　凌晨四点,重大时事新闻部万主任一个电话把我从温暖的被窝拉到风力高达10级的海难现场。一艘失事船底朝天扎在海里,倒扣入海,底部仅余四分之一露出海面。四周散布着一些驻港海军和港务局的打捞船,市晚报的采访船也派上了用场,担负了部分救援工作,负责安顿从打捞船上转移过来的一些状态好些的遇难乘客。

　　在安顿这些遇难乘客的过程中,有一个人引起了我的好奇。这是一个四十多岁的男人,独自躲在角落里,凭职业敏感,我感觉他一定有一些出人意料的故事,仅仅因为他怀里抱着一只大公鸡。

　　要知道,在海难中,面临生死关头,人们总是会抛弃一些身外之物来保全自己的性命。在自身命运叵测的情况下,他居然还抱着一只鸡。这种反常行为,大大吸引了我的注意力。

　　我有意地和他套近乎。在闲聊中,我渐渐了解到,他是牛角尖村的村长,姓牛,怀里抱着的这只鸡是一只鸡王,本来是打算来这座靠斗鸡闻名的海滨城市里卖个好价钱,没想到遇到了海难。"幸好,我的宝贝鸡王没事情。"他用手抚摸着怀里的大公鸡。

　　我仔细看了看他怀里的这只鸡,羽毛也不鲜艳,爪子也不很尖利,喙也不是很突出,分明就是一只在乡下随处可见的菜鸡嘛,实在让人难以相信这会是一只鸡王。

　　牛村长压低嗓门,眼里带有一些神秘的狂热:"尹记者,你可不要小看了我这只鸡,它能斗得过全村的狗呢,全村的狗,没一个是它的对手,几下就叨得狗毛乱飞。我命可以不要,但这个宝贝可不能扔……"

　　虽然在海难现场,在四周沉重的气氛压抑下,谈斗鸡斗狗的话题并不合适,但作为一名记者,我知道,如果这真是一只可以斗得过狗的鸡王,那么这场海难将会在一些小市民中间增添一些传奇色彩。

　　因为要赶稿子,我给了牛村长一张名片后,告诉他有什么关于这只鸡王的情况,可随时向我聊聊,然后就匆匆回到报社写关于海难的最新稿件。在此后的几天里,我一直奔波于海难地点和报社之间,也就暂时忘记了牛村长和他的鸡王。

直到有一天,牛村长给我打了一个电话,电话里,他啰嗦了半天,我才听明白他说的还是关于他的鸡王的事情。他说不知道这只鸡怎么了,一到城里,连一只普通的鸡都斗不过,后来回到村子里,这鸡仍然可以斗过所有的狗,一叨一嘴狗毛,所有的狗见了它仍然望风而逃,这咋回事呢,还水土不服了? 真他娘的邪门的紧。

我听后,感觉也很有趣。难道古人说的"橘生淮南则为橘,生于淮北则为枳",也适用于那只鸡王? 在乡下则称孤道寡,在城内就低"鸡"三分?

看看日程安排,恰好有几天休息时间。我决定出门远足散散心,顺便到牛角尖村"拜访"这只神奇的鸡王。

第二天,我从市港口乘船,三个小时后,我顺利到达牛角尖村。

刚一入村,我就看到了让自己终生铭记的一幕:一条膘肥体壮的大黄狗忽地从一条小巷中逃窜出来,边跑边往身后瞧,仿佛后面跟着只洪荒猛兽。随后,一只气势汹汹的公鸡扑棱着翅膀,伸长脖子,往狗屁股上狠狠啄去,一叨一缕狗毛。大黄狗痛得哇啦哇啦地怪叫,更加不要命地逃窜而去,身后狗毛乱飞。公鸡得胜,双翅拍打着地面,神色倨傲地长啼一声。另一只黑狗夹着尾巴,灰溜溜地从它身旁溜过,看也不敢看那公鸡一眼。

这不是牛村长的宝贝鸡王么? 事实摆在眼前,这只公鸡的确是鸡族的一个异类。

在一堵墙下,坐了一个邋遢的脏老头晒太阳,看那模样,应该是一个老光棍。削瘦的脸上皱纹横布,如同核桃纹路。苍白的头发,好像秋后的荒草丛,蓬乱不堪并且了无生机。已经是隆冬,他身上仅裹了件露棉絮的老灰色棉袄,用一根土黄色布条扎了腰。

我走过去,指着那鸡说:"大伯,晒暖呢。"

"晒暖呢,嘿嘿。"老光棍咧嘴一笑,慌忙站起身来,搓了搓手,显然是因为受到了我这个衣着鲜艳的城市人的尊称而不安。

"这是牛村长家的鸡王么?"我指着那只公鸡问。

"可不是咋的,牛村长家的鸡。"

"看着鸡不起眼的样子,怎么这么厉害啊,连那么肥的狗都被它叨得满街跑。"我忍不住说。

"村长家的鸡,村长特意培训的,能不厉害么?"老光棍也呵呵嘴说。

"特意培训?"想不到牛村长还有这本事,居然能培训出追着大黄狗满街跑的公鸡。

"可不是咋的。前几年村里狗多,村长家的鸡老是被狗追。村长恼火了,他规定了以后不论谁家的狗,要是咬掉他家的鸡身上一根鸡毛,一律打死吃狗肉,还要包赔一百元。村长说打就打,打死了好几十条狗,罚了好多钱。"老光棍说。

"可现在,这鸡可是追着狗啄呢,怎么回事情呢?"我纳闷了。

"嘿嘿。"老光棍一乐,说:"是这样的,以后大家都学乖了,再养狗的人家,就把村长家里的鸡也借来养着,同小狗娃放在一起养,小狗娃一追村长家的鸡,就往死里打,打几次后,聪明点的狗娃就知道那鸡碰不得了。至于傻的狗娃,根本长不成大狗就被打死了。这样狗娃长大后,也就不敢咬村长家的鸡了,村长家的鸡一追,就怕得满街疯跑。"

老光棍的话,让我恍然大悟。原来,鸡王是这样产生的,怪不得一到城市里,连普通的鸡也斗不了。但奇怪的是,牛村长怎么没有想到其中的原因呢?

畅销书不打折

阿呆喜欢上网。

每天放学,阿呆走出校园就钻进网吧。

阿呆上网是找他的同城网友——小红帽。听听这网名,多阳光! 小红帽不光名字温馨,模样长得更是可人。在阿呆眼中,小红帽集中了 SHE 三姐妹的全部靓点。

自从阿呆在网上看到小红帽发来的照片,他的大脑就被那张明星般的笑脸占据了绝大部分"内存"。夜里,阿呆常常梦见自己和小红帽在一起。温馨、浪漫、甜蜜、幸福。

阿呆又梦见小红帽了:两人手牵着手,在丛林间开满鲜花的草地上奔跑。跑啊跑啊,阿呆飘了起来! 忽然,小红帽挣脱他的手,闪身钻进树林。阿呆心中窃喜,落地后,他奋力追赶。扑通! 一个枯枝将他绊倒——醒了。醒了的阿呆依然热血沸腾。回忆梦境,阿呆睡意全无。

第二天放学,阿呆又钻进网吧。

阿呆:你好! 想我了吗?

小红帽:想,很想。

阿呆:昨晚我梦见你了。

小红帽:是吗?

阿呆:是的,梦里我吻了你。

小红帽发过来一个接吻的"自定义表情":一个女孩在吻一个男孩,画面动感十足,形象逼真。看得阿呆好激动。

阿呆接着打字:见面可以吗?

小红帽:OK! 你喜欢什么?

阿呆:我喜欢你!

小红帽:我是问你喜欢什么礼物!

阿呆一时不知该怎么回答。小红帽打字很快:第一次见面,我送你什么礼物呢?

阿呆:把你送给我呗。

小红帽:讨厌!

阿呆:我什么都不要。你呢?你喜欢什么?

小红帽:我很想买一本书。

阿呆:什么书?哪儿卖?

小红帽:《五W学习法》,学子书屋。

定好见面的时间、地点,阿呆急忙走出网吧,直奔学子书屋。

书屋不大,阿呆一眼就看见书架上陈列的《五W学习法》。

"多少钱?"阿呆问。

"58元。"女老板挪动一下臃肿的身子,懒懒地答。

"打几折?"阿呆边掏钱边问。胖老板用手指了指立在柜台上的塑料牌,上面写着"畅销书不打折"。

阿呆走出书屋,一路小跑。赶到见面的地点,一看表,提前五分钟。好险!要是迟到了多没面子。

五分钟好慢哟!阿呆一遍又一遍看表。

时间到了,阿呆的心跳骤然加快。阿呆第一次单独约会女孩子,他不知道看见小红帽时该说什么。阿呆摸摸口袋,早上妈妈给的100元"补课费"没交给老师,还剩42元。请她吃饭?不行,钱不够。那就喝咖啡吧,电视上都是这么演的。

阿呆左看右看,除了身旁有一个手里拿着一本厚书的男人外,连个女人的影子都没有。

又等了半小时,阿呆失望了。阿呆开始怀疑小红帽了。

阿呆很沮丧,便沿着来路往回走。走到学子书屋,阿呆下意识地走进去,他想退掉那本书。胖老板正在打电话。

"快了,卖完再告诉你下一本……放心吧,少不了你的啦。"胖老板眉飞色舞,全然不顾阿呆的存在。

阿呆晃了晃手里的书,大声说:"阿姨,我要退书。"

胖老板用她那张胖脸把电话夹到肩上,一边大声说笑着,一边用双手将柜台上的塑料牌转过来,上面写着"畅销书售出不退"。

阿呆悻悻地走出书屋,直奔网吧。小红帽在线。

阿呆:你为什么没来?

小红帽:我在工作。

阿呆:工作?

小红帽:我是一个下岗女工,请原谅……

"啊?"阿呆瘫在椅子上,大脑一片空白。

周波

最珍贵的照片

幻境一

地点:医院妇产科病房

"这是我女儿?"他激动地从护士怀中接过襁褓中啼哭着的婴儿。

"当然是你的亲生女儿。"妻子靠在床头疲惫地露着笑脸说。

"让爸爸亲亲!"他湿润着眼睛把脸轻轻地贴在软绵绵的襁褓上。

……

幻境二

地点:滨海公园

"爸爸,我要买风筝,我要买最大的那个。"三岁的女儿跌跌撞撞地跑向花花绿绿的小地摊。

"别乱跑,爸爸给你买。"他拉着女儿胖嘟嘟的小手,生怕她摔跤。

女儿嘎嘎地大笑,笑得口水都流了出来。他也笑,笑得直不起身来。

后来女儿玩累了,笑眯眯地睡伏在他背上,父女俩晃悠悠地走在落日的灿烂中。

……

幻境三

地点:学校门口

"爸爸,您看,这是我发的新书。"女儿像小鸟一样欢快地扑进他的怀里。

"亲一下。"他笑着说。

"嗯。"女儿眯眯地笑着。

他俯下身去吻了一下女儿仰起的小脸。

"爸爸,我长大后要考哈佛,去周游世界。"女儿一脸童真地说。

125

"好的,好的,爸爸陪你去周游世界。"他哈哈地大笑。

"爸爸不许赖,咱们拉勾。"女儿嘻嘻地笑着伸出小手。

……

幻境四

地点:办公室

"爸爸不回来吃晚饭了,爸爸要去国外出差。"他压低着声对女儿说。

"爸爸,你喉咙咋了? 我给你买药去。"

"爸爸没事,可能工作累了。"他低着声差点哭出声来。

"再过几天我就要中考了,您咋就这时候出国了呢?"女儿在电话里说。

"对不起……乖女儿。你要好好念书,听妈妈的话。"他几乎哭出声来,然后把电话挂了。

……

现实中

地点:监狱会见室

"照片带着吗?"他泪流满面地问妻子。

"带了。"她边说边从玻璃窗口中递过去。

他眼睛湿润着吻着照片,整个身子突然间颤抖起来。

她在玻璃窗外也抽泣起来。

"我不该呀!"他的拳头一下又一下地落在自己的胸口。

"我等你出来。"她流着眼泪说。

"女儿知道我在这儿吗?"

"没告诉他。都说爸爸出国还没回来。"她说。

"能拖就拖一下吧,千万别让她知道我在这里。"他又看了看照片,深情地吻了起来。

"照片你留着吧。"她说。

"啥? 不!"他赶紧把照片从窗口里递了出去。

"想女儿时看看。"她把照片移进来。

他咬着嘴唇把照片推出去。

"这可是你最喜爱的一张照片。"她疑惑地看着他。

他不响,摇摇手。

"还是带着吧,你在这里寂寞。"她把照片再次推给他。

他又看了看照片,眼角饱含泪水,挡回了她的手。

"你怎么了?"她问。

"还是让它在外面。"他说。

她说:"它只是照片。"

"我一个人呆在监狱里就够了。"他说。

开在雪地上的花朵

侯发山

三代日记

我到一位朋友家做客,偶然在他的书橱里发现了他们祖孙三代的日记,阅后甚觉有趣,经他本人同意,现各选一篇,以飨大家。

朋友父亲的日记是在一沓散发着潮湿味的麻纸上画着的(他的父亲不识字,只能用图记下当时的情景,朋友看图说话,我把意思记了下来):

1937 年 12 月 2 日　大雪

我已经两顿没吃饭了,娘说:"喝水吧,狗蛋。"我摇摇头。我不顾寒冷蹲在门口,望着飘着雪花的院子,等待爹的归来——爹早早出去要饭还没回来。娘说:"狗蛋,我有办法让你不饥,你躺到炕上去。"我就乖乖地躺到炕上。娘把枕头塞到我屁股下面,又把被子叠方正垫到我双腿下面。娘苦笑着说:"狗蛋,饿不饿了?""还饿。"娘说:"你的头抵住炕,屁股靠墙,两腿贴着墙尽量往上伸……"哈,我倒立起来后,果然不感到肚子饿了。

朋友的日记是写在一本发黄的白纸上的:

1962 年 8 月 5 日　阴

我和妹妹正在树下看蚂蚁搬家,冷不防爹踢了我一脚:"你再耍,今儿晌午不让你喝汤。"我忙从地上爬起来摸着干瘪的肚子,说:"我不耍了。"爹暖了脸:"挎个篮去挖野菜。"村里大人小孩天天疯了似地挖,哪还有啊?爹说:"去后山沟。"于是,我勒了勒裤带,就提了个小篮去了后山沟。

我一边走一边四下打量,前后左右看得很仔细,生怕漏掉一棵灰灰菜、刺角芽、毛妮棵、面条棵什么的。忽然,我发现前面的地堰上有几棵酸枣树,上面挂着嘟噜连串的酸枣。我高兴坏了,忙攀上去摘了一个尝尝,嗨,酸酸甜甜的。我又吃了几个后,忙把小篮里的野菜倒了,开始手忙脚乱地摘酸枣,唯恐有人来跟我抢了。几棵树摘完,竟摘了满满一小篮,我一路小跑回到家里,等待着大人的夸奖。不料,爹看到酸枣不但没笑脸,反而扬手在我的屁股上打了一巴掌,随手把一篮酸枣全倒进了茅坑里。我哇哇大哭。

"他还是个孩子,知道啥?"娘剜了爹一眼,拉我到怀里,用衣襟给我擦了把泪,叹道:"孩子,你不知道,酸枣开胃啊。"我愣愣地盯着娘,还是迷瞪不开。娘说:"人吃了它,就越想吃饭……"

朋友儿子的日记是记在一本精美的日记本上:

1993 年 3 月 12 日　晴

我正在看动画片,妈喊我吃饭。我说不饿。妈说:"阳阳,你是不是又吃零食了?"我摇摇头。妈见我还坐在电视机前没动,就给我端了碗饺子,嘟囔道:"整天不吃饭怎行?"我接过碗,用筷子往嘴里扒拉了一个,努力往肚子里咽:"又是羊肉馅的。"我想放碗,但妈在一边监视着我吃,我灵机一动,说:"妈,给我拿桶饮料。"妈扭身进了厨房。趁此工夫,我忙把饺子往沙发下扒拉了两个。妈拿来了一桶雪碧。我说:"把健胃消食片给我拿来。"妈不知是计,转身去取。我故伎重演又往沙发下扒拉了几个,很快我就把一碗饺子给"吃"完了。妈出来收拾碗筷,嗔了我一眼:"就这还不饿呢,一碗饺子让狗吃了?!"晚上,妈去跳舞了。我把饺子从沙发下弄出来,倒进院子里的狗槽里。看着狗吃完,我才回房间打电子游戏……

开在雪地上的花朵

129

红酒

老实人梁工

总经理阴着脸一进办公室就摔了杯子。

梁工,你看着怪精,咋是个老实蛋呢?梁工扶着他那用黑胶布缠过的破眼镜,大着胆子分辨道:我,我这个人,优点是老实,缺点是太、太老实。梁工在公司里搞技术,论起业务能力没说的;论人品,老实人一个。

严格地讲,梁工算是个英俊男人。瘦高个儿,眼睛不小,看人时,那眼神儿不是一般的专注。断条腿儿的黑框眼镜有些年头了,梁工爱省事,顺手在工地上扯节儿黑胶布缠了,那眼镜腿儿就像爬了只大苍蝇。这些天,施工现场出了些问题,梁工没明没夜焊在那儿,昨晚又是个通宵,凌晨五点才回家。许是梁工刚走,工地再次告急,办公室老董赶紧给梁工打电话,心急火燎只说了四个字:速到工地!一刻钟不到,梁工就小旋风般扑到公司了,快碰人鼻子尖儿时才刹住车,手扶着破眼镜劈头就问老董让我速去哪儿耕地?耕地的故事刚完,物料部又有新闻发布,说中午让梁工带几份儿饭回来。工地不远处有家快餐店,味道大好不是小好。老董说物料部这帮家伙们越发懒得可以了,从工地回来不就手捎回,忍心让人家帮你们买?没见梁工那双眼睛熬得通红跟兔子有一拼?物料部的会计狡黠一笑说老董你不懂吧?快餐店那个风情万种的老板娘跟梁工是发小,俩人在幼稚园就好上了,给人家俩创造个机会呗。老董叫董全会,似乎啥都懂都会,还有个口头禅,一张嘴就是:你不懂了吧?我不懂,呸!老董反手用骨节敲着桌子,让你们一说梁工还怪早熟呢,可劲儿糟蹋老实人吧,哎,给我也带份饭回来啊!其实公司很多人都知道梁工跟老板娘二丫的事儿。有次值班,梁工多饮了几杯花雕,提起往事眼圈儿都红了。说是那年八月十五,他给未来的老丈人送月饼,不多不少拿了俩。那时的月饼大,根本不像现在做得那么袖珍。梁工走半道饿了,坐路边树下吃了一个,又把剩下的那个月饼毕恭毕敬地送到了老丈人府上。准老丈人绷不住劲儿了,说这姓梁的不谙世事,头回上门,送月饼还送的"独一无二",别指望一辈子有啥出息,说破大天,二丫头也不准嫁这小子。二丫也埋怨,梁工委屈地说:二丫你还不知道?我这个人的优点是老实,缺点是太老实么。都是过去的事儿了,老董笑着说玩儿升级玩儿升级,反正有人给咱带饭。于是一干人就放心玩牌,工夫不大,啥都懂都会的老董脸上贴满了白纸条，一说话，纸条吹起老高，飘飘扬扬，颇为壮观。眼瞅着一点半了，这梁工杳如黄鹤，玩儿牌的人饿得前心贴后心，顾不上出牌，一个劲儿朝门口瞟，只要过来一人，都跟相面似地上下打量。就在大家快绝望时，梁工回来了，脸晒得通红，一脚门里一脚门外，大声嚷道：没有卖蒜的！啥蒜？咱要的饭呀大哥！老董等人全傻了眼儿。话说这天，总经理从香港回来了，要出面请建设方吃饭，交待老董和梁工作陪，说一定要把建设方给伺候美打发舒坦。

老董说，这建设方，可是咱工程公司的大爷。伺候这些大爷，不上点心不中啊梁工。梁工说那是自然，咱当咱是孙子行了吧？酒宴安排在金碧辉煌的凯旋门，又鲍鱼又鱼翅专拣贵的上，似乎一定要吃它个世界末日才肯罢休。建设方来了一男一女俩人，男的年龄不算太大，牛呼呼的，一开口，京片子。女的并不年轻却描眉画眼挺能捯饬，走起路来袅袅娜娜风摆杨柳，举手投足有种说不出的味道。那京片子侃起大山来是把好手，国内国际，双边关系，老布什，小布什都跟他家亲戚一样。听得人云里雾里，半天都插不上嘴。忽听京片子说当过兵时，老董马上接话打了个短平快，说咱这辈子最遗憾的事儿是没当兵，虽说做过民兵，可能跟正规军比么？老董的溢美之辞刚开头，便被梁工不客气地打断了，他一脸认真地说：当兵没打过仗等于白搭，有啥值得羡慕！梁工你这话不妥，很不妥！老董私下里轻轻地踢了踢他。谁知他跟蝎子蛰了样大叫：踢我干啥？老董尴尬得几欲昏倒。那京片子谈兴正浓，被梁工一抢白，顿有不悦之意，老董见风使舵的功夫一流，赶紧岔开话题，端起一杯酒朝那并不年轻的女人碰去，话说得热情有加跟不出五服一样：花样女人就是养眼，咱敬个养颜酒，今年二十明年十八啊……哪知梁老兄不失时机地接口就说：那是不可能的，也就一般人么。再看那女的，花容失色。

气氛顿时紧张，为了缓和，总经理说话了：来来来，都是朋友，合作愉快！那是那是。梁工这次倒配合，再听就不照号了：不过，说是合作，其实我们做工程的在你们面前就是一孙子。话说得阴阳怪气，不欢而散。

总经理的鼻子都歪了，老董也跺着脚，气急败坏地说梁工你不懂了吧？老实话不敢对人老实讲啊，这鲍鱼和红烧大排翅吃到猪肚子里了。可人家梁工压根儿不晓得自己错在哪儿，他快委屈死了，咋会吃到猪肚子里去呢……

侯春燕

牛在坡上吃草

这天,村主任陪一个领导模样的人下乡,转到半山腰,领导内急,放眼四顾,都是茂密青翠的庄稼地,只不远处有一简易的茅草棚。领导寻思那可能就是个山厕,三步两步紧赶过去,推开竹门。正要解皮带,却听到里面有响动,一个女人的声音在问:是老三吗,咋这么快就回来了?

领导赶紧退出来,随后赶来的村主任忙说,这是村上的特困户刘老三的家。

这样的屋子还住人?领导皱了皱眉头,仔细打量,那草房是"千脚杆下地作墙壁,稻草盖上当屋顶。"加上年久失修,倾斜严重,已岌岌可危。屋前的空地上,几块规则不一的黄石垒起一个灶台,灶台上坐一口铁锅,也没锅盖,日晒雨淋,锅沿如狗啃过。锅底残留着黄褐色的锈水,像刚耕过的稻田,浓稠而浑浊。

都什么年代了,还有这样的贫困户,工作咋做的啊。领导半是感慨,半是责问。

村长忙解释,其实刘老三也不懒,只是他老婆有病,儿子尚小,人又老实巴交的,没什么找钱的门路。不过冬春荒救济、逢年过节慰问,上面都考虑到了他的。

光吃救济哪行!领导重重地叹了口气。

这一声叹气就换来了两头肥滚滚肉嘟嘟的母牛。

原来县上开展"1+1"结对扶贫活动,那天来的领导是县畜牧局局长。局长回去后,决定与刘老三结成对子,定点帮扶。那两头牛就是局长亲自送上门的。局长说,这牛是西门塔尔肉牛,母的,一年下一头崽,喂两年就可以卖了。一头牛能卖三四千哟。有这两头牛,两三年后,你就可以盖新房了。局长打开一个塑料袋,抓起一把形状像没脱壳的麦粒但体积要小得多的东西,说,这是黑麦草种,你撒在山坡上、田边地头,一两个月就长尺把深。这草跟韭菜一样,割了长,长了割,种一次,可以喂好几年。局长边说边比划,刘老三边听边笑,那笑,比四月里的牡丹花还鲜艳。晚上,刘老三刚躺下又爬起,光着脚走出茅屋,望望星光闪烁的天,瞅瞅磨牙反刍的牛,不知是兴奋天上掉馅饼了,还是怕被人来"顺手牵牛",折腾了一宵没睡。

村里人说,刘老三这下该过上好日子了。

刘老三也这样想。牛一年下两头仔,一头卖四千元,就是八千元。八千元!刘老三从来没见过这么多的钱。那该蘸着口水数多少下啊。想到这,刘老三不禁笑出了声,眼中满是喷香的酒菜鱼肉及一家人开怀享用的场面。

全家人为着那幸福的憧憬忙了一整天,在茅屋旁搭起了牛圈。刘老三对老婆儿子说,这两头牛是全家人的命根,不能有丝毫闪失。

于是,每晚刘老三都要离开老婆的热被窝,在牛圈旁支个凉床守夜。刘老三的老婆每天割一大背篼草料回来,才能满足牛的胃口。儿子小山骑着牛与太阳一起上坡下山成了村子里一道独特的风景。牛背上的小山,左手牵牛绳,右手扬牛鞭,牛"哞"一声,他咯咯地笑几声,脆生生的笑声惊飞了树梢麻雀。

可是小山脆生生的笑声很快被一些声音淹没了。

刘老三一家都被这两头牛套牢了。有人说。

他们天天和牛一起吃,一起睡,全身都是牛膻味。哈哈,刘老三家有五头牛了。有人打趣说。

也有人埋怨,有钱买牛来送,还不如直接送钱,有钱啥子买不到哦。

村里人的话就像山坡上的风,紧一阵缓一阵地向刘老三扑来,把他脸上的牡丹花吹成了冬瓜,越吹越长,还粘满了灰毛。

牛成了刘老三一家的心病。在秋风一天凉似一天的夜晚,刘老三想,还是把牛换成钱现实些。

年底时,县畜牧局局长兴致勃勃地来回访他的帮扶对象。走到刘老三家时,局长看见茅屋还是那座茅屋,牛却不见踪影,只有小山靠着那扇竹门津津有味地啃着一包方便面。

局长扫了眼屋角的一堆空酒瓶,对着空空的牛圈和刘老三局促不安的手,皱了皱眉。

牛呢,下崽没有？局长问。

刘老三一张脸憋得通红,张口结舌说不出话。村主任赶紧上前,掏出烟给局长递上,呵呵笑着说,牛在坡上吃草呢。

开在雪地上的花朵

侯德云

为骗子开门

那一年,我大概是十几岁。究竟是十几岁,我想不起来了。能想起来的,而且记忆非常清晰的,是那一年的夏天到秋天,我多次为一个骗子打开了自己的家门。

那一年,我大哥29岁了。29岁的一个大男人,还没有娶上老婆,心里着急呀。我的父母似乎比大哥还要着急。他们经常聚在一起嘀嘀咕咕,有时还唉声叹气。我不喜欢他们这样,于是走了出去,站在院子里,或者站在大门外,抬起头,看天上的云,看云朵下面蜻蜓的飞翔。

在我的印象里,大哥的年龄到了29岁以后,突然停止了上升,就像池塘里一条游动的小鱼被冻在冰层里一样。连续几年,他的年龄总是29岁。别人问他,他会低下头小声说,今年29。别人问我爹,我爹的声音倒是很响亮。他说:"你是问老大? 他今年29啦。"

我能感觉到,那几年,大哥的心里确实有一块冰,那块冰,冻结了他的年龄,也冻结了他的心情。

就在那个时候,一个黑脸的男人,开始频频出入我的家门。我不知道他是谁。我只知道,他是皮口镇上的人,来我家,是为大哥介绍对象的。

我不知道大哥跟那个人是怎么认识的。后来猜测,他们可能是在喝酒的时候认识的。大哥经常喝酒,还经常喝醉。这我能理解,一醉解千愁嘛。让我不能理解的是,大哥有一次喝醉了,把我抱起来,在我脸上乱啃一气,啃得我哇哇乱叫。后来,一看见他摇摇晃晃走进家门,我就会远远跑开。

我听村里人说,那个黑脸的男人是个酒鬼。他跟我大哥肯定是在喝酒的时候认识的。我能想象出他们喝酒的情景。站在小卖部的柜台前面,打几两散白酒,买半斤饼干,一口一口,喝下去,吃下去。当时,很多人就是这样喝酒的。

酒后吐真言。我想我大哥肯定是在喝酒的时候把他的伤心事说了出来。那个黑脸的男人听完,眼睛闪闪发亮,对大哥拍了拍胸脯,然后,开始频频出入我的家门。

不知道为什么,我总会在自己家的门外看见那个黑脸的男人,看见他朝我们家走来。我从来没有跟他说过话。我不敢跟他说话,也不知道应该说什么样的话。

我只是冲他笑笑,拧身为他打开家门。我家的墙是篱笆墙,门是柴门。在柴门吱吱嘎嘎的响声里,他有时还会冲我笑笑。让我感到最意外的是,有一次他还伸出手来,在我的头上抚摩了一下。看着他的背影,我心里热乎乎的,我觉得自己干了一件大事情。

在家里等待黑脸男人到来的,除了我爹和我大哥,还有一碗荷包蛋。每次都是这样。荷包蛋里还要放上一点红糖。这是坐月子的女人才能吃上的好东西,我爹竟然舍得拿出来给他吃,看来问题是比较严重的。套用多年以后比较流行的一句话说,我大哥的问题,已经到了非解决不可的程度了。

村里人说那个黑脸的男人是个骗子。开始我不信,后来我信了。原因在于,从夏天到秋天,还从来没有一个陌生的女人走进我们的家门。

村里有不少人问过我:"那个骗子,又来了吗?"

我老老实实回答:"前几天来过。"

他们继续问:"又吃了一碗荷包蛋?"

我说:"吃了。里边还放了一点红糖。"

周围的人哈哈大笑起来。其中一个三十多岁还没有娶上老婆的人,笑得更是起劲,差一点把脑袋胀破。

他们是在取笑我,取笑我们家。我有些糊涂,我们家里的事,他们是怎么知道的?

他们再这样问我的时候,我一声不吭。

有人在我面前叹了一口气说:"那个骗子是个光棍儿,他自己都没有老婆,怎么能给别人找老婆?"

家里的空气也开始紧张起来。我听见我爹和我大哥对骗子的咒骂。我妈的表现要好一些,她躲到角落里,偷偷地抹眼泪。

骗子此后再也没有到我家来过。他消失了,就像雨点消失在河流里。

后来,我大哥终于有了对象。他领着那个憨厚的女人在皮口镇的大街小巷走来走去,遇到熟悉的人,就会笑嘻嘻地介绍说:"这是我未婚妻。"

我听见那个女人问我大哥:"未婚妻是个啥东西?"

我大哥结婚的那一年,他还是29岁。转过年,他的年龄一下子升到了34岁。

开在雪地上的花朵

135

刘国芳

积木时代

他喜欢玩积木。

其实,那盒积木是他买给儿子的。这是一盒可以搭别墅的积木,塑料的材质,叫积塑也可以。但这样叫会让人不明就里,还是叫积木好些。积木买来后,他看着儿子搭。但儿子还小,缺乏这方面的天赋,一幢别墅始终搭不起来。他在边上手痒痒,自己搭起来。很快,一幢别墅就搭好了。这幢别墅非常好看,连他儿子都看得出来,儿子在他把别墅搭好后惊呼起来,儿子说:"真好看。"

他也觉得这幢用积木搭成的别墅好看,为此,他喜欢上这盒积木了。

那盒积木可以搭出很多造型不同的别墅来,每幢都精致好看。他搭好后,要欣赏半天,然后拆了重来。后来,他就经常玩这盒积木了,比如烦的时候,他就坐在那儿搭积木,搭出好看的别墅后,就觉得不烦了。比如生气的时候或不顺心的时候,他也坐在那儿搭别墅,把好看的别墅搭出来,他的气就消了一大半。有时候,他还把积木带到办公室去,闲得无聊的时候,就搭一搭积木。这样坐在办公室里搭,就很容易被人看到。他一个单位的人,几乎都看见过他坐在办公桌前搭积木。那些同事也很惊讶,都说:"我们局长还喜欢玩小孩子的积木呀?"

他说:"你不要看这是小孩子玩的积木,用它搭出的别墅好看得很。"

一天,一个开发商来拜访他。他当时也在搭别墅,那开发商见了,仍是十分惊讶,开发商说:"看不出我们一个堂堂局长,还喜欢玩孩子的积木!"

他说:"积木好玩,你看,这别墅多好看!"

开发商说:"好看就做一幢呀,何必坐在这里用积木搭?"

他就摇头,他说:"做一幢,说得容易,你以为是搭积木呀?"

开发商笑笑,告辞了。

这个开发商有求于他,于是,这天晚上,开发商到他家来了。开发商手里拎着个包,里面装了二十万块钱。他知道包里是什么,他没拿,坚决拒绝了,他跟开发商说:"你这不是让我犯错误吗?"

开发商说:"我觉得你不能老是搭一些积木别墅,用这些钱做一幢吧。"

他说:"我不会做,我只会用积木搭。"

开发商看他真的不要,摇摇头走了。

但开发商走了,又会来。这一天,开发商又来了,开发商这天没给他送钱,而是给他送了一盒积木来,也是一盒搭别墅的积木。把积木递给他时,开发商跟他开玩笑说:"送你一幢别墅,你不会拒绝吧?"

他说:"这幢别墅我敢要。"

这也是一盒很好玩的积木,可以搭出各种好看的别墅。有了这盒积木,他更是经常玩着,一有空就坐那儿搭着,也不管在家里还是办公室里。那个开发商,看他这样喜欢玩积木别墅,就给他买了很多积木别墅,送给他。他们那座城市没有卖的,开发商就专程派人到大城市去买,比如北京、上海,开发商都派人去过。他不敢收钱,但开发商送的这些搭别墅的积木,他从来都照收不误。到后来,他家里就有很多别墅了,他的书橱装饰橱以及桌上、茶几上,到处都是他搭好的积木别墅。他儿子仍不会搭,但会看,儿子这个看看那个看看,还说:"要是我们能住上这样的别墅,多好呀!"

让儿子没有想到的是,他的想法,后来实现了。

这天,开发商又来找他,开发商这天没提着那些积木别墅来,而是空着手来。他现在跟开发商感情很好了,他说:"今天怎么没给我提别墅来?"

开发商说:"提不动。"

他说:"一盒积木,有多大,会让你提不动?"

开发商说:"你跟我去看看吧,看了就知道有多大。"

他就跟开发商去了,很快,他见到了一幢别墅。很大的一幢别墅,开发商不可能提得动。

这是一幢真的别墅,不是积木的,非常好看,跟他搭的积木别墅一样好看。

这回,他收了。

后来的一天,他搬进了别墅。也就是说,他儿子想住别墅的想法,真的实现了。

开发商不会白送他一幢别墅,他单位要盖一幢十几层的高楼,开发商送了别墅给他,那幢楼当然被开发商接下来了。

开发商盖楼,比他搭积木别墅慢不了几多。只几个月,一幢十几层的高楼,就封顶了。但这整个是一个豆腐渣工程,开发商偷工减料,钢材用差的,水泥用差的,以至于大楼封顶才几天,便在一个大风大雨的晚上,倒塌了。

毫无疑问,开发商被捉了。他呢,也脱不了干系,被双规了。

他被双规后,很多天都不做声,无论人家怎么问,他就是不吭声。后来的一天,他终于吭声了,他说:"你们要我说也可以,先让我搭一搭积木吧。"

纪检的人考虑了一会,同意了,派人去拿了一盒积木来。

也是一盒可以搭别墅的积木,他坐那儿搭起来,搭了拆,拆了搭。后来,在搭好

一幢别墅后,他开口了,他说:"一切都是从这里开始的……"

　　说着,他一只手重重地拍了下去……

　　一幢别墅,在他手下土崩瓦解了。

周海亮

匪兵甲

匪兵甲不是匪兵,他是匪兵甲。他在戏园子跑龙套,扮成匪兵甲或者群众乙。大多情况下,他的台词只有一个字:是!这个字被他磨炼得字正腔圆,气吞如虎。

他本来是演主角的。那时他是戏园子的头牌,一招一式,英俊逼人。台下就有女人粉了腮。好像躲到哪里,都有他在面前晃啊晃的。那两道剑眉高高挑起,那一双朗目皎皎如月。还有发青的刀削般的下巴。还有挺拔的雄鹿似的身姿。那时的他,让镇子里多情的女人们,脸红心跳,神魂颠倒。

可他还是从头牌变成匪兵甲。因为小武。因为一匹马。

小武是老板的儿子。他看着小武长大。他给年幼的小武当马骑,脖子上套了七彩的缰绳。一次小武让他站着睡觉,理由是这样才像真正的马,他就真的站了一夜。小武越长越大,越来越聪明。老板本想送小武出国读书,可他竟迷上了唱戏。小武学戏,不用拜师,就坐在台下看。看了几次,竟也唱得有板有眼。那时小武的嗓音开始变粗,下巴上长出淡青色细细的绒毛。那时小武的个头,已经挨到了他的肩膀。他冲小武笑。他说,这样唱下去,用不了几天,你就是头牌了。小武也笑,一双眼睛盯着他,饶有兴趣地闪。老板说还是读书好,都民国了……再说戏园子有一个头牌就行了。他和小武一齐点头。戏园子有一个头牌就行了,他和小武都理解这句话的深刻。

春天他和小武去郊外骑马。他对小武说,让你骑一回真正的马。两匹马,一红一白,同样喷着响鼻,同样健硕高大。上午他和小武并驾齐驱,他骑白马,小武骑红马。到下午,两人换了马展开比赛。两匹马像两道闪电往前冲,红的闪电和白的闪电缠绕在一起,将田野刺出一条含糊不清的裂隙。突然他的马摔倒了。一条前腿先一软,然后两条前腿一齐跪倒在地。马绝望地蹬踢着强壮的后腿,试图控制身体的平衡,可它还是重重地把身体砸在地上。小武的马从旁边跃过去,他听到小武的嘴里发出一连串兴奋畅快的呼哨。马把他压到身下,压断他一条腿。

他想怎么会这样?他想被摔断腿的,怎么不是小武?中午时,他明明拔掉了白马蹄掌上的一颗蹄钉。

他的腿终于没能好起来。他把路走得一瘸一拐。自然,小武取代了头牌的位

置。小武也有一双皎皎如月的眼睛,也有雄鹿似挺拔的身姿。小武成为镇上新的偶像。他让女人们为他神魂颠倒。

于是他成了匪兵甲。戏园子的老板照顾他,留下他跑龙套。他不会干别的,只会唱戏。匪兵甲他也演,虽然只有一句台词。他啪一个立正,喊,是! 字正腔圆,气吞如虎。时间久了,戏迷们不再叫他名字,直接喊他匪兵甲。

几年以后,延绵的战火烧到了小镇。兵荒马乱的年月,戏园子逐渐冷清下来。老板开始减人。他减掉一个青衣,又减掉一个熨戏服的帮工。现在老板亲自操起熨斗,那熨斗把他的身子拉成弯月。他说老板,我不想唱戏了。老板说不唱戏你干什么? 他说干什么都行,反正我要走了。老板看着他,就流了泪。老板说我也是没有办法啊。他说不关您的事,是我不想唱戏了。

不唱戏了,却隔三差五去戏园子看戏。和那些戏迷一样,小武一出场,他就鼓掌叫好。他叫好的声音很大,震得小武心惊肉跳。那段时间小武脸色苍白,卸了妆,人不停地咳嗽。

小武终于病倒。他躺在床上,笑一下,吐一口血。老板请了最好的郎中,可他还是一天天消瘦,仿佛只剩一口气。小武以前就脸色苍白。小武以前就经常咳嗽。没人把这当回事,包括小武自己。郎中一边写着药方,一边轻轻地摇头。郎中的表情让小武和老板有一种无力回天的绝望。

老板把熬剩的药渣倒在戏园子门前。他坐在窗口,愁容满面地等待。小镇的风俗,得了重症的人,都会把药渣倒在街上让行人们踩。那药渣被踩得越狠,病就会好得越快。据说,那病会转移到踩药渣的行人们身上。不管有没有道理,小镇上的人都信。可是现在戏园子没有头牌了,来看戏的人就非常少。稀稀落落几个戏迷来了,见了门口的药渣,要么掉头便走,要么捂鼻子皱眉毛,从旁边小心地绕过。没有人踩上去,包括那些看见小武就脸红的女人。锣鼓寂寞地敲起来了,坐在窗口的老板,眼光一点一点地黯淡。

突然老板看到了匪兵甲。他瘸着一条腿,慢慢走来。他看到门口的药渣,飞快地愣了一下。他蹲在地上,细细研究一番。然后他站起来,坚定地从药渣上踏过去。踏过去,再踏回来,再踏过去。如此三圈,每一步都跺着脚,激起干燥的尘烟和奇异的药味。他流下悲伤的眼泪。那眼泪混浊不安,恣意地淌。

那以后,他天天来戏园子看戏,天天在新鲜的药渣上跺脚。可是他终没将小武救活。两个月后,病床上的小武在忽远忽近的敲鼓声中痛苦地死去。

老板请他喝酒。老板说小武对不住你。他说我对不住小武才对……现在戏园子需要人手吗? 老板说需要,你肯回来? 他说您肯要吗? 老板说当然要……小武真的对不住你。他说那我明天就回戏园子来。老板说小武临终前告诉我,那次你们骑马,他偷偷拔掉了红马蹄掌上的一颗铁钉。他说都过去了……我明天,还演匪兵甲……我以后,只演匪兵甲。老板说你会原谅他的,是吗?

他喝下一碗烧酒,辣出泪。他抬起头,说,是!声音从丹田发出,字正腔圆,气吞如虎。

陈永林

魔 戒

大伟的儿子小亮得了一种极其罕见的病,皮肤莫名其妙地烂掉,肌肉莫名其妙地萎缩。十八岁的小亮只有四十斤。但医生对小亮的病束手无策。医生对大伟说,治这种病的药还在研制之中,如没这药,你儿子只能活半年。

医生,你救救我儿子,我不想眼睁睁地看着他死。他死了我活着有啥意思,我也会去死。大伟抓住医生的手,流着泪求医生。

医生抽回手,摇摇头走了。

大伟一万个不想失去小亮。大伟同妻子离婚时,小亮才两岁。大伟既当爹又当妈含辛茹苦把小亮拉扯大了。如没有小亮,大伟早已支撑不下去了。小亮是大伟活下来的支柱。

走投无路的大伟想到了魔戒,只要对魔戒说出自己的愿望,魔戒就会满足。大伟四处寻找魔戒。一天晚上,一个白眉长须的老人叫住大伟,是你四处寻找魔戒吗?大伟说,你有魔戒吗?老人从口袋里掏出一只戒指,递给大伟,这戒指送给你。你最好只对魔戒许一次愿望。大伟千恩万谢地接过戒指。

回到家的大伟把门窗关了个严严实实,然后对手中的戒指说,请让我儿子小亮的病快快好起来。手中的戒指变得发烫,然后飘起一缕青烟,且在大伟手中抖个不停。

第二天一早,医生告诉大伟,说他儿子有救了,治他儿子这种病的药终于研制出来了。

小亮服了药,病一天一天地好起来。

三个月后,小亮出院了。小亮恢复得同正常人一样。

小亮同一个叫小莹的女孩好上了。小莹长得很漂亮,嘴巴也极甜,对大伟大叔上大叔下地挂在嘴上。小亮一有空便同小莹呆在一起,不像以前那样陪大伟说话陪大伟散步了。

大伟感到很孤独,孤独的大伟想到了魔戒。大伟又把魔戒拿在手上,说出了自己第二个愿望:我希望有一个妻子,她年轻漂亮,最好同小莹一样,她也十分爱我。大伟的话一说完,手中的戒指又变得发烫,然后冒起一缕青烟,且在大伟手中抖个

不停。

晚上,小亮就出事了。从没同小亮红过脸的小莹这回竟为了一件极小的事同小亮吵起来。从没动过小莹手指头的小亮狠狠打了小莹两巴掌。小莹一气之下产生了自杀的念头,她跑到铁轨上,坐下来。一辆呜呜叫的火车开来了。当火车刚要撞到小莹时,小亮赶到了,小亮拉开了小莹,自己却倒在铁轨上,火车从小亮身上压过去了。小亮开初还没断气,他抓住小莹的手说,你要答应我,我死后,你要照顾我爹一辈子,像爱我一样爱着我爹……

小亮在去医院路上永远闭上了眼睛。

大伟几次昏倒在小亮身上。

后来大伟不想同小莹结婚,可小莹铁了心要嫁给大伟。小莹说,大伟,我是真心爱你。我可以为你去死,你如不信,我现在就证明给你看。小莹拿了把水果刀就要割手腕,大伟忙抢了小莹手中的刀。

大伟只有娶了小莹。

小莹很爱大伟,家务活全包下来了,不要大伟动手。家里有好吃的,总让给大伟吃。大伟在家里过着衣来伸手、饭来张口的神仙日子。

小莹的亲朋好友都纳闷,都问小莹,你为啥那么爱大伟?你爱他啥?论年龄,他可做你父亲。相貌更不要讲。他又那么穷……大伟的缺点可说一大堆。

小莹答不上来,只说,我就是着了魔样地爱他。

小莹的爱让大伟渐渐从失去小亮的悲痛中走出来了。

大伟也想过有钱人的日子。因而大伟又把那个魔戒拿在手上,说出了自己的第三个愿望,让我成为百万富翁。

晚上刮起狂风下起暴雨,还雷闪电鸣的。小莹拉着大伟去超市买东西。大伟说,外面下这么大的雨,明天去吧。小莹不听,拉着大伟出了门,街上满是积水。小莹走在前面,大伟走在后面。突然小莹"啊"地一声惨叫,倒在地上,原来一根电线被风吹断了,掉进水里。大伟想拉小莹起来,但也被电打得倒在地上。

小莹死了,大伟失去了一只手。

当供电局的人拿着一张一百万元的支票要大伟签字时,大伟竟哈哈大笑起来,又号啕大哭起来。笑了哭,哭了笑,哭哭笑笑的,大伟疯了。疯了的大伟手里拿着一只魔戒喊,谁要魔戒?谁要魔戒?……魔戒会满足你的每一个愿望……

但没有人要大伟的魔戒。谁会相信一个疯子的话呢?

刘正权

同　桌

王军是我同桌。

王军曾经是我同桌。

王军是个跟我关系一点也不好的同桌,甚至我清楚地记得,他是唯一打过我一嘴巴的同桌。

我之所以这会儿还记得他,并不是说我多么记恨他,而是,王军曾立誓要当一名作家。

眼下,我恰巧成了一名作家,写到这儿,我想起老祖宗们在著书时常用的一句话,"造化弄人啊!"

同桌王军很有钱,至少在当时是不可置疑的。他常示威性地从口袋里掂出五元或十元的大票拍在桌上,如同现在某些习惯炫耀的小青年,将个多功能手机举在手上到处拍照,有点哗众取宠的意思。可恨当年我太过于贫瘠,知识和见识比金钱还要贫瘠,对王军的哗众取宠总是一脸的艳羡。别说我一个穷家子弟会如此,连好多老师都眼红心跳呢,那时候,他们一个月的工资也不过几十元钱。这样一说,你就知道了,王军有理由瞧不起任何人,包括我这个好求上进的同桌。

语文老师是个幽默风趣的人。在一次评点作文课上,语文老师先是表扬了我,说我的作文中规中矩,时间地点人物事物前因后果交待得不错,也就是说,是一篇真正的作文。而王军呢,下笔千言离题万里,信马由缰不知所云。王军在老师的点评下把个平日高昂的头压得很低很低。不过,就在王军低头反思时老师来了这么一句,"不过,王军有可能成为一个作家!"记得老师刚说完这句话,王军眼中就亮光大盛,好像头上真有一道作家的光环在闪耀。八十年代初期,作家是最令人景仰的了。

我心里非常不服,我的作文都写成真正的作文了,却没可能成为一个作家,老师都那样定论了,这个王军居然凭一个离谱的文章受此褒奖。我不无妒忌地要过王军的作文,一而再再而三地读,后来再有作文,我就写成了王军的德性。

王军呢,不再随随便便往外拍钱了,他把钱都订了《作文指导》、《少年文艺》等刊物,他想成为一名作家呢,当然这得多看课外读物。记得当时有一本名叫《随便翻翻》的杂志,集知识性趣味性开拓性于一体,很有创新意识。老师擅自作主,替王军订了一年。作为同桌,我自然就近水楼台了。一年下来,王军的作文开始中规中矩了,而我呢,则变成信马由缰了。

最先发现这一变化的依然是语文老师,语文老师悄悄对王军说,"郑全是不是经常看你的杂志啊,以后少借给他,他都写成你的模式了!"老师其实是一番舔犊之情,他怕我误入歧途越陷越深,像我这样的贫困生最主要的是念好书考上师范,作家梦是想都不能想的,除非像王军那样有个当大队书记的爹。

王军不是一个小气的人,但对于有人居然也觊觎他的作家梦,王军是不能容忍的。古人都说书非借不能读也,我又怎能免俗,借不到是吧,我趁王军上厕所时就翻他的书桌偷看,一来二去,我竟憋成一种功夫,能在教室坐上半天而不上厕所,为我日后静下心来写作打下了良好的基础。可惜好景不长,就在一次我正翻阅一期刚出的《随便翻翻》杂志时,王军折回来拿手纸,见我正翻阅他尚未读过的新书时,王军二话不说,抬手一记耳光打在我脸上,"谁让你偷看的!"面对王军的质问,我压低嗓子反驳,"我不过是随便翻翻而已!""要翻翻你自己的东西!"王军一把抢回书撕得稀烂,"我让你翻,我让你随便翻翻!"

记得我当时就哭了,不是为王军打我一嘴巴,而是为那本粉身碎骨的《随便翻翻》。当天晚上我就背起书包下了学,任父母百般劝告都不再回校。

不过从此以后,我真养成了随便翻翻的习惯,一直翻到今天能见到我名字的许多刊物。

校庆那天,作为母校唯一一名作家,我得到隆重的邀请。吃饭时,一人挤到我身边坐下,我一愣,正是王军。王军嘻嘻一笑,"今天我跟你一块坐,谁让咱俩当初是同桌!"

我举杯一笑,"对,是同桌!"笑完我发现眼中有泪正悄悄滑落。

拯 救

少年13岁那年的冬天,男人、女人的感情出现了问题。

男人、女人吵累了吵烦了,开始彼此冷淡疏远。家,就此落入前所未有的死一般的沉寂。

少年在男人书房的写字台上发现了那份"离婚协议",伤心极了。睡梦中,枕边留下湿了又干、干了又湿的斑斑泪痕。

然而现实并没有因为少年的眼泪而改变事态发展的方向。

晚饭桌上,男人还是将协议递给女人。

女人看着没说话,手却有些颤抖。

"要离也得等我期终考试过了再离。"少年放下筷子,哽咽着说。

男人对着已走进房间的少年的背影说:"那么好吧。"

进了房间,少年的泪终是不可节制地滚落下来。12月23号,距终考还有二十多天的时间。少年咬着嘴唇想:一定要在这短短的二十几天时间里彻底摧毁那份协议,拯救这个家。

受伤的女人就此变得慵懒和消沉。早餐桌上再没有了滚热的汤饭和剥了壳儿的嫩白的煮蛋。

男人的单位较远,总是第一个走出家门。

少年跟着起床洗刷,完了,将女人的口杯倒上半杯开水,再兑上半杯凉水,然后将女人的牙刷挤上牙膏,担在杯沿上。听到女人起床的声音,少年背上书包悄悄带门下楼。

晚上,女人在少年的房间里欲言又止:"早上的牙膏是你挤的吧?"

少年摇头:"是爸爸,我的牙刷也是。"

女人没说话带上房门退了出去。

洗过脚之后,少年偷偷提起男人的皮鞋进了卫生间。

男人的皮鞋原本都是女人擦的,每晚擦干净放在鞋架上,这个习惯不知什么时候停止了。男人的皮鞋很脏很没型。少年用了小半袋鞋油,先用卫生纸擦,再用绸布在上面荡来涤去。几分钟后,皮鞋恢复了光洁、锃亮。

少年想,要是这个家也能像皮鞋一样那该多好,擦擦就可以回到从前。

从卫生间出来之后,少年进了男人的书房,说:"爸爸,今天老师布置了作文,命题的,叫《我的家》,我开不好头……"男人在写字台边扭过头说:"你可以从某一件有趣有意义的事情开始落笔,譬如,前年我们全家爬长城……"男人说到这儿停住了,好像陷入了某一种缅怀……

早起,男人换鞋时愣怔了下,脸上流露出一丝惊喜,但很快就消失了。

少年继续重复着前些天同样的工作,他已经坚持了一个多礼拜。

有一天晚上,女人的单位临时加班,很晚才回到家。令她意外的是,暖瓶全是满的,床上是热的,电热毯好像开了很长时间,女人一下子找回了从前的感觉,心头暖暖的,两眼热热的。

第二天上午女人调休,阳光很好,就将书房里男人的被子拆洗了,垫被也拿到阳台上翻晒了一天。

男人下班回来,菜在锅里煮着,女人在书房套被子。男人没吭声,将三人的饭盛好,菜端到桌上,然后朝着两个房间叫了两声:"吃饭了,吃完了再弄。"

一早,少年穿着睡衣推开女人的房门,站在门口怯怯地问:"妈妈,我可以和你睡一会吗?"

女人掀开被子的一角,说:"快进来,当心感冒。"少年钻进被窝,女人伸过双臂将他紧紧地搂在怀里。少年说:"元旦学校有联欢,有我一个节目,我希望你和爸爸都能参加,我不希望同学们说我的征文是虚构的。"女人点点头。

晚会现场,男人和女人在墙报上看到了《我的家》新年征文比赛的获奖名单,少年的名字排在第一位,征文的标题是《相亲相爱》,只可惜看不到征文内容。

男人、女人找了个位置很别扭地坐在一起。

晚会开始了,音乐响起。

灯火辉煌的街头

突然袭来了一阵寒流……

夜深人静的时候

我就潜伏在你的伤口……

伴随着歌声,少年从侧门走向舞台。这首歌不适合少年,唱得音又不是太准,但无比投入的神情还是抓住了在座的家长们。

爱若需要厮守

恨更需要自由

爱与恨纠缠不休……

男人、女人心里最明白,此刻眼睛里涩涩的有些难受。

我拿什么拯救

当爱覆水难收

谁能把谁保估

能让爱永不朽……

少年唱到最后竟泣不成声,满脸泪水。

女人再也忍不住了,踉跄着迎上去,一下子将走至台下的少年紧紧拥在怀里。这时候,男人从后面一把围拢过来:对不起,宝贝。

少年觉得脖子里有温暖湿润的东西在滚动,那应该是男人或女人的泪。

热爱生命

"我不活了。"男人醒过来，眼泪泉眼一般从紧闭的眼睛里涌出。

"爹、爹、爹。"爬在男人身上嘤嘤哭泣的两个孩子，听见男人说话，齐声喊。

男人缓缓睁开眼说："我咋回来的？"

女人说："我找人把你抬回来的。"

男人两眼盯着黑黑的屋顶，长长叹一口气。

女人对孩子们说："你爹没事，快去睡觉。"

两个孩子爬到炕头，拖过一床被子，睡去。

女人把怀里睡熟的孩子往炕上放时，孩子被弄醒，女人轻轻拍打几下，孩子才没哭。

"我真不想活了。"男人说。

女人盘腿坐在炕上，一言不发。

"这种日子，叫人没法活。"男人说完把身子侧侧，窗外伸手不见五指，黑夜仿佛像一座山，压得人喘不过气，又似乎要把这个世界压个支离破碎。

女人仍然一声不吭。

"要不你就改嫁吧，别再跟着我受罪。"男人说。

"要走我早走了，用不着拖到现在。"女人说。

"要不咱带上孩子逃走。"男人说。

"往哪里逃？"女人叹口气。

"咱一块去投河，我看早晚也是死。"男人狠狠地说。

"死就死。"女人的眼泪像断线的珍珠，"咱把这个小的带上，这么小，留下他，我不放心。这两个大的也累不着人，他俩爱往哪里去就往哪里去吧。"

"那好。"男人爬下炕，一瘸一拐地朝门外走。

女人给两个大孩子盖盖蹬开的被子，抹抹满脸的泪水，轻轻抱起最小的孩子，悄悄吹灭昏暗的煤油灯，慢慢迈过门槛，快走几步追上前面的男人。

夜静得死去一般。

他们并排着朝村北的黄河走去，翻过黄河大堤，每走一步，就是靠死神近一点，

几百米的距离似乎走了一生。

他们站在黄河岸边,一望无际隆隆作响的黄河,令人头晕目眩,心惊胆战。冷冷的水面透着寒气,像锋利的刀,刺得人生痛。

"哗哗哗……"男人毫不犹豫地下水。

女人紧抱着孩子义无反顾地跟下去。

水越来越深,漫过膝,又漫过腰。水越来越重,压得心脏几乎停止跳动。水流把女人冲个趔趄,男人扶女人一把。

"哇……哇……哇。"黄河水把睡梦中的孩子咬醒,那一声又一声高亢嘹亮的哭声,在静静的黑夜里,像一下又一下重重的钟声,向四面八方一圈一圈地扩散。

突然,女人一只手抱着孩子,一只手抓住男人的衣服,哭着说:"咱回去,咱回去。"

男人挣扎着说:"不,不回去!你怕死你回去吧,我不怕死。"

女人说:"不是我怕死,不是我怕死。"

男人不吭声,更坚决地朝深水处走。

女人把男人的衣服拽得更紧:"关键是不为大人活着,也得为孩子活着。既然让孩子来到这个世界上,就不应该让孩子这么早离去。孩子还这么小,这是条命啊!这是条命啊!"

男人慢下来,终于停住,女人也停住,滚滚而下的热泪砸在滔滔的水面上。汹涌澎湃的黄河水打着漩涡从脸前奔腾。

男人缓缓转过身把女人与孩子拥在怀里,脸紧紧贴在孩子的脸蛋上,然后,朝岸边靠近、靠近……

那个怀中的孩子当时还没断奶。多年以后,那个怀中的孩子写下一篇小说叫《热爱生命》。

恐　惧

　　我的状况很糟糕,我的那辆车也很糟糕,我开着它给人送货,就像我背着货物一样。它是那样的破败不堪,以至于搭便车的先生或者女士们都懒得理我。

　　我穿行在那条两边长满荒草的乡村公路上,我担心会有一个阿三拦住我,把我胖揍一顿然后抢去我的钢笔和手表。这里的路面实在叫我悲观,只好一次次地放慢车速。到最后,我竟停了下来。

　　停下来的原因是一个男人拦住了我,讨厌的天气和即将降临的黑夜使我觉得他实在可怜,于是我答应了他搭便车的请求。那个男人慢吞吞地爬进车里,坐在我的旁边,他的棕色大帆布袋就放在他的脚下。他用一种近乎耳语的声音对我说:"谢谢你,年轻人,我不会耽误你太久的。"

　　男人看起来很疲倦,歪在座椅上试图睡一觉,但是颠簸的汽车叫他不能如愿,于是絮絮叨叨地给我讲一些故事。他说前面的镇子里有一个残暴的傻瓜,他用一柄长刀就杀死了邻居的一头公牛和一只狗,因为他觉得这些畜生真是一种危险的动物,叫他觉得恐惧。后来,这位斗士又杀掉了自家的一头猪,原因是这位猪先生曾经啃坏了别人的白菜而叫他赔了钱,再后来,他甚至觉得自己的妻子也是一种危险的动物,正在筹划灭掉她的时候被人识破,只好逃之夭夭。

　　车子拐入大路以后便平稳得多了,这个男人的确是太疲倦了,似乎将要沉沉睡去。但是他讲的事情以及他从不扭头的举动令我对这名奇怪的搭车者渐渐感到不安。我不知道这是为什么,只是本能地觉得有些不对头,有些奇怪,有些——危险。

　　我尽量小心谨慎,没有扭头,斜着看了看我的乘客。我观察了帽子,衣服上的脏衣领,蓬乱的胡子,粗壮的胳膊……

　　我又开始观察他的那只大帆布袋——天哪,那是什么? 一把长刀? 它已经割破了口袋,刀刃和一些卷起来的绳子从裂缝中漏出一点尾巴,使我差点惊叫起来!

　　在起初的几分钟里,我不知道该怎么办,我对这次冒失的善良充满了悔意。后来,我恐惧的大脑飞速转动,突然想出了一个主意。我迅速扭转方向盘,来了个急刹车,把车子停下。

　　"天哪!"我喊道,"一个小孩! 你看到那个小孩了吗? 我想我撞到她了!"

那名乘客明显被急刹车吓住了，"我没有看见任何东西，年轻人，"他说。"我认为你没有撞到什么。"

"我肯定是个小孩！"我坚持说。"您能不能出去看一看？只是去看看路上是不是有什么？"我屏住了呼吸。

我的计划奏效了。

我的乘客慢慢地爬出车去观察。他一下车，我就开足马力，发狂地加速逃走了。不久，就把那名可怕的危险分子甩下了两公里。

第二天一早，我把车开进了镇里的警察局，我认为我有必要向警察们陈述一下在我身上发生的故事，但是您猜我看到什么？没错，就是那位乘客，虽然他已穿上警服，但是他的体型和脸面还是叫我认出了他。

"那些路面是该修一修了，你的车也该修一修了，不过说实在的，你的驾驶技术真是很糟糕。"他这么跟我说。

我很想知道，究竟发生了什么。

"那名荒唐的神经病已经被拘捕了，但是你真是难以想象他把凶器藏在哪里，以至于我花了整整三天，找遍了村子的每一个角落，才发掘出来。这固然是件好事，但是请你告诉我，为什么把我抛在那么偏僻的地方呢？要知道，我是花了两个半小时，才回到这里啊。"

邱成立

三道人生试题

上大学的第二年,学校开了一门课程叫《人生》。

开学第一天,第一次上《人生》课,李老师先做了个简单的自我介绍,说他叫李毅然,和我们的共和国同一天过生日,在这个学校教学已经十多年了。然后就说要进行一次摸底考试。同学们听了都很奇怪,刚刚开学,还没有学到什么东西,怎么考试呢?

李老师笑眯眯地说:"说起来是考试,其实也就是个小调查。内容很简单,只有三道题目。"李老师顿了顿,看大家还是一脸茫然不知所措的样子,脸上又堆满了笑容,说:"下面我开始出题了。第一题:你们有谁记得父母的生日吗?"听了李老师的话,很多同学愣住了,只有少数几个女生举起了手。李老师数了数举手的人数,轻轻地点了点头,又说:"学校有四个门卫,每两人一班轮流看大门,谁能说出其中两个人的名字?"这一下大家傻眼了。虽然大家经常从校门口出入,也知道这几个门卫分别叫赵师傅、李师傅、王师傅、张师傅的,可具体到每一个人叫什么名字,还真说不出来。

李老师看大家哑口无言的样子,又笑了,接着抛出了第三个问题:"你是否经常反省自己?"这一问,所有的同学都低下了头。

教室里静默了一会儿,李老师说话了:"《人生》这门课程,旨在引导我们树立正确的人生观、价值观和世界观,教导我们今后如何立身处世、做人成才。今天的三道考题,可以说是对同学们做了一个大致的检验。"

"第一题:记住父母的生日。"李老师边说边在黑板上重重地写下了"孝道"两个字。"孝道教人善良。心存孝道的人,才会有善的根苗,有善的根苗,才可能开出善花,结出善果。如果一个人连自己的父母都不尊重,更不会尊敬别人。当然,尊重父母并不仅仅是记住父母的生日,更重要的是在思想上和行动上孝敬父母。

"第二题:记住你身边每一个人的名字,尊重你身边的每一个人。尊重别人才能得到别人的尊重。尊重别人可以使自己宽厚。基石宽厚才能负重,人心宽厚才能做大事业。

"最后一题:如果你记不住父母的生日,又叫不出门卫的名字,那么,你就该反

省自己了。"说到这里,李老师又在黑板上写下了"反省"两个字。"反省促人进步,有反省才会有悔悟,有悔悟才会有进步,才会有成才的可能。"

这一课使每一个同学终生难忘。

二十年后,很多同学已经功成名就,有的成了专家、学者,有的成了企业家,有的当上了相当级别的领导。

二十年后,全班同学在广州大酒店聚会。班长让大家介绍一下自己二十年来的工作情况和生活情况,时间不超过一分钟。

一个同学说:"毕业之后,我一直记着《人生》第一课上,李老师提出的三道人生试题。我不但自己记住了父母的生日、记住了身边每一个人的名字,还经常教育自己的学生也做到这三点。所以,我教的学生特别懂事,学习也很努力,考试成绩也不错,我也年年被学校、教育局评为优秀班主任,去年还被评为全国优秀教师,受到了国务院总理的接见。"

他的话音刚落,酒店里就响起了热烈的掌声。坐在旁边的李老师也边笑边点头。

第二个同学说:"我也一直记着李老师提出的三道人生试题。我不但记住了父母的生日、记住了身边每一个人的名字,还记住了所有客户家庭成员的生日、记住了所有竞争对手的生日,每到他们的生日,我都会送去一份贺卡或一束鲜花。礼物虽然不多,却收到了意想不到的效果,不管是我的客户还是我的竞争对手,现在都是我生活和事业中最好的朋友,因此,我的事业也获得了巨大的成功,个人资产超过了八位数。"

大家听了,又一次热烈鼓掌。

第三个同学说:"我也一直记着李老师提出的三道人生试题。我不但记住了父母的生日、记住了身边每一个人的名字,还记住了所有上级领导的生日、记住了上级领导家庭成员的生日,每到他们的生日,我都会送上一份价值适当的礼物。我也收到了意料之中的效果,十年来,我的官职一直在往上升。我想,这也是一种成功。"

第四个同学说:"我也一直记着李老师提出的三道人生试题……"

全班四十多个同学很快都说完了,最后,班长说话了:"同学们,大家在李老师这三道人生试题的指引下,每个人都有了自己想要的收获。我想再问大家两个问题,不知道大家能不能回答出来?"

大家异口同声地说:"什么问题? 快说吧!"

班长说:"李老师给了我们那么大的帮助,谁能说一说李老师叫什么名字?"大家听了,一下子都愣住了。是啊,上学的时候,成天李老师李老师地叫,是不能、也不敢叫李老师的名字的。毕业之后,一提起来还是李老师长李老师短的,也没叫过李老师的名字。班长这一问,还真把大家难为住了。

班长看大家都不吱声了,又抛出了第二个问题:"不知道李老师的名字,是因为我们都是学生,不能直呼老师的名字。那么,有谁知道李老师的生日是哪一天呢?"

大家听后,又一次沉默了。全班同学没有一个人知道李老师的生日是哪一天。

班长的脸色严肃起来了:"同学们,我觉得人生的试题应该还有第四道,那就是:记住老师的名字和生日。有人说:人的一生,选对伴侣,幸福一生;选对环境,快乐一生;选对朋友,甜蜜一生;选对行业,成就一生。那么,选对老师呢?"

一个同学不假思索地说:"选对老师,智慧一生。"

"那么,我们该不该记住老师的名字和生日呢?"班长的话音虽然不高,却重重地砸在了每一个同学的心里。

开在雪地上的花朵

汝荣兴

梅老师

天是突然之间暗下来的,而且暗得仿佛夜晚一下子降临了似的。

其实,那时候才下午三点钟,下午第二节课上课的铃声响过才不过五分钟。

实际上,这些天一直在下雨,教室外面的天空一直都是灰蒙蒙的。据说,这些天的雨量还是当地二百年来所未曾有过的。而此时此刻,随着那天的突然暗下来,远处又传来了呼呼又隆隆的声响。那呼呼的显然是风声,可隆隆的却并不是雷声,而是——是房屋的倒塌声!

啊,莫不是来了龙卷风?!

猛然意识到这一点的时候,正在组织学生作期末考试复习的梅老师,不由得心头一惊又一颤。梅老师深知那龙卷风的残忍——在她二十岁那年,也是在这样的季节,也是这样的一阵声响,不仅把梅老师家的三间瓦房在顷刻间变成了一片废墟,还夺走了梅老师母亲的生命……

于是,梅老师当机立断,立即改口向她的学生命令道:"全体起立!不准收拾任何东西,大家马上按座位先后顺序跑出教室!"

学生们一时并没有反应过来,大家你看看我,我看看你,不知究竟发生了什么事情。不过,很快地,教室外那越来越响的呼呼又隆隆的声音,以及那"龙卷风来啦!龙卷风来啦"的叫喊声,终于将这些半分钟前还在专心致志地听着课的十二三岁的孩子给惊醒了。于是,怀着恐惧,也怀着那种求生的本能,孩子们都慌了,乱了,就纷纷哭叫着向教室门口涌去……

这时候的梅老师不禁也慌了。但她并没有乱。她清楚地知道,孩子们这样争先恐后地涌向门口,最终的结果,只会造成教室这条唯一的出路的人为堵塞,从而……啊,那实在是太可怕了!

于是,梅老师便一大步上前,把守住教室门口,同时,她嘶哑着嗓子,再次向学生们命令道:"听着!按次序!谁也不准挤!谁挤谁就最后一个出去!"

老师犹如军队里的将军。随着梅老师的声音响起,教室里便一下静了许多,那乱糟糟的局面也得到了控制——孩子们虽然免不了还要你推我、我拥你,可到底是谁也不敢再使劲往前挤了。

那呼呼又隆隆的声音已越来越近,越来越响。学生们一个连着一个,在有秩序地朝教室外撤离着……

突然,原本排在教室最里边那个组的一个长得圆头圆脑、很是健壮又很是漂亮的小男孩,似乎有些等不及了,又似乎有着充分的理由,只见他一下蹿上前来,并很快就钻到了梅老师的腋下,眼看着就能挤出门去了。

但梅老师却在这时一把拉住了这个一只脚已伸在了教室门外的小男孩,同时狠狠地将他往自己身后一拽,说:"你!你最后一个出去!"

小男孩不禁抬起泪眼望了望梅老师。其他的学生这时也都将目光集中到了梅老师的脸上。但梅老师似乎根本没看见这一切,只顾继续用嘶哑的声音喊着:"听着!按次序!谁也不准挤!谁挤谁就最后一个出去!"

这时,那呼呼的风声已近得差不多可以伸出手摸到了,那隆隆的房屋倒塌声,则几乎就在隔壁响起来了……

终于,全班 45 个学生中的第 44 个,也已经双脚跨出教室的门槛了。于是,梅老师连忙拉过来一直站在她身后的那个小男孩,并用力将他往外一推……然而,时间就在这一刻停住了!天地就在这一刻合并了!于是,随着一声闷闷沉沉的巨响,只听见 44 个声音在同时呼叫——

"梅老师——"

"小刚——"

梅老师睁开眼睛的时候,已是第二天的下午。

梅老师睁开眼睛的时候,齐刷刷站立在她病床四周的 44 个孩子,异口同声叫了起来:"妈妈!"

听到这一声呼叫,浑身上下都裹满了绷带的梅老师,不由得伸出抖抖的双手朝四周摸索着,同时用颤颤的声音寻找着:"小刚,我的小刚,你在哪里?"

回答梅老师的,便又是 44 个孩子那带着哭腔的同声呼叫:"妈妈……"

梅老师是妈妈。

妈妈是梅老师。

开在雪地上的花朵

徐晓佳

啃

娘的,这样的日子可真好啊,和以前皇帝肯定有的一拼——

唔!唔!每天都是这样!每时每刻都是这样!我生下来就是这样!以后还要这样!这样!这样!就这样!!!

四年前,真的是莫名其妙地,我就是考上了大学,只不过学费贵了些,可爹和娘还是咧了嘴:好哩,咱儿子也成大学生了哩。——不管怎么样,就是要我们卖血卖房子,都要供你上大学!

于是我就用牙齿啃啃嘴巴:爹,我大学生了哩,得有手机,要不就太土了哩。

爹皱皱眉头,却很快轻轻又重重地点了头:好的哩,大学生了么。得有大学生的派头。

然后两个月后我就狠狠揣了手机,顺便带了爹和娘,爹和娘就顺便帮我拎包袱,咧着嘴去学校了。——是他们非要和我一起去的,不过好在我无所谓。

可一个礼拜后我就打电话回家了,啃着嘴说:爹啊,这手机不高级啊,得换!

爹还是喜欢沉默一下,然后说:好,大学生了么,在外头比人家差了也不好。

于是跳楼价卖了旧的换新的,就那种既会唱歌又能拍照还动不动可以放个小电影的。当然,绝对的名牌产品,这是重点!

可还是不对哩——一个月后国庆节回家朝爹啃嘴巴:爹,我还没电脑哩,得买电脑,笔记本的,好带。

娘问:啥叫笔记本?

我就不说话了,也不看爹。

爹就吼了:女人家问东问西的干啥,儿子要的肯定是有用的东西哩——大学生。

于是,七天后就又咧了嘴怀抱个电脑去了,我很兴奋,兴奋得我走路都打太极拳了,也就不知道自己姓啥名啥了,就不知道谁是爹谁是娘了——娘的,以后有的打游戏了!

有了这两样东西,再加上其他的根本不值一提的小玩意,两年大学生涯就PASS掉了。

忽然又觉得这样一个人没多大意思,就又莫名其妙地追了一女朋友,然后再接再厉打电话:喂喂,爹哩,娘哩,生活费不够了哩。

咋就会不够呢? 问。

找了女朋友了哩,不够花了。答。

爹就咧嘴了:好哩,好哩,大学生要读书,终身大事也得抓紧。娘也在电话里笑开了花:好哩,啥时候带来看看。

生活费就这么涨了一倍,于是有资本每礼拜去肯德基,有能力一个月去外面开一次房了,有权利去浑身耐克阿迪了。总之一句话,我比以前更叼更潇洒了。

日子过得很欢,但两年就又过去了,不得不回家。回就回吧,还能怎么样。

爹问我:回来了?

嗯。

你手机还在吗?

不在了,淘汰了。

那你电脑呢?

卖了,要升级到更高级的呢——不过以后再说。

那你女朋友呢?

也没了,散了。

那你带回来啥东西了?

我就甩出一张纸:文凭!

爹娘就又咧嘴了:好哩,大学生总归是大学生哩,有了这个你就可以去赚钱了哩。

我却摇摇头:不去哩,有了爹和娘你们俩——就是我最好的工作,我还出去寻苦头吃干啥?

爹娘就急了:不对的哩,现在轮到我们叫你爹、叫你娘了,你咋就不愿意出去了?

然后我就火了:啥! 谁说我不愿意出去了哩? 我是不想出去,出去了只有苦头! 我是大学生!

爹和娘就更急了:那你以后咋吃饭呢?

我就笑了:急啥,不有你们么,有的我啃的。

说完,爹和娘就大哭起来了,然后很快变成香喷喷的但不是很大的两块肉。

我大笑了。这两块肉该是很有啃头的吧,尽管骨头多了些。

尹利华

我们这里谁最坏

如烟带着宝贝儿子乐乐参加一年两度的同学聚会。

乐乐是个聪明的小淘气鬼，长得漂漂亮亮，很惹那些阿姨们的喜爱。

一次阿姨们逗他玩时，宛诗突然问了乐乐一个问题：我们这里谁最坏？这个问题对于三岁大的乐乐来说，的确是个考验，所以呢，所有阿姨都来精神了，看看在这小家伙心中，到底他对谁印象不好。

乐乐精灵的小眼睛将围在自己身边的五六个漂亮阿姨——审视了一番后，半天不吭声。逼急了，他就用大拇指指着如烟说：妈妈最坏。说完，还会摆出一脸无辜委屈的可怜样。

所有同事都为此大为惊奇，纷纷称赞如烟育子有方，这么小的孩子，就懂得礼貌，知道说哪个阿姨坏都不好，所以就说与自己最亲近的自己妈妈坏。这可真是明白事理，不容易着呢。如烟亲了乐乐一口，说回家给宝贝买最好的巧克力，可以看出如烟为宝贝儿子的聪明而感到骄傲。

乐乐高兴得蹦了起来。小手拉着妈妈，童声童气地说：我就知道妈妈最好了。

以后阿姨们每次见到乐乐的面，总会逗乐乐：我们这里谁最坏？而乐乐也总是很乖地说：妈妈最坏。然后阿姨们开心一阵，夸赞一阵，自然，如烟也就骄傲一阵。

在春天的同学聚会，如烟带着宝贝儿子乐乐如期而来。一见面，几个阿姨就自然而然地逗乐乐：乐乐，你来说说我们这里谁最坏？

没有想到，这次乐乐睁大了眼睛，看了半天后，居然变了台词，指着宛诗说：她最坏。几个同学一起哄笑，宛诗有些不自然了，但哪能跟一个小家伙计较那么多，于是继续和大伙一起逗他：宛诗阿姨漂亮不？

漂亮！乐乐毫不迟疑地回答。

那你为什么说漂亮的宛诗阿姨最坏呢？

因为她咬爸爸的嘴。乐乐童声童气地说。

乐乐一语即出，石破天惊，周围的空气立时冷凝了下来。宛诗脸上立刻红晕泛起，又羞又急，这时，如烟一把拉过乐乐，往小屁股上啪啪拍了两巴掌，拍得乐乐哇哇直哭。

这小孩子,啥时候学会胡说八道了啊。如烟一边给乐乐擦泪,一边对宛诗说:小家伙胡言乱语,宛诗妹子你可千万别介意啊。

然后大家继续嘻嘻哈哈,开始转移话题。因为大家都知道,宛诗才貌出众,追求者不乏其人,但却一直单身。而如烟的丈夫既是宛诗的大学同学,也是她的直接领导,平时,二人来往频繁,自然难免有些什么瓜田李下之嫌。而这些事情又由一个孩子嘴里说出来,几乎没有人怀疑这件事情的真实性。

随后的氛围,大家总觉得有些不自然了。尴尬已经溶解在空气里,随着呼吸,每一个人都能感觉到它的存在。而宛诗也似乎有意无意地躲避着如烟。

一个结就这样被一个孩子的一句话系住了。

在下一次聚会,宛诗没有参加,据说是辞职了,独自离开了这所城市,去沿海一所城市定居了,嫁了一个大她十多岁的男人。

这次,如烟仍旧带了乐乐,这时的乐乐已经四岁了。

老同学们仍旧嘻嘻哈哈,热闹非凡。漂亮可爱的乐乐身旁依然围了不少漂亮的阿姨。不知道是哪位阿姨,想起了以前的那个老话题,于是提出来,来逗乐乐:

乐乐,来,猜个谜,你猜猜我们这里谁最坏?

妈妈最坏。乐乐想也不想地说。他早已经知道阿姨们想要的答案。

如烟在一旁,抿着嘴看着儿子,眼里依然有着喜悦的光彩。

可那个阿姨却追问了一句:为什么呢?

这次,乐乐想了想说:因为妈妈教乐乐撒谎,说宛诗阿姨咬了爸爸的嘴。

如烟白净的脸腾地一下变成了酡红。一把拉过乐乐,训斥:这孩子,跟谁学的啊,怎么整天胡说八道!

乐乐挣扎着,带着哭腔喊:就是妈妈最坏,妈妈教乐乐撒谎……

如烟呆立当场。原来,她看到自己丈夫和宛诗接触频繁,有了危机感,总是担心宛诗会破坏了自己的幸福,于是才玩了这个游戏,逼走了宛诗。没有想到的是,孩子的心灵虽然幼稚,但已经不再是可供自己随意涂抹的一块画板。

巩高峰

阳光多少钱一平米

七年。上帝啊，我在城市里呆了七年。

我得感谢上帝。他和与他同等地位的时间联手，把七年的年轮都刻在了我身体里，比如血液、内脏、骨骼，无处不在。不过，并没有给我在外表上留下多少烙印，这让我感觉如此幸运。虽然我还得到了另外一些我没想要的东西，比如，沧桑感、不安全感，还有一点归宿感。但是我乐意，因为，上帝，我想买房子了！

我想找个窝，消除不安全，抓住归宿感，让沧桑在温暖的窝里颐养天年。

我喜欢干净而纯洁的水，但更想拥有温暖的阳光，黄色的还是白色的不重要，属于我的就行。那么，想长期而独断地专有阳光，我得有一处房子，打开窗户固定接收。

于是，我又一次在城市的森林里遍地奔走，只是，踏着温饱线，我的脊梁直了许多。我开始消费城市了，我可是一直以近乎乞讨的姿势在城市它们家生活的。现在，我要用钱搭一处房子，住在城市里面，拥有属于自己的阳光。其实我本可以不用四处奔波，这么做的原因不过是想坚定自己的选择——我早已留意了一个小区。位置是偏了点儿，城市大规划的六环两年后才能勉强把它抱在怀里。环境也有点一般，地皮的前主人是一群果农，他们还没来得及搬移走他们的财产——一群已显暮色的桃树。桃树们浑身流着胶水，不知是虫蛀，还是眼泪。

不管这么多了，一切都阻挡不了我的决定，因为它的房价在我所能了解的信息里，便宜到我终于能接受。

接着，我带着些愚蠢的麻烦，不愿意转账，而是把七年的时光用一堆纸代表了，并交去了银行的点钞机里——点钞机刷刷一阵响，似乎在清点着我的年年岁岁，每月每日，并验证着我的每一分每一秒的真或假。我知道它在提醒我，这七年只是首付，如果想真真正正地怀抱一片阳光，我还得拿十五年给它。至于我能空手套白狼似地拿到按揭，是因为我将再另外拿出两年或三年当作利息换来的。

拿到钥匙那天，我不能自已，开门的手甚至都不太出息地有点哆嗦，不，它只是有点兴奋，稍显摇晃。我不愿意大操大办地装修，口袋空了是一部分原因。我买的是房子，装修得太多那不是锦衣夜行？我可不愿意自欺欺人。

能住就行,我乐意见到厨房的小巧,卫生间的逼仄,卧室的偏于一隅。当然,我最最中意的,是阳台上的阳光,那可能是我半生以来最最浪漫的享受了。在温暖的惬意中,我甚至堕落地想,就冲这份从浪漫直达现实的温暖,就是让我再送上十年的光阴,我也乐意,并百分百坚持这个心甘情愿的犯傻。

稍稍有些不爽的是,每天上班我要在车上度过一个半小时,时间和距离都相当于从我老家到县城一个来回。每天下班,到家了我连夕阳都晒不到,只能寄望于晴天的周末,另外还得忍受小区前一个工地的乒乒乓乓。那个工地的规模应该是一个商业区的架势,看来,看出这片区域未来优势的,还有专业人士。

那片工地的工期似乎没有尽头,隔几天看一眼,拔高了,隔几天再看一眼,仍在长高。几个月一隔,隔出问题来了,因为它只长了三个月,跟它只隔一条小马路的我们小区的 23 号楼,就已经并必将终年在它的阴影里背靠大楼好乘凉了。这是个问题,是个大问题。想想,有什么原因能比遮挡住属于你的阳光更重要呢?虽然那阳光是免费的,但那是大自然赐予的,人人有份。于是,先由小区物业出面,再是业委会代表。最后,不了了之,只剩下我们最靠路边的 23 号楼被阴影遮盖得严严实实。

打官司,法制社会,只能打官司。这是我人生中的第一场官司。虽然我不是唯一的原告,但我力争的是我的阳光。如果没有阳光,我买这房子干吗呢?我夜以继日地憧憬个什么呢?

官司很简单,电影电视里放过,报纸杂志上登过,这样的官司我们赢的机会太大了。所以,对于人生中第一场官司的明媚前景,我乐意用开门红备用,一旦开庭宣布判决结果,我就拿出来大肆形容。虽然我可能要因此损失一些工资、牺牲几个工作日,因为要出庭——对,肯定要去的,这不光是人多势众的问题,重要的是我的阳光,别人从我手里夺走的,我要亲手把它拿回来。

但是没用我请第二次假,就结束了——法院还没开庭,双方就庭下和解了。

虽然我是我们这个 23 号楼里表现最犹豫的,但我是整栋楼几百号人中第一个签字同意和解的。别用"见利忘义"、"见钱眼开"之类的词来形容我,实在是因为对方的条件太优厚。被告方,就是那个商业区,给出的和解条件是他们会给予每户一定的补偿,每年都给,一直给到他们撤出这个地方。

我没用计算器,简单心算了一下,每年我牺牲阳光所得到的补充,除以十二个月,得出的结果几乎就是我每个月要交给银行的按揭。

我没有理由拒绝。

徐闯

谁是徐闯

首先自我介绍一下吧，我叫徐闯，生于 1985 年 6 月 13，现在是一所普通的大学里一个普通的学生。我的业余爱好有两个，一个是上网玩网络游戏，一个是打牌。网络游戏我只玩梦幻西游，打牌我只打升级。

一个星期天的中午，我还赖在床上睡觉，突然被人拍了一巴掌，我以为又是宿舍里那个无聊的小子高刚找茬儿，连眼也没睁就张口骂了句，谁他妈打我？过了好一会儿，没有人搭腔，我感到有些奇怪，高刚这小子平常就喜欢找茬儿和别人吵架，现在怎么这么老实了？我睁开眼睛看了看，啊！竟然有一个十足的大美女站在我床前笑眯眯地看着我呢。我慌忙拉了拉被子，盖住我露在外面的胸毛。

我问美女："你……你找谁啊？"

美女莞尔一笑，说："我找徐闯，请问他在吗？"我心里一阵狂喜，连忙说："我就是徐闯。"

"我就是徐闯。""我就是徐闯。"……

我很奇怪，在宿舍里不应该有回音的啊，怎么一下子有那么多句"我就是徐闯"？

我抬头一看，宿舍里另外五个小子都在床上躺着，伸长了脖子往我这里看呢。我顿时明白了，回音是他们发出的。这几个小子和我一样有个臭毛病，见了美女就挪不动步。

美女一脸迷惘，她说："怎么一下子有这么多徐闯？你们到底谁是徐闯啊？我找他有事呢。"

嘿，这美女找我有什么事啊？会不会是看上我了？我心里又是一阵狂喜，说："我真是徐闯。"说完，我紧张地看了看宿舍的另外五个人，嘿，他们还真没让我失望，一张张嘴像鱼一样张开了，又吐出了和我一样的话。

晕，这几个小子今天存心坏我的好事啊。要不是有美女在，我早就跳将起来，每人给他们一脚了。

美女有些急了，她说："你们都说自己是徐闯，我又不知道你们到底谁是徐闯，那我就问你们几个问题吧，你们谁能说上来，谁就是徐闯。"

我们异口同声地说好。

美女说："徐闯平常上网的网名叫什么？"

六个声音答道："叫'二十岁,枯萎'。"

显然,他们说的都是我的网名。

美女又问："徐闯平常喜欢做什么？"

六个声音答："上网玩网络游戏,打牌。"

美女有点急了,说："那徐闯平时什么时间上网？"还是六个声音回答："每个星期的一、三、五晚上通宵打牌,二、四、六晚上通宵上网玩游戏,星期天一天一夜睡觉。"

我开始着急了,我想,这美女怎么这么傻,她问的问题别说我们宿舍就是我们全班都能回答出来,因为我们平常的生活基本上都是这样。

美女更加不耐烦了,她加大了声音问："昨天徐闯通宵上网的时候发生了什么事？你们一个个回答,不要一起说！谁知道谁就是徐闯！"

于是,从一号床的阎胖子开始,我们一个个开始回答,大家的答案大同小异,不外这样的意思:徐闯昨天在网吧通宵玩游戏的时候,错把白酒当饮料喝了,喝醉了后开始闹事,还把网吧的老板给打了,他像疯了一样,谁拉他他揍谁。

美女听了,不怒反笑,她说："听你们说的像你们都亲身经历过似的,但我还是不知道谁是徐闯啊！你们发誓你们说的话都是事实吗？"

我们六个抢着回答："我发誓！"

美女接着说："好吧,既然如此,你们起床后都到我办公室来一下吧。学校最近正在抓夜不归宿的同学,你们几个竟敢顶风而上,我保证够你们受的。对了,忘了告诉你们,我就是你们新来的学生处处长！"

啊！

我们一个个目瞪口呆。美女笑着要往外走,在她就要推开宿舍门出去的时候,隔壁的崔凤鸣推门走了进来,美女一把推开他,大步走了出去。崔凤鸣大吃一惊,问我们："这个美女是谁啊？她来这里干吗？"

阎胖子回答："来找徐闯的。"

崔凤鸣听了之后,眨了眨眼睛,快步跑了出去,冲着美女的背影喊道："我才是徐闯呀！"

姚讲

朱自明的职业生涯

朱自明是个医生,在那个不大不小的医院里负责手术。医院里时常会有新的生命诞生,也时常有生命凋零,他已经习惯了生死。

有一天他上班路过天桥时看到一个穿着破烂的妇女带着一个约摸一岁的小孩儿在要钱,前面还放着张乞讨书,大概内容是写孩子父亲因无钱医病撒手归西,留下他们孤儿寡母如今只能以乞讨为生云云。整个下午朱自明的脑海中都浮现着那对母子的影子,挥也挥不去。朱自明还意识到一个问题:医生能救的是有钱的病人,而且人死不可怕,可怕的是死人断了活人的希望。

就在朱自明很难受的时候他突然想起一句话:保险的意义在于它可以给急需用钱的人一笔救命的钱。这是一个保险推销员告诉他的,推销员还给他讲了个故事,背景就是天桥上见到的母子,如果孩子父亲曾经买了保险将是什么结局?

朱自明辞职了。他去了保险公司当保险推销员。他要让人们都为自己的将来做打算。

尽管很多人都不解朱自明为何会放弃这么好的工作去做保险,但他做得很开心,很努力。用他的话说是他要用自己的成绩去面对质疑。

朱自明的努力逐渐出了成绩,不到三个月他就转正了,收入也比当医生时更可观,更值得一提的是一年后他还顺利晋升为业务主任。但这些都不是他在意的,他在意的是他帮客户争取到合理的理赔,他在意客户拿到理赔款时那种感激甚至感恩的情谊。

可是最近发生的事却让朱自明觉得很痛苦。

他刚做保险时,一个客户在他手上为妻子买了五十万寿险,最近妻子意外死亡,保险公司很快进行了理赔。这个案例原本可以作为经典案例为以后的业务拓展做宣传,结果警方调查出他的客户为了获得这五十万保险金而谋害了妻子!

就在朱自明还为这事烦恼时,法庭传他去为官司做证人,原来是两兄弟为了保险公司赔的父亲的身故给付金该怎么分配的问题在打官司。大哥说身故赔给应该算作遗产,兄弟平分;兄弟却说父亲的保险费是自己交的,当初父亲在保单的身故受益人上写的自己的名字。朱自明是办这份保险的业务员,也被牵连了进来。

处理好这两件事,朱自明想都没想就递交了辞职报告。

老总留他,说他发展前途很好。他丢下句:"我卖保险又不只为了自己前途!"头也不回就走了。

辞职在家的朱自明萎靡了一段时间后开始写文章,他想起鲁迅的弃医从文,他决定也要用文字来找回那些迷失了自我的人。

他先是在网上开了个名叫"朱自明文轩"的网上写作工作室,开始每天看新闻写时评,同时根据曾经当医生、卖保险的经历和沉淀写成小说投稿。

事实总和想的有距离。这不,"朱自明文轩"开张已经三个月了,除了自己每天打开看之外,几乎没有任何读者来踩个脚印。投稿出去的文章要么石沉大海,要么得到编辑回复:"对不起,风格不符,不予采用。"

后来他忍不住了就带了叠稿子到本市发行量很大的《风尘恋恋》杂志社去,编辑大概浏览了他两篇文章就告诉他如今是市场经济的新时代,你写的东西太实在,太过隐晦,读者更喜欢读些大胆的、八小时以外的有细节描写的故事……

朱自明没有继续听下去,拿着稿子就径直回家了。

朱自明回到家就病了。症状表现为吃不下饭,干啥事都没精神,老婆带他去医院检查却什么也没检查出来,最后听了医生的建议带他去看心理医生。

心理医生听完朱自明的职业经历就问他:"如果你不小心丢掉一百块钱,你会去找吗?"

"当然会。"

"你只知道它好像丢在某个你走过的地方,你会花二百块钱的车费去把那一百块找回来吗?"

朱自明回答:"这是个超级愚蠢的问题啊。"

心理医生笑笑:"你一直在试图找一份可以让自己心里平衡的工作,所以你当过医生,卖过保险,还当过'职业写手'。"

"嗯,是这样的。"

"可是你这样做和你花二百块钱打的去拣回丢掉的一百块钱有区别吗?"

朱自明突然有精神了,他告诉心理医生自己完全好了。

心理医生问他接下来打算干什么。

"我要和你一样,当心理医生!"朱自明说。

开在雪地上的花朵

167

李威

传　承

十余年后，面对废墟上重建的如花园般秀美的小城，手捧毕业证书走进母校小学校门，我真是骄傲不已——艾老师，我回来了。

我时常想起，那个午后艾老师上的那堂惊悚无比又撼天动地的最后一课。

那是一节德育课。没有任何征兆，阳光像往常一样透过窗户照进三楼四(1)班教室，洒在艾老师和同学们身上。我们满眼渴求，望着刚刚写就的板书，艾老师神色肃穆，大声读道：

看，就在那愁闷的地方，我看到一位女士手持油灯，穿行在暗淡的微光中，轻盈地从一间房屋走进另一间房屋。像是在幸福的梦境之中，无言的受伤士兵慢慢地转过头去，亲吻着落在暗壁上的她的身影，那盏小小的油灯，射出了划时代的光芒。

读毕。艾老师讲解这是美国诗人朗费罗赞美南丁格尔的优美诗句，开始和我们分享南丁格尔的故事。南丁格尔从小就勤奋好学，博览经典名著，怀有一颗高尚的心灵，一个崇高的理想，信奉人生的真谛在于对人类做出有益的事情。所以，她选择了护士这个看似普通的职业，把毕生全部的爱心和责任心，都奉献给了她的病人……

整间教室突然晃动起来，惊慌的同学们把不住课桌上哗啦散落的书本，艾老师不得不扶住讲台才能站立。三秒钟的晃动，一秒钟的间歇，教室再次晃动，不，是摇晃起来。讲台翻倒，课桌歪斜。

艾老师失声大喊："同学们赶紧离开教室，啥都别带！"

全班三十七名同学惊恐万状，拔腿而冲。我们三个同学离门较远，跑到教室门口，头顶上楼板轰然砸下来。一个身子纵身扑过，将我们推向墙角，整个楼体骤然坍塌。

惊醒过来，四周漆黑，尘烟弥漫，呛鼻窒息。灾难突如其来，恐惧前所未有。一个熟悉的声音在耳边响起："你们都还在吗？"墙角撑起残垣断壁，留有一个狭小空间，我们三个都活着，和艾老师佝偻在里面。"地震了，你们别怕，有老师和你们在一起。"艾老师的话语，让我们镇定了许多。不远处听到呼救声撕心裂肺，此起彼伏，由强变弱，最后连气若游丝的呻吟也化为一片死寂。一个同学惊惧地问："会有人来救咱们吗?"艾老师话语坚定:"不要怕,坚持住,一定会有人来救。"在一分一秒漫长难捱的等待里,艾老师给我们三个继续讲起了南丁格尔的故事,那是一生中最生动难忘的一课。我们好像忘记了身处危难,沉浸在被病人亲切地唤作"提灯女士"的伟大人格魅力中。不知过了多久,艾老师说:"你们知道吗,老师之所以讲这个故事,是因为今天是国际护士节,是以南丁格尔的诞辰日命名的,老师的妈妈就是个护士,老师为有当护士的妈妈而自豪。"

一天。两天。三天。

生命的延续维系在未知的等待里,求生的欲望被几近绝望的等待摧垮。饥饿口渴像头猛兽撕咬着我们的意志,时间像魔鬼每分每秒吞噬着我们的生命,我们像盏燃尽的油灯跳动着最后一丝生命的微光。

昏厥中,我们被艾老师摇醒:"千万别睡着,很快就会有人来救咱们,坚持住,答应老师,决不要放弃!""艾老师,就让我睡去吧,我实在熬不住了。"昏睡中,我梦见一个坚强的臂弯揽过来,干裂的嘴唇触碰到一团圣洁的柔软,那是久违的生命的源泉;我梦见小时候躺在妈妈怀里,甜甜地吮吸……

救援的声响从废墟外传来,生的希望重新燃起。艾老师说:"外面有人来救了,咱们就要活着出去了,老师也就要见到女儿了,才十个月大呢,一定饿得找妈妈了……"这时,我们感觉到废墟颠簸了一下,艾老师翻身搂住了我们。

几个小时后,我们三个终于成功获救。一块水泥板砸在艾老师身上,艾老师再没留下一句话。

灾难过后,我曾探寻过关于艾老师的一切,得知艾老师的妈妈已在非典时殉职。

……

现在,站在母校的讲台上,我对同学们的开场白有这样一段话:"当年,那场灾难降临的时候,有一位老师,用奶水,甚至生命挽救了她的三个学生,老师有一个很好听的名字,叫艾欣,三个活下来的学生中的一个,就站在现在的讲台上。"

这时,我看到讲台下面,一个模样像极了艾老师的女孩儿,大大的眼睛里噙着泪水。

开在雪地上的花朵

曾颖

不要为你是一只鹰而感到羞愧

大学毕业的时候,他被分配到很偏远的一座水电站工作,这里离最近的一个小镇有二十多公里,电站内部食堂、小卖部、幼儿园样样都有,自成一个小社会。

电站有正式员工一百多名,加上家属和小孩,共有五六百人。在这个偏远而封闭的小社会中,男人女人们热衷于打麻将和讲一些非短流长的事情,让他觉得有些格格不入。

他喜欢看书,喜欢听外国音乐看欧洲影碟,每次进城都会买些新书和碟片回来。这让别的同事们感觉不可理喻,他们说:每天打麻将的时间都不够,还有时间看书?电视里演不完的电视剧,还花钱买碟,真是钱烧的!

如果分歧仅止于这些的话都要好些。问题就在于,长年生活在山里的老工人们又异乎寻常的热情,他们常会快乐地来到他寝室门口喊:

打麻将?三缺一!

我套了只野狗,来喝口汤?

别看书了,喝酒去!

打麻将、吃狗肉、喝酒都是他不喜欢的。他更不喜欢的是在干这些事情时,人们叼着烟卷赤着膊子乌烟瘴气地讲荤笑话。最初去过几次,因为受不了烟熏火燎酒刺激,心中恐惧,后来渐渐找理由不去了。这就变成了不合群,傲众,瞧不起人。在这小山沟里,背上这样名声的人通常是惹人厌恨的。因此,他的工作生活就不那么顺利了。人们渐渐对他开始怀有敌意,在一个充满敌意的环境中,随时面对别人的刁难和苛责,让他觉得生活没有任何趣味,受挫折感极其强烈。

为此,他绝望得想发疯。他给上大学时的老师写了封信,讲述自己的苦恼。他说,在他生活的空间里,他与别人从内到外都不一样,周围的环境和事物运行规律与他理解的完全不同,他感到很无力,不知该怎么办?究竟是委曲自己,放弃自己所拥有的一切去向自己并不认同的周边环境看齐,还是坚持自己所喜爱的东西,我行我素旁若无人地走下去?

很快,老师回信了,信上是一个故事:

从前,有一只鹰蛋不小心落到了鸡窝里,被当成鸡孵了出来,从出生那天起,他就与鸡窝里的兄弟姐妹们不一样。他没有五彩斑斓的羽毛,不会用泥灰为自己洗澡,不会三啄两嘴就从土里掏出一只小虫来。矮小的鸡窝总是碰他的头,而鸡们总是笑他笨。

他对自己失望极了,于是跑到一处悬崖,想跳下去,结束自己的生命。但他纵身跃下的时候,本能地展开翅膀,飞上云天,他才发现,自己原本是一只鹰,鸡窝和虫子不属于他。他为自己曾因自己不是一只鸡而痛苦的往事感到羞愧……

你不要因为自己是一只鹰而感到羞愧!

老师的信末尾是这样写的。

他看了这封信,心中豁然开朗。他不再因为周围的人的不认同而痛苦绝望甚至扭曲自己。他继续读书,并在两年后顺利考上研究生,后来,成为一家外企的经理。老师信末尾的那句话,成为他一生的座右铭。

开在雪地上的花朵

谭畅

一只艰难爬行的鸟

小鸟在艰难地爬行着。她已爬行很久了。她想逃离这里。尽管她的翅膀已经萎缩、骨头已经软化，她仍倔强着。

其实，小鸟何尝不眷恋这里呢？这里毕竟是她居住了十多年的家园啊！曾经，那河岸上的树，那河里的水，甚至那些游走着的小鱼小虾，都让她充满了无穷无尽的欢乐。她和兄弟姐妹在这里愉快地飞行，富足地生活，实在是一种极大的享受。如果不是城市的不断扩展，如果不是环境的不断恶化，如果不是同伴的不断死亡，如果不是人类的不息追捕，小鸟也许就会永远平静地生活在这里。

而现在，她不得不逃离了。

小鸟想逃离这里的想法萌生于一个夏天早上。这里再无法生存了，她很伤心。她就抖了抖翅膀，奋力地飞了起来，可没想到的是，只听"喳"的一声脆响，她的双翅不知何故竟一下子折断了，她就重重地摔在河岸边。

小鸟已是伤痕累累了，她却仍不停地爬行。

临近中午的时候，太阳火烧火燎起来，让人窒息的臭味开始弥漫，躁动了群群的苍蝇和蚊子。一群蚊子和苍蝇就看见了小鸟，他们便嘲笑了起来："这不是鸟吗？今天怎么落得如此下场了呢?! 快逃呀！快滚呀！看你们平时那么嚣张，还不时地吃掉我们的伙伴来喂肥你们自己，总不让我们大量地繁衍生息！今天，你们也有今天！哈哈！感谢人类只记着自己发财，不断往河里排放污水、倾倒垃圾，不注重环境的保护和清理，使我们生存的空间不断扩大！"蚊蝇们奚落着小鸟，不时地上去叮上一口。

小鸟忍受着羞辱和剧痛始终爬行着。一整个上午她爬了一米多远。

小鸟很累了，饥饿也让她晕旋起来。她摔倒在地，失去了知觉。她做了个梦：梦见她在河边和伙伴们快乐地玩耍，啄食着小鱼虾。她醒来的时候，已经是下午了，肚子特别的饿，饿得胃不停地抽搐。她没法吃到小鱼虾，有五年没尝到这样的美味了——她既退化了捕食鱼虾的本领，河里也没有了鱼虾可食。她只得吃那难以下咽的蚊蝇。

尽管四周都是蚊蝇，可小鸟怎么也捉不到。见小鸟已是奄奄一息，几只大胆的蚊蝇就飞到小鸟的嘴里去欺侮她。可是,让这几只蚊蝇没有想到的是,他们竟然顺着小鸟的呼吸滑进了她的胃了。这样,小鸟才恢复了一点儿体力。

有了力气,小鸟就又继续爬行。

夜幕降临时,小鸟再也爬不动了,她在岸边静静地躺着,渐渐闭上了双眼,朦胧中,她好像又回到了从前,她和伙伴们在自由自在地飞翔着,游戏着小鱼小虾,还在岸边的树林里筑巢建窝……

何燕

六年间

　　父亲在外做生意，从我懂事起，我们就聚少离多，只有节日才见上一次。尽管这样，我觉得自己是爱父亲的，从小到大我都没顶撞过他，每年都记得祝贺他的生日。

　　我开始工作那年，父母亲搬到广东定居。此后我每年只能见上父亲一两次。当然，每个周末我都会给他们打电话。可跟我聊的几乎总是母亲，偶尔父亲接到我的电话，我们的通话总是那几句：一般是我问，"爸，吃饭了？"父亲答，"吃过了，你呢？""也吃了！"即使没吃，我也不想他担心。

　　对话一般到此结束。然后沉默。大约过二十秒父亲就会说，你等会，我叫你妈听。

　　电话转到母亲的手中。然后就是我和母亲唠嗑，我常问父亲的近况：他烟抽得怎样？脾气怎样？身体怎样？

　　和父亲通话超出三句的大约一年有一次，那就是父亲生日那天。我打电话过去，父亲总会笑呵呵地让我过去喝茶、吃饭、吃蛋糕……

　　此外，即使遇上母亲不在家，跟父亲唠完那两三句话，他就会说，等会再打过来，我找你妈去！

　　今年的父亲节，我决定和他单独长聊一次。于是不停地在手机中翻找父亲的号码，找了好几遍，就是没找到。父亲的手机号几年前我就存了，怎么找不着了？这才想起这几年来，自己的手机已换了好几茬，准是换来换去把父亲的手机号弄丢了。暗想，也罢，这么长时间了，父亲的手机号说不定也换了好几次了！赶紧打电话向母亲"求救"。

　　母亲听说我要父亲的手机号，说：傻孩子，你爸的号码还是原来的那个！

　　我忙说，我忘了，你再告诉我！

　　母亲一阵沉默。

　　我忙问，妈，你怎么了，不舒服？

　　孩子，你爸的手机号六年来一直没换，他说，换来换去孩子难记，还说，万一哪天有急事找不着我怎么办？

母亲的声音戛然而止，我清晰地听到话筒那头的哽咽声。

我的心紧揪了一下。

把父亲手机号记下的那一刻，我的手在颤抖。这手机号我总觉得熟悉，跟先前那个经常打来而不说话的号码太相似了。我不敢相信，忙翻找手机里的已接电话。这号码最后一次出现是上月母亲节那天，儿子正给我祝贺节日时手机响了，接通问哪位时，没人说话，连问了好几声，还是没人说话，想起以前也常有这种情况，我气得骂了句"神经病"就挂了！

这是父亲打来的电话！可我的"你是哪位"让父亲难以启齿……

合上手机那刻，我泪流满面。

闫玲月

下一个心愿

通往居民区的路上,总有一些流动推车或固定摆摊的小贩,兜售着水果、鲜花、小饰物、影碟、烤红薯,吸引着路人的匆匆一瞥。偶尔也会有人停下来,称两个木瓜,买一束鲜花,挑两张盗版碟。这样的街景和两边的木棉树、紫荆花一同植入路人的意识里。

雨过天晴的一个午后,路边突然冒出了一处与众不同的摊位。一个中年妇女坐在小凳子上,面前摆放着两只鞋刷、两种液体鞋油、一瓶清水、一个擦鞋凳、两块抹布、一个小铁盒。原来是擦鞋摊,在这个城市倒是很少见的。女人也不抬头,两眼默默地盯着每一双在她眼前流动的鞋子,运动鞋、休闲鞋、凉鞋、布鞋、皮鞋、高跟鞋、平底鞋,带着他们主人或急或缓的步子掠过。

一双沾着泥污的黑皮鞋在女人眼前静止了。她慌忙抽出身下的小凳递给来人,来人问过价钱后一屁股坐了下来,把脚架到小小的擦鞋凳上。女人先用沾了点清水的抹布拭去鞋上的泥污,又在鞋上均匀地点了几处鞋油,拿起黑色的鞋刷把几个黑点连成一片,从鞋面到鞋跟直到鞋沿,细致地擦拭如同正化妆的新娘,不肯有一处遗漏。最后双手拽紧一条干抹布,在鞋上前后左右拉锯似地蹭,几分钟后油黑锃亮的皮鞋晃得人睁不开眼。来人扔下一元硬币,在小铁盒里叮当作响。女人抹了抹额头的汗,心里盘算着如果每天中午擦十双鞋,不出一个月就能给儿子买回他要了多少次的滑板车了,想到这儿,一丝浅笑挂在女人嘴角。

白晃晃的太阳并没有一点被雨水洗过的痕迹,依然灼人地烫。女人擦了几双鞋后头发粘粘地贴在额头,碎花衬衫牢牢地裹着后背,喉咙里蹿着火苗。多等等吧,够十双再回家,女人安慰自己。

二十天过去了,铁盒里的硬币和纸币终于换来了一款时髦的滑板车,看着儿子飞一般滑过的身影,女人忘了腰背的疼。第二天,她又出现在老地方,为了满足儿子的下一个心愿。

日复一日,年复一年,女人的手指缝里、头发丝里释放着浓浓的鞋油味,儿子一见到她就捏着鼻子,叫嚷着难闻死了,之后照样从她手里接过几张有同样味道的纸币夺门而去。

儿子的心愿越来越多,多得女人做梦都不敢想。这天,儿子告诉她可以解放了。女人心头一喜,儿子开始懂得心疼妈妈了,她长长地松了口气。

女人发现儿子的身上多了 MP3、手机……问他东西是从哪儿来的,儿子答从朋友处借来玩的。借来的东西把儿子送进了高墙。女人眼前一片恍惚,电影胶片般闪现出自己为满足儿子的种种心愿所做的一切。

一年后,儿子回来了,张口就要告诉她下一个心愿,女人颤抖地抬起手给了儿子脸上重重的一响。儿子没言语,拉着她和她的擦鞋工具来到了那个熟悉的地方。一样的树木一样的阳光,儿子蹲在地上,为她擦拭着脚上一双褪色的廉价皮鞋,动作宛若她一样细致。

陈永林

小草的遗言

可怜的小草快死了。躺在病床上的小草已三天三夜没吃一点东西。小草的眼一直睁着,眼神悲伤而惘然。一张脸白得像透明的纸,看得见额上的血管。

有两滴晶莹的泪珠挂在小草长长的睫毛上。

小草不肯闭上眼睛。小草知道她一闭上眼睛,就永远睁不开了。

"小草,再等会儿,你妈快来了……"婶婶抚着小草冰凉的额头,泪水一滴滴落在小草的脸上。

小草五岁时,妈妈同一个来村里做木工的男人私奔了。在小草的记忆里,妈妈同爸爸总是吵架。爸爸吵不过妈妈,就动手打妈妈。爸爸爱喝酒,每回都喝醉,喝醉了就打妈妈。妈妈身上总被爸爸打得青一块紫一块的。爸爸把小草托付给小草的婶婶,自己出外打工去了。已三年了,爸爸没回家一趟。小草已记不清爸爸的模样了。同小草爸爸一起去打工的人说他在外找了个女人,女人还为他生了个儿子。

这三年里,爸爸没寄回过一分钱。爸爸打电话给小草的婶婶,说让小草做她的女儿。小草问婶婶:"婶婶,爸爸和妈妈怎么都不要我?"小草的眼泪大滴大滴地掉下来了。婶婶把小草搂进怀里说:"他们不要你,婶婶要你。"

小草的婶婶昨天已托人捎信给小草邻县的妈妈,说小草快不行了。邻县到这里,仅坐一个多小时的车。按理,小草的妈妈早该到了。难道小草的妈妈不想最后见女儿一面?难道真有这么狠心的女人?

"嫂子,有没有她的电话?我去打电话。"小草的姑姑春梅问小草的婶婶。

小草的婶婶摇摇头:"那男人家很穷,没装电话。"

嘀嘀嘀……春梅的手机响了。春梅看了电话号码,是木根打来的。木根是一个离了婚的男人,还有一个六岁的女儿。木根在镇上开了家小饭馆,春梅在木根的饭馆当服务员。说是服务员,其实什么活都干,端菜、洗碗、抹桌子、扫地,春梅一天忙到晚,连喘口气的机会都没有。春梅提出辞职。累不是主要原因。主要原因是春梅发现自己爱上了木根,春梅也知道木根爱自己。但春梅不想一嫁过去就当妈。她知道自己当不好后妈的。春梅不想越陷越深,就没再在木根的饭馆里干了。但木根不死心,时时打电话来,让春梅再回饭馆,说工资可加二百块。春梅没接这电话,片刻,木根的电话又来了。春梅索性关了机。前几天,木根在电话中对春梅说,在别人的介绍下,他认识了一个叫菊花的女人。那女人年轻漂亮。那女人说同他结婚行,但必须把女儿送给别人。木根问春梅他该怎么办。春梅懂木根说这话的意思。木根的潜台词是如春梅不想一嫁过去就当后妈,他可把女儿送给别人。春梅说,你想怎么办就怎么办。

闭着眼的小草快不行了,呼吸越来越困难,喉咙也堵着一块痰,呵呵地响。小草张开嘴,想说啥,却没声音。"小草,小草,再等等……"婶婶和姑姑都流着泪喊。

小草的眼又睁开了,吃力地说:"我想见、见……"

"你妈马上到了,再等等,啊,再等等。"

小草摇了一下头,嘴里吐出"小胖"两个字。原来小草最想见的是小胖。小胖是个七岁的男孩。小胖同小草总在一起玩。两人玩得最多的游戏是"过家家"。两人以夫妻相称,学着大人的样过日子。那时小胖总说他长大了要娶小草。哪个小男孩欺负了小草,小胖就帮小草教训那个小男孩。

"春梅,你快去把小胖带来,快,快。"

春梅跑着出了门,大声喊:"小胖,小胖。"小胖的母亲说:"小胖上学去了,什么事?"春梅说:"我的侄女不行了,她想最后见上小胖一面。"小胖的母亲说:"那我去学校把他带来。"

春梅对小草说:"小草,小胖马上就来了。"

这时,小草的妈妈来了。小草的妈妈把小草搂在怀里,泪水刷刷地往下淌,"小草,我可怜的小草,妈对不起你,妈悔呀……小草,妈给你带来了佳佳糖,你以前最喜欢吃的。你五岁那年,偷偷地拿了妈妈一块钱买了 10 颗佳佳糖,妈还打了你。妈不是人,我知道你准恨妈妈……"

小草微微地摇了下头,嘴唇动了动,却没声音。春梅知道小草说的是"不恨"。

"小草,你千万不要死。妈不想你死,妈要把你带到身边,妈今后走到哪儿就把你带到哪儿,妈要一辈子跟你在一起……"

小草的头一歪,眼睛永远地闭上了,挂在睫毛上的两滴泪珠也滚下来了。小草的手心里捏着一张纸,春梅掰开小草的手,打开纸,纸上画着一幢房子,房子上写着一个"家"字。房子前面站着一个男孩和一个女孩,两人手拉手,都幸福地笑着。小男孩的旁边写着歪歪扭扭的"小胖"两个字,小女孩的旁边写着"小草"两个字。春梅再也忍不住放声大哭起来:"小草,我可怜的小草……"

背着书包的小胖来了,小胖也哭起来:"小草,你说话不算数,你说你不会死的,说长大了要做我老婆……"

几天后,春梅又回到木根的饭馆做事了。木根说他想让女儿同老家的父母一起过。春梅说:"小孩子还是同父母一起过好。"

陈毓

蓝瓷花瓶

那段日子对她来说,是一杯清清的茶。

新婚中的她,爱情是醒里梦里的一片绿洲。

有朋友也要走进围城。朋友送来了大红的请柬。她和丈夫商量了好一阵决定送一份礼物去。仅仅为了省钱,他们便没去任何商店。最后她说,就送咱家这只蓝瓷花瓶吧。丈夫没听懂似地看她:她正看着那只蓝瓷花瓶,目光静寂得像夏夜的一片月光。丈夫知道蓝瓷花瓶是她母亲送给她的结婚礼物,是她最心爱的东西。

蓝瓷花瓶便送了朋友。

在送完花瓶的第二天,他们便离开小城去了南方。走时仅带了几本书和几件随身的衣服,看看屋子,倒也没多少东西可带,带不走的那些东西带着也没什么用。

渐渐地,他们有了些钱,日子也不再如从前那般清贫。后来她和丈夫开了一家工艺品商店,专营一些美丽的仿古工艺品。也许丈夫天生就是块做生意的料,他们的生意很好。她也渐渐迷上了瓷器收藏,常常宝贝似的在灯下看了这件看那件。她便常常跟丈夫提起那只当年送了朋友的蓝瓷花瓶。忙碌在生意里的丈夫总要几经提醒才能和她回到同一话题上。她便有了些痴,总是一遍又一遍地说,再也遇不见那样奇妙的蓝色了,还有那样恬静的白色睡莲,就像是一群栖息在蓝色湖波上的天鹅。她和丈夫说这话的时候,依旧是目光静寂地望着不可知处,只是眼睛里多了两片火焰。

那一年家里来信说母亲病重,想着店里眼前的一大堆业务,又想贫苦惯了的母亲一向总是将苦难和着粗茶淡饭吞咽下去,料想这回也依旧抵熬得住,便想等忙过了这阵儿再说。她万万没有想到自己一念之间会铸成终生的遗憾。不久,一封告知母亲病故的电报将她击得昏天黑地。

他们回到不再有母亲的小城。和丈夫一起去看朋友,一进朋友家门,她一眼就看见了那只蓝瓷花瓶。朋友将蓝瓷花瓶放在漂亮的红木家具上。朋友夫妇一再感激婚礼时她送给他们那么美丽的花瓶。他们的话题反反复复地环绕在花瓶周围。而她,更是执著地如同一只扑向火焰的飞蛾。

后来她有事没事地去朋友那里泡时间。朋友不知道她心里的故事。每次朋友都非常热情地待她,说欢迎她这么忙的人经常来看她。

看得出朋友和她一样爱着那只花瓶。花瓶从未染上过一粒微尘。而朋友坚持不肯给瓶子里装任何饰物。即便是鲜花。朋友说:配不起。

这就让她那句话永远只能萦回在心里成一声幽幽的叹息。

她现在已有能力去买一件更贵重的礼物给朋友了。她甚至想过要用更贵重的礼物去换回那只花瓶,但她不能啊。

她再次去看朋友,她和朋友坐在客厅的地板上谈笑。她借故去找一件东西,然后她似乎是不经意地,重重地拂掉了那只花瓶。

她不知道是怎样走出朋友家的,也不记得朋友都说了些什么。她看见一轮冷寂的月亮悬在中天之上。她站在一片月亮地里。她看见自己的影子在月光下是那样地寂寞,她缓缓地从口袋里掏出一块碎瓷片,就着月光,她看见那片瓷像一块残缺的镜子,又像是一团水珠。

她只轻轻地唤了声母亲,眼泪就如断了线的珠子,一滴滴落在洒满月光的地上。

冬语

巧克力的秘密

九岁的男孩多愁善感,遇到芝麻点的事儿就喜欢抹眼泪,学习也不出众,每天郁郁寡欢。他反感上学,上学使他很难受,并渐渐有了自闭倾向,经常拒绝去学校。可是,近来男孩却兴高采烈地去上学,因为他遇到一件奇怪的事,常常抿着嘴乐。什么事让忧郁的男孩这么高兴而且肯主动去上学呢?

原来,每隔几天后,新来的班主任老师就把他叫到办公室,悄悄地给他一块巧克力,是小熊图案的那种棕色巧克力。老师对他说,不要给任何人讲,老师看你不断进步,心里真高兴,这巧克力是专门奖励给你的。然后交代他,这是老师和他之间的秘密,拉钩保证不泄密。

男孩心里别提多激动了,第一次老师奖励巧克力时,他一天都很亢奋。妈妈感觉奇怪,问他,他支吾着不肯说,大眼睛里却没有了忧郁。

一整天他都拿着那块甜中带香的巧克力,不舍得吃。晚上睡觉时,妈妈问他哪来的巧克力。他神秘地朝妈妈一笑,我的秘密。妈妈点了一下他的额头,把巧克力从他手里拿出,男孩不肯,握着小熊,甜甜地睡着了。梦中,他见到天上飞来一位仙女,好美的仙女姐姐啊!长裙飘飘,长发柔柔,手里拿着一大盒巧克力向他走来……

他大喊着姐姐姐姐,仙女姐姐说了几句什么话后笑吟吟地飞走了。

第二天醒来,他看看手心,小熊巧克力还在,泛着奶油的浓香。他想一定是仙女姐姐给了老师巧克力让自己吃的,昨晚姐姐好像告诉自己加油,大家都喜欢你什么的话。拿起巧克力,他一点一点品到肚子里。

每当他写作业进步时,或是小考成绩提前了,或是字体写得端正了,老师就会在没人时把他叫去,塞给他一块小熊巧克力,有时是红的,有时是棕色的。不管什么色的,他都喜欢。他心里暗暗发誓,一定好好读书,长大了给老师买好多好多的巧克力吃。

慢慢地他喜欢上了老师,老师是刚分配来的师范毕业生,来学校上班后,接了男孩这个班的语文课,并兼作班主任。老师很好看,笑起来时两颗小虎牙会露出来,不管浅笑或是大笑总是那么漂亮,像一朵花儿,不管是闭目还是绽放,都惹人驻目欣赏,男孩很喜欢老师。

这样的状况持续了好久。一天男孩回到家,看到妈妈拖着病腿在洗衣服,心里很难过,把巧克力塞到妈妈嘴里。然后附在妈妈耳边低声地说:"妈妈,这是老师奖励我的,这是老师和我两个人的秘密,你千万不要告诉别人哦!"告诉妈妈时他实在忍不住,想让妈妈分享一下快乐。

男孩说完脸上满是阳光,灿烂的笑容弥漫开来。妈妈高兴得放下衣服,来不及擦干手,抱住儿子额头亲了一下,拍拍儿子的肩,我儿子就是好样的。瞧!连老师都发巧克力给你吃。妈妈笑得甜蜜极了。

儿子愉悦地做作业去了。

一年过去了,老师在他升上四年级后,就教别的班课了,男孩还是喜欢躲在角落里远远地看老师。虽然老师以后再没给他吃过巧克力,但男孩对老师仍充满了感激,心里有个愿望,努力读书,长大后给老师买巧克力吃。一年间,他的学习成绩提高很多,忧郁的面容也不见了。升入高中后,他长成了阳光帅气的大男孩。

大学录取通知书一来,男孩首先想到了最应该感谢的人。他骑着单车跑到超市,买了满满一包的巧克力,多方打听到了老师的家。

敲开门,他说老师我来了,您还记得我吗?

老师已变成成熟稳重的中年女子,怀中抱着自己的孩子。老师说有印象,你是……

他说老师我是某某某啊,小学三年级时您是我班主任,老师您忘了,您常送我巧克力吃。

老师长长地哦了一声,是某某某啊!长得这么高这么帅气!然后老师顿了一下,你说巧克力啊!那是老师送你的,但不是老师买的,是有人要老师送给你的。

有人送给我的?

嗯。

谁?

你母亲。你母亲说你性格偏激,以前受过刺激,腻烦上学,总是爱哭。说她一个丧夫的女子,没上过什么学,不懂得怎么教育孩子。她说,要是老师奖励给你最喜欢吃的巧克力,你肯定会很高兴。隔几天就送巧克力来让我给你。

男孩明白了,告别了老师,他哭了。

他仿佛看到九年前,母亲蹒跚着步子去街边买来巧克力,然后再穿越嘈杂的车流和人流,一瘸一拐地走到老师办公室。

更夫

像苏轼一样

　　我的名字叫苏试，今年七岁，读小学二年级。对了，我还有一个小名，叫北坡。平日里，爸爸喜欢叫我北北；而妈妈呢？她叫我坡坡。

　　我爸爸是个作家，在他的书房里堆着好多好多的书。在这些书里面，有很大一部分是关于苏轼的。爸爸喜欢苏轼，就像喜欢我一样。所以在我出生的时候爸爸给我取了这个名字——苏试。爸爸说他最大的愿望就是我长大后能像苏轼一样，成为一个多才多艺的大文豪。

　　为了把我培养成未来的苏轼，爸爸妈妈可花了不少心血。我四岁那年，爸爸把我送进了书法培训班；五岁那年开始学绘画；六岁，上学了，妈妈就利用周末的时间陪我去学习钢琴；现在，我每天晚上还要写一篇作文，由爸爸亲自批改……

　　我经常觉得爸爸妈妈为了我真是太辛苦了，但他们却无怨无悔。爸爸说，辛苦点怕什么？只要咱北北能像苏轼一样有出息，我就是累死也心甘！爸爸的话让我感动，多好的爸爸啊！

　　妈妈空闲时喜欢看电视，特别喜欢看什么"超级女声"、"快乐男生"这样的歌唱比赛节目。有一天，她看着看着突然一拍大腿，转头对正在练习书法的我说，坡坡，快来看看人家苏醒，就快当冠军了！我还没明白过来是怎么回事，妈妈又说了，他姓苏，苏轼的苏；你也姓苏，还是苏轼的苏，我要送你去参加歌唱培训班！

　　于是，从这一周的周末开始，我又新参加了一项培训：声乐。噫噫噫！啊啊啊！老师的嘴巴张得老大，我真担心他会因为缓不上气来而憋死。

　　每天晚上我有半个钟头的休息时间，这时爸爸妈妈就忙活开了。爸爸帮我揉背，妈妈则把一盘削了皮的水果端到我手上。看着我认真地吃水果，爸爸妈妈的脸上挂满了笑花。有时爸爸会感叹，咱北北离苏轼越来越近了！妈妈附和说，是啊，咱坡坡就是乖，比赵大火家那比尔可乖多了！

　　妈妈提到的比尔是我的同学，也是我顶要好的小伙伴，我们同在一个小区里。比尔只是他的小名，就像我的小名叫北坡一样，他在书本和试卷上的名字叫赵盖茨。

　　赵盖茨的算术是我们班上最好的，那是因为他的爸爸妈妈在他四岁的时候送他去参加了一个算术培训班。后来,又进了一个电脑培训班。盖茨的妈妈说,只有学会了电脑才是真正的盖茨！但赵盖茨没有我乖,他不太听爸爸妈妈的话。他背着老师玩电脑里的游戏,结果被老师当场抓住。

后来这事在我们小区里传开了,所有的爸爸妈妈就用它来教育他们的子女,说,你可不要学那个比尔,糟蹋父母的钱咧！多可耻！为此,盖茨的爸爸妈妈在我们小区里就像矮人半截一样,进进出出都低着头。

其实,我挺理解赵盖茨的,因为有的时候我也感到很累,也想玩。只是,每当这个时候爸爸就会语重心长地鼓励我,他说,北北,要坚持,要有恒心,要想成为苏轼就不要怕苦怕累！你忘了我跟你讲的苏轼把铁杵磨成绣花针的故事了吗？

我当然记得爸爸跟我讲的这些故事,还有苏轼捉萤火虫看书的事我也记得。苏轼真棒！我要向苏轼学习！这样想着的时候我就不觉得累了,又开开心心地跟着爸爸或妈妈向那些培训班走去。

这一天我从培训班出来,正好碰到了赵盖茨。他规规矩矩地走路,没有一点从前那种活蹦乱跳的神气了。我知道,这是因为那件事情发生后,他爸爸妈妈对他进行了严厉的管制和教育。现在的盖茨比以前可老实多了。

见到我,赵盖茨只是微微地眨了一下眼睛,他说,好嘟嘟！

我很奇怪,他说的什么啊？我拍着他的肩膀问,盖茨,你说什么呢？

他于是又说了一遍,好嘟嘟！然后就转身走了。

晚上吃饭的时候,我把碰见盖茨的事给爸爸妈妈说了一遍,并且问爸爸,好嘟嘟是什么意思啊？

爸爸用筷头敲着桌子,突然,他跳了起来,对妈妈说,咱犯了一个致命的错误——人家比尔都学会说外语了！

啊？妈妈顿时也显出一副诚惶诚恐的神色来。不行！咱坡坡可不能落伍,明天我就给他报名学外语去……

这天晚上我做了一个奇怪的梦,梦中一个男子向我走来,他背上背着画架,手里提着电吉他,嘴里唱着噫噫噫、啊啊啊！见到我,他停了下来,说,好嘟嘟！

我问,你是谁啊？

他愣了半晌,说,我是苏轼啊——你怎么不认识我了？

龚宝珠

美丽的蝴蝶

豆豆是个七岁的女孩,上小学一年级。豆豆本来是个活泼的女孩,最近妈妈却发现她经常一个人呆在屋里,不喜欢说话。妈妈很担心——这孩子不会有什么心事吧。

星期天,妈妈像往常一样带豆豆去辅导班学钢琴。路过城市的街心花园,豆豆看见一只美丽的蝴蝶。蝴蝶在花丛中翩翩起舞,忽而攀上枝头,忽而栖在花心。豆豆停下了脚步,兴奋地拉着妈妈的手说,妈妈快来看,这只蝴蝶好漂亮啊!

妈妈只好停下脚步,说,蝴蝶在跳舞呢,咱们快走,要迟到了。

豆豆说,蝴蝶为什么独自在阳光下跳舞呢,蝴蝶妈妈不管它吗?

妈妈被问得莫名其妙,妈妈只好顺着豆豆的话说,这只蝴蝶长大了啊,所以蝴蝶妈妈就让它自己出来呢。

哦,是不是所有的孩子长大了,妈妈就不用管了呀?豆豆涨红着脸,像是发现了一个天大的秘密。

妈妈觉得好笑,觉得和小孩子对话真是说不清楚,就搪塞豆豆说,是啊,小孩子长大了,妈妈就不用管了啊。

妈妈的解释让豆豆很满意,豆豆不再问了,低着头跟在妈妈后面。小孩子的问题就是奇怪,妈妈也没在意。妈妈要赶时间——豆豆上午学完钢琴,下午还要去学画画呢。

一个小时的钢琴辅导,豆豆很认真。妈妈看在眼里,喜在心里。

下午练习画画的时候,豆豆也很专注。回来的路上,豆豆和妈妈又说又笑的。看着开心的豆豆,妈妈欣慰地笑了。

后来,妈妈经常发现豆豆趴在窗口望下看。妈妈就问,怎么了,豆豆?

豆豆想了一会,仰着脸说,妈妈,你说那只美丽的蝴蝶会飞到我的窗口吗?

妈妈又笑了,摸着豆豆的小脑袋说,会的,等你长大的时候,它一定会飞来的。

为什么呢?妈妈。

因为你现在还小,你长大的时候就会有很多美丽的蝴蝶陪伴你的。

我知道了,妈妈。豆豆兴奋地抱着妈妈。

再后来,豆豆不再趴在窗口望下看了。豆豆还学着帮妈妈扫地、择菜,妈妈不让,豆豆就撅着嘴说,妈妈,我能帮你干活了,我长大了。妈妈抱着豆豆,眼泪就悄悄地往下滴。

其实妈妈已经明白了,豆豆是因为太疲惫了,渴望长大呢。

看着熟睡的豆豆,妈妈好几次都狠下决心,不让孩子再去学钢琴和画画了。可妈妈很希望豆豆能成才,只好强行把自己的念头又压了下去。妈妈睡不着,想着想着,妈妈的眼泪又流了下来。

恍惚中,妈妈睡着了。妈妈做了一个奇怪的梦:豆豆变成了一只美丽的蝴蝶,在清晨的阳光下翩翩起舞。妈妈敞开怀抱去迎接这只美丽的蝴蝶,突然,蝴蝶重重地跌在妈妈的身边,像是被压折了双翅。

妈妈一个激灵,醒了……

开在雪地上的花朵

顾文显

精　神

　　谁知是哪个不小心，一膀子把那家伙蹭掉到地下，借着惯力，滴溜溜转至地中间，口儿就开了，扑哧扑哧冒白沫儿，吓煞个人！

　　新开的井口，连工棚都是简易的。矿工们装束好了，下井之前挤在这简易工棚里，都年轻、好疯，闹得小偏厦地动山摇，就闹出这桩事来。

　　冷不丁把众人吓得哄地散开，一愣，又渐渐地明白，知道原来是灭火器，就都站住，等头儿或哪个懂行的去拾起，关上，不就结了？

　　也就是一愣神的工夫，箭一般地从人堆里射过一个人去，一下子扑在那冒白沫的灭火器上。他不懂怎样关闭，只用手拼命去堵，身子死死地压在那物件上，一边火烧火燎地冲大伙儿喊："快！快跑嘛你们！"

　　这是个小合同工，刚从农村招上来不到俩月。

　　看他那认真样儿，大伙儿笑得前仰后合。

　　小合同工更急了，破口大骂："你们还不滚开，要死呀你们！"

　　大伙儿更是大笑。连个灭火器都不认识！

　　忽然笑声一家伙打住，井长来了。

　　井长过去把灭火器关上，看着已经自己爬起来的小合同工，那小脸弄得一塌糊涂。井长忍不住也笑了，他和蔼地问："小伙子，你这是表演哪路功夫？"

　　小合同工脸腾地红了，赶紧扭向一边："操，我当它要爆炸呢。"

　　井长的神色立即严肃起来。

　　几天后，井长跟矿长汇报，谈到那个小合同工，并要求给他转正。井长说："我一定要留住他，就冲这种精神！"

　　井长说这话时，满脸是泪！

郭凯冰

红蜻蜓

放学的时候，我又落在了最后边。我知道，我是故意的。雪芳叫我走的时候，我说还要抄几个句子。彩虹来拽我的时候，我急赤白脸地说我还要复习一下今天没听明白的课文。

校园里几乎没有人了。我端坐在座位上，不敢起身。教室后面的杨树叶子哗哗地响着，像我血管里急速流动的血。我晕乎乎地听到了杨树林另一边传来的风琴声。我长出一口气，神经松弛了下来。终是等到了。

我们的生物老师，从春节开始，已经接手我们班的生物课半年了。他的引人注目，不仅因为他是我们学校有史以来的第一个大学生老师，还因为他收集了数不清的动物标本，挂满了整个生物实验室。后来，这个生物实验室里，又有了风琴，有了流水般的曲子，我想他把我们全班同学的心都陶醉了。要不，生物测验我们班的成绩都比其他班高出老大一截？还有，每个女同学问生物问题空前地多起来，下了生物课，老师要很久才可以脱身出教室，还有同学遗憾地跟在他身后打算叫住他。

我就不问问题，从来不问。可是我的生物测验，在年级永远第一名。他上课的时候，有时候投过来疑惑的目光，我不看他我也知道。他在疑惑我从来不抬头，怎么会把他讲的那些东西记得一丝不差。他不知道，我没有抬头，没有抬眼睛，我整个身子都支棱着耳朵看着他，听着他呢。

这么一个傍晚，所有的同学老师都走了，我知道，整个校园里只剩下我们两个了。我满可以偷偷伏在后窗台上，透过不甚茂密的杨树林，看看他在实验室窗边弹奏时的样子，可是我就是端端地坐在自己的座位上，一点动静也没有。因为曲子松弛的是我的神经，并不是我忍住颤抖的身子。

我听出曲子里有水在淙淙流动，有鸟在清脆啼鸣，还有树叶飘落在水面的叹息。我抬头，我右侧窗前的杨树叶子黄了，正有一片优美地飘呀、飘呀，到了窗棂边，突然扭个腰身，飘进了我迟疑伸出的手里。

讲到昆虫那一节的时候，老师说他见过一种很漂亮的蜻蜓，红红的身子，金色的翅膀，可惜他没有捉到过。

我的脸一下红起来。我见过的，在我们河滩里，夏天雨后，满河滩里，都是翩翩

飞着的红蜻蜓。

当天傍晚我就跑到了河滩，没下雨，当然没看到红蜻蜓。我没泄气，夏天还愁雨，有了雨还愁没有红蜻蜓？

我心急火燎地盼着下雨，早上起床第一件事就是看天色。母亲疑惑地看我。我脸一红说，我要洗衣服呢。

那场傍晚的雨又大又急，一会就下完了。我湿淋淋地来到河滩的时候，正有一架彩虹挂在小清河下游。河滩上的红蜻蜓多得跟疯了一样，让我的心咚咚跳起来。

我来到河边那棵合欢树下，树下有一丛红荆。平时星期天来河滩打猪草，都是在这里休息一下，看合欢花，看红蜻蜓的。合欢花被雨打落了不少，不过仍有红蜻蜓在粉粉的花间做轻盈的舞蹈。

我蹲在红荆边。

来了一对红蜻蜓。无视我的存在，他们亲亲密密地搂抱着，停在枝头上。我伸出的手缩了回来，我只捉一只就够了，我可不愿意把两只快活的红蜻蜓都捉住。拆散了也不行。

又来了一只孤单的，在红荆上飞飞停停，是个淘气鬼，我觉得它挺可爱，让它在我手里挣扎，一定不如他自由自在地飞翔好。

好多蜻蜓在红荆棵子上飞飞停停，流连往来。我的手伸出，缩回，缩回，又伸出。

我的耳边听到了风琴行云流水的曲子，可是，我眼前都是生物实验室墙上的标本——干瘪、生硬。

我流泪了。那时我刚过十六岁生日。

我的腿麻了的时候，我站起来。我两手抱住了合欢树干，因为我手里空空的。膝盖疼得厉害，头也发晕，我静静地立了好一阵，才向回走。彩虹回家了，蜻蜓也没有一只了，河滩上暮色比村子里来得早，早就黑蒙蒙的了。

当然，以后我再也没有在放学后找借口独自在教室里多呆一会，我再也没独自听过生物老师的风琴声。我有什么资格呢？我连一只红蜻蜓也舍不得。

郭震海

瑞克和他的测康仪

瑞克潜心研究了整整十年的测康仪终于问世了,这让他很兴奋。

测康仪将人身体所有的部位和器官的信息全部压缩成数据编辑在一个小小的电脑芯片上,形状、大小如一块普通的怀表。瑞克装好电池,打开开关,测康仪的红灯闪烁了五秒之后,绿灯亮起,一个甜美的声音从测康仪中传出:"早上好,亲爱的! 很高兴您使用本产品,现在是北京时间早上七点十分,您应该用早餐了。您的睡眠严重不足,应该注意休息,您由于长期缺乏锻炼,脊椎已经变形,腰椎间盘开始突出,痔疮明显。由于长期饮食无规律,您的消化系统正在向您发出警告。您的口腔有四颗牙齿正在形成龋齿,您的……"测康仪一连串的报告让瑞克既兴奋又对自己的身体开始担心,他过去拼命地工作,从来不觉得自己有病。

早餐后,瑞克将测康仪挂在脖子上去公司上班,走在川流不息的街上测康仪几乎一刻不停地发出警告:"注意,在您的前方一米处正走来一位乙肝病毒携带者!""注意,一位艾滋病患者正从您的身边走过!""注意您已经吸入带有病菌的可吸入颗粒物。"

到公司后,瑞克正准备推动旋转门,测康仪又及时向他发出警告:"注意,门上有大量的大肠杆菌和梨形虫。"瑞克急忙缩手,用脚尖打开门。坐下后,瑞克拿出水杯正准备去接水,测康仪又发出警告:"亲爱的,您的水杯应该及时做灭菌处理。"瑞克按照测康仪的提示洗完水杯走到自动饮水机旁,刚按下开关,测康仪又发出警告:"注意,水质已经遭到化学污染,对身体有害,请慎重选择!"瑞克端着水杯愣在那里,是这仪器出了差错还是这水真的受到了污染? 这纯净水可是自己多年来很钟爱的一个老品牌,电视广告天天宣传说这水是地下甘泉经过多次净化、过滤的产品,怎么会被污染呢? 瑞克按下测康仪的自动检测开关,得到的回答是:"正在工作状态,电量充足,一切正常!"

中午朋友宴请,在餐桌上测康仪频频响起,几乎对每一道菜都是发出警告说,含有对人体有害的化学成分。当瑞克拿出测康仪向朋友展示他的研究成果时,这该死的玩意儿在朋友的手里又是频频警告,真有点哪壶不开它提哪壶的意思。在场的七位朋友没有一位是健康的,每一位都有不同程度的职业病或潜在的多种病

症,如高血压、高血糖、高血脂等。

瑞克很担忧,难道现在满街奔走的人都不健康吗?工业污染,环境破坏,空气污浊,饮用水变质,蔬菜农药残留超标,各种肉类添加剂超量……难道我们每天真的都生活在这样的环境中吗?我们该如何维护自己的健康呢?

瑞克很不相信自己发明的仪器。在人流中,瑞克启动测康仪的红外线搜索系统,几乎所有的行人都处于亚健康状态。

有一天,瑞克所在的公司和某大型国有煤矿订购了一份电脑采煤操作软件,当瑞克到该煤矿洽谈相关事宜时,测康仪在瑞克的胸前就如一只欢快的百灵鸟一刻不停地鸣叫。一上午瑞克滴水未进,恨不得找一副超厚的大口罩戴上。

临别时当对方伸出手来,准备握手道别,这该死的东西又在警告,这让瑞克很是尴尬。瑞克决定将这该死的东西彻底毁掉,因为它已经严重扰乱了瑞克的一切,测康仪没有给他的工作和生活带来便利,反而带来了无穷无尽的恐惧。

瑞克匆匆回到家后,将鞋一脱,先做了一个彻底的放松,然后眼一闭将测康仪狠狠地摔在地板上,完整的测康仪被摔得七零八碎,瑞克听到剩下一个芯片还在地板上不断地警告:"亲爱的,请您最好穿上鞋子,您的地板上有真菌,如果不及时消毒,赤脚行走很可能会染上脚气……"

"这该死的!"瑞克说。

侯发山

女孩和野狼

女孩和野狼的故事发生在一个很冷很冷的冬天。

那年,她十七岁。那天天色渐晚,她袖着双手裹紧棉袄拢着自家的羊群匆匆往家回。突然,羊们惊叫着乱了阵势,她下意识地打了个激灵,抬眼一望,她一下子面如土色,惊呆了:离她十几米的地方有一大一小两只野狼。大狼的右眼是个黑乎乎的洞,显然已经瞎了(像是猎枪打伤的),大狼瘦得皮包骨头,一副弱不禁风的样子,而它身边那只小狼可能是它的后代,看样子刚出生不久,站在那里不住地颤抖,不时地发出痛苦的惨叫……虽然那只大狼丑陋、骇人,她悬着的心还是慢慢放了下来——她以为,这对饥寒交加的母(父)子俩是没有能力伤害她和羊们的。但她不敢掉以轻心,遂挥起羊鞭轰赶着羊群绕过野狼往前走。

没想到,那个独眼狼在后边颠颠着跟了上来。她一边撒腿撵着羊一边回头看,独眼狼太虚弱了,没跑几步便摔倒了,挣扎着爬起来又追,追几步又倒了……她停了下来,不但不再感到害怕,反而动了怜悯之心,为这两只狼担忧起来:它们饿成这样,若再吃不到东西,今晚即便不被冻死,只怕要饿死在这草原上了。意念至此,她没加思索,就从口袋掏出一个馒头扔到了独眼狼跟前。令她惊讶的是,独眼狼没有吃这个馒头,而用嘴把它拱到了小狼面前,小狼立刻狼吞虎咽地吃起来。她被独眼狼的举动深深地震撼了!于是就把身上仅有的五个馒头(不但是为了她防饿,也是为了防止羊群里哪只羊有病或是吃不饱,她身上一般都带着食物)全部都掏给了两只狼。当她看到它们风卷残云地吃馒头时,她又有一丝后悔,她担心野狼有了力气不会放过她和羊,她脚底下抹了油似地急急赶着羊走了。然而,两只野狼并没有追上来,而是目送她片刻,转身消失在茫茫草原深处。

此后有一天,她在赶羊回家的途中被一只壮如小牛的大灰狼截住了!羊们惊慌地围着她乱叫,她也吓得愣愣怔怔的,手足无措。大灰狼庞大的身躯上披着暗褐色的毛,一双大眼睛发出阴毒的光,而且可怕地嚎叫着。转眼间的工夫,它的叫声又引来了两个同伴。它们围着她和羊群不停地转圈,准备伺机发动进攻。她的背脊心里榨出一身汗,两条腿弹棉花似地不住地打颤。她发现有一只狼静静地注视着她,她与它对视了一下,猛然认出这是那只独眼狼!这只独眼狼此时也认出了

她,于是,它低眉垂首与其他两个同伴交头接耳,似乎在用狼语说着什么。它的两个同伴好像不愿意,便聚拢过来跟它撕咬起来。独眼狼张牙舞爪,发出瘆人的咆哮,腾、咬、转、撕,一时间,尘土飞扬,血腥遍地,狼嚎冲天……独眼狼使出浑身解数终于把它的两个同伴撵走了。它筋疲力尽地站在那里,默默地用嘴一下一下地舔着身上血迹斑斑的伤口。她醒过神来后,感激地望了独眼狼一眼,转身赶着羊走了。却是一步一回头,两步一回头,三步一回头。她没想到的是,独眼狼尾随在她和羊群的后边,把她们护送到村口才蹒跚着离去。

这以后,她见了独眼狼就会把随身携带的食物给它分一些,独眼狼知恩图报,热情地扮演起了"牧羊犬"的角色,忠实地保护着她们。如果不是后来发生了那样的事情,她是不会去伤害独眼狼的。

有一段时间,她所在的村子除了她家,几乎所有的养羊户家里,都发生了晚上羊被野狼咬死叼走的事情。有的是借贷买回来的羊,有的是上级扶贫来的羊;有的是带着羔的母羊,有的是没满月的羊崽;有的家里把羊当成了他们家的银行,有的家里对待羊跟自家的孩子一样……据目击者说,这些为非作歹的野狼当中,就有一只是独眼狼!乡亲们知道她和独眼狼的关系后,都鼻子一把泪一把地去求她,要除掉独眼狼。在大家劝说她的过程中,她始终没说一句话,末了就叹息一声,便带着浸有毒药的十个馒头去了草原。

见了她,独眼狼和往常一样,兴奋地蹭着她的裤角,幸福地呜呜吠着,并没意识到眼前的危险。她的心怦怦跳着,她动摇了,思谋着该做还是不该做。可是,她看到独眼狼脊背上的黑毛油亮亮的像闪光的缎子,身侧的皮毛则金灿灿的像滚滚的麦浪,就想到它不定吃了多少羊才这么健壮,就狠了狠心,哆嗦着手把诱饵丢在了它的面前。独眼狼看了她一眼,毫不犹豫地把浸有毒药的十个馒头吞进了肚里。毒性很快发作了。它趔趄着倒在地上那一刻,她的心几乎要碎了。在独眼狼弥留之际,看着它眼里流露出的痛苦、怨恨和迷惑,抚摩着它渐渐变凉的身体,她心痛地转过身去,眼泪却像奔腾的小河刷刷地流。

后来,她说服父母把羊处理后,便只身进城里打工去了。

虽然远离了村庄,但她没事的时候,眼前总是浮现出一望无际的大草原,大草原上有一只独眼狼和一个挥动着羊鞭的牧羊女孩在嬉戏玩耍!

刘靖安

挂在树上的银子

银子的爸爸经常给银子讲一个关于银子的故事。

银子的爸爸说，银子呀，你生那天晚上，我做了一个梦呢。最初听的时候，好奇，银子就问，是什么梦呢？银子长大了，这个故事听得多了，就不再问了。不管银子问不问，银子的爸爸会继续说，我梦见一棵树，树上，挂满了一锭一锭的银子。那些银子，像人一样，还朝我不停地眨眼睛呢。讲到这里，银子的爸爸总会抚摸着银子的头，说，银子，这样看来，我们要发财了，希望就在你身上呢。

小的时候，银子像擂鼓一样，拍着瘦小的胸膛，说，等我长大了，一定把树上的银子给你摘下来，给你买汽车，买飞机。

银子大了，就说，不就银子嘛，好大个事儿。那口气，很油。听了银子的话，银子的爸爸脸上，就浮现出一抹忧愁，说，你读书又不行，咋挣哦！银子不以为然，银子说，读书不行，就挣不到银子吗？打小，银子像他爸一样，把钱不叫钱了，叫银子。

银子初中毕业，没考上高中，在家跟着父母做了一年农活。可是，庄稼欺穷，不管他们怎么起早贪黑，种出的庄稼总是不如别人。一气之下，银子就到镇上一个建筑工地，干上了苦力活儿。

这天，太阳很大，人在地上走，像顶着一个火炉。

工地旁边，有一条河。河边，有一排柳树。柳树下，歇工的男人们，光着上身，或倚或躺。阳光，透过柳叶，洒在他们身上，斑驳陆离。

银子擦一把汗水，眯起眼睛，抬头看了看天，然后，再擦一把汗水，拖起沉重的双腿，又向那堆山一样的砖头走去。乡下修房，没有城市那样的建筑工程设备，砌楼要用的砖块、水泥全是人力背。背一块砖，两分钱。银子已经背了八百块，他想再背一千块，这样下来，就能挣到三十六元了。

银子还没装好砖，工头就走了过来。

工头说，银子，你不要命了，中了暑怎么办？等太阳软了，再背吧。

银子说，你放心，不会的，万一中了暑，我也不会找你。

工头又劝了一阵，看劝不动银子，就由银子去了。

果然，银子背完第五趟的时候，身子一歪，就倒在砖堆上了。等工友们闻讯跑

开在雪地上的花朵

到他身边，他已经不醒人世了。工友们又是掐人中，又是喂解暑药，好一阵才把银子弄醒。

工友们把银子扶到了柳树下。工头来了，工头把银子大骂了一通。银子不吭声，可怜巴巴地看着工头。工头叹了口气，不再骂了。

银子中了一回暑，因祸得福。工头看他干活实在，又能吃苦，就安排银子专门点数，谁背了多少砖，背了多少水泥，只要一数，再记上账，就算完事了。这活儿，轻松。

一天傍晚，一帮工友找银子结账，银子揣上记账本到了工头的办公室。工头对着记账本，把力钱全算给了银子。工头给钱的时候，拉开抽屉，拿出一大撂红红的百元大钞，一张一张地足额点给了银子，剩下的，又放回了原处。银子第一次看到这么多的钱，有些手脚无措，胸膛里，更像一个跑马场，一颗心，像一匹脱缰的马，在里面狂奔乱跳。

临走时，工头一边接电话，一边说，马上去付给他们，如果弄掉了，是要赔的。

银子连连点头，目送着工头马不停蹄地远去了。

晚上，银子怎么也睡不着，身子躺在工棚里，眼睛却从窗口一跃而出，站在夜空下，目不转睛地盯着工头的办公室。

睡不着，出去走走吧。银子就出去走走了，不知不觉，银子走到了工头的办公室门口。

工友们都知道，工头睡觉，鼾声如雷。

银子侧耳细听，屋里没有半点动静。工头呢？银子猛然记起了，工头给钱时，接电话说要出去喝酒的，也许，现在还没回来吧。

工棚里，钳子、锤子，啥东西都有。银子蹑手蹑脚回到工棚，找来这几样，三下五除二，撬开了工头的门。接着，银子又撬开了抽屉，伸手抓出了那一撂钱。不巧的是，银子还没转身出门，就听到了楼梯上踏踏的脚步声。

工头回来了。银子连忙出逃，慌不择路，竟和工头撞了个满怀。

工头气愤不已。

银子被打了个半死。

银子被好心人送进了镇医院。

银子的爸爸听说后，赶到医院，看到银子的第一眼，就说，工头对你恁好，你怎么能这样呢？

银子不说话，银子的爸爸就开骂了，银子还是不说话。银子的爸爸骂够了，病房里安静下来了，银子才说，我也不想啊，可是，你知道我那天晚上，看到什么了吗？

看到什么了？银子的爸爸问。

我看到，一棵树，开始很小，一眨眼，就长到他的窗子上了。树上，挂满了一锭一锭的银子,那银子像人一样,不停地向我眨眼睛呢。不知不觉地,我就管不住自己了。

　　银子的爸爸听了这话,咚——地一声闷响,一屁股坐在地上,啥也说不出来。

开在雪地上的花朵

白小易

客厅里的爆炸

　　主人沏好茶,把茶碗放在客人面前的小几上,盖上盖儿。当然还带着那甜脆的碰击声。接着,主人又想起了什么,随手把暖瓶往地上一搁。他匆匆进了里屋。而且马上传出开柜门和翻东西的声响。

　　作客的父女俩呆在客厅里。十岁的女儿站在窗户那儿看花。父亲的手指刚刚触到茶碗那细细的把儿——忽然,叭地一响,跟着是绝望的碎裂声。

　　——地板上的暖瓶倒了。女孩也吓了一跳,猛地回过头来。那事情尽管极为简单,但这近乎是一个奇迹:父女俩一点儿也没碰它。的的确确没碰它。而主人把它放在那儿时,虽然有点摇晃,可是并没有马上就倒哇。

　　暖瓶的爆炸声把主人从屋里揪了出来。他的手里攥着一盒方糖。一进客厅,主人下意识地瞅着热气腾腾的地板,脱口说了声:

　　"没关系!没关系!"

　　那父亲似乎马上要做出什么表示,但他控制住了。

　　"太对不起了,"他说,"我把他碰了。"

　　"没关系。"主人又一次表示这无所谓。

　　从主人家出来,女儿问:"爸,是你碰的吗?"

　　"……我离得最近。"爸爸说。

　　"可你没碰!那会儿我刚巧在瞧你玻璃上的影儿。你一动也没动。"

　　爸爸笑了:"那你说怎么办?"

　　"暖瓶是自己倒的!地板不平。李叔叔放下时就晃,晃来晃去就倒了。爸,你为啥说是你……"

　　"这,你李叔叔怎么能看见?"

　　"可以告诉他呀。"

　　"不行啊,孩子。"爸爸说,"还是说我碰的,听起来更顺当些。有时候,你简直不明白是怎么回事,你说的越是真的,也越像假的,越让人不能相信。"

　　女儿沉默了许久。"只能这样吗?"

　　"只好这样。"

徐水法

变形记

一觉醒来,他惊呆了,"这镜中的是自己吗?"

双眼凸睁,眼珠如牛眼一样几乎脱出眶外,鼻子又长又尖,前胸凹进,后背尖耸,长了驼峰似的,双手又长又有力,双脚则变得细脚伶仃,如两根直直的木棍勉强支撑着身体……

怎么会变成这副半人半怪的模样?莫非是镜子作怪?他百思不得其解。门外传来敲门声,他过去拉开门,刚想招呼,往日送外卖来的看见他,惊叫一声:"妖怪!"返身就跑。他大声呼叫,居然发现声音变得又细又尖,往日的浑厚中音也没有了,他再度陷入沉思中,"到底是怎么了?"

不大工夫,又一阵敲门声,还没从沉思中醒过来的他,上前拉开门,门外一个急促而惊恐的声音:"就是这个妖怪!我昨天送外卖来还是一个清秀的小伙子!"他正想上前解释自己正是那个小伙子,只见两三个警察飞扑上前,把他按倒在地,然后用手铐铐住了他。

父母出差在外,他放了假后天天在电脑前打游戏,记不清打多少天了。总之醒了上网打游戏,累了趴在电脑桌旁睡觉。昨晚感觉前胸疼痛,心想是长时间伏在电脑前的缘故,就上床睡了,谁知一觉醒来就变成这样了!警察们问不出个什么来,核查了他个人和家里的情况无误后,只好放他回家。

他在众人惊奇的眼光中回到家。不久,又一阵敲门声响起,他懒洋洋地走去开门,不料,拥进来几个人,有人捂住他的口,有人绑他的手脚,他被塞进一只大袋子里,很快他什么也不知道了。

一阵人声鼎沸的嘈杂声惊醒了他,他发现自己被关在一个银白色的笼子里,笼子放在一个大帐篷里,笼子的外围还有一圈栅栏,四周围满了人,大分贝的喇叭在高声解说着,"外星人展览现在开始!"霎时,一团炫目的光从头顶照下来,笼罩住被脱光衣服的他,他下意识地捂住下身,发现全身上下被人涂成一种金黄色的涂料,全身上下,黄澄澄一片。他明白了,那日从家里劫持他的人把他弄昏后,对他进行了加工装饰,然后说成是外星人来展览骗钱。他张口想告诉围观他的人,却怎么用力也说不成话了,只有"叽叽"的声音从喉咙间发出。他明白,他还被这帮歹徒

下了药,喉咙再也说不出话了。这下他彻底绝望了,无望地跌坐在笼子的底部,泪水从两腮无声地滑下,他闭上眼,仍止不住泪水汩汩而下。喇叭却不失时机地叫着:"我们看到了外星人在流泪,说明他也和我们地球人一样有情感,也有泪腺,有七情六欲!目前,我们正在进一步研究外星人的其他方面,相信不久的将来会有更多的新发现。"

他白天在众人的围观中度过,除了各种各样的语音,有时候一些瓜皮果屑也被调皮的小孩掷到身上,有时甚至连硬币也往他身上砸。夜深人静,他们才给他端来少量食物和水,一天一顿,他羞怒不已却一点办法也没有。几个歹徒打一枪换一个地方,在几大城市轮流展览着他。他又黑又瘦,心里绝望到了极点,连死的念头也有了,却看不到一点脱身的希望,他在屈辱和无望中度日如年。他所到之处,报刊电视都作为一件重大新闻来作重点报道。一些科研机构对他产生了研究的兴趣,那几个歹徒就以天价吓退这些机构。

一个深夜,他迷迷糊糊正要入睡,耳边响起了轻微的声音,睁眼一看,黑暗里只见两个高大的人影来到笼子前,一个来到笼子前,双手掰开笼子的栅条,一把拎起他向外就走,他惊讶发现看守他的歹徒全都倒在地上一动不动。他说不出话,惊恐地"叽叽"叫着,其中一个说:"再叫,让你死!"他才住了口。

两个巨大的人影带着他来到城市的外面,找了一处似乎废弃的建筑物,他心里吓得不知所措,不知他们要对他怎样。他们把他放在地上,一人从身上掏出一根筷子一样尖细的东西,朝他手臂上一插,一阵微痛,然后另一个高大的人影上前左手发出一道蓝光,照在那根细棍子上。他看清了,筷子一样的棍子是透明的,分明装满了刚从他身上抽去的血,蓝光照到棍子,棍子上出现了一些他看不懂的奇形怪状的银光闪闪的符号。拿棍子的人影生硬地说:"不是我们星球的人。"另一个也说:"地球人,骗子。""怎么办?""丢到楼下摔死算了!"

发出蓝光的人影走上前,轻轻提起地上的他,不管他如何"叽叽"乱叫,拼命挣扎,随手把他向黑暗的楼下掷去。

"嗵"的一下,后脑撞在电脑的显示器上,他痛得惊醒过来。原来昨夜又在电脑旁睡着了。睁开惺忪的眼,看着身边一大堆吃完的方便面、火腿肠包装袋和空的纯净水瓶,他已忘了在电脑前"战斗"了多少天。

"还好只是一个梦!"他摸了一把额头上吓出的汗,暗自庆幸,然后毅然站起身向门外走去。

宋新华

忏　悔

　　老王年轻的时候，是一位打猎、捕鸟能手。友人串门，老王总爱拿出他那张身穿迷彩服，斜挎双筒猎枪，与猎友围坐在火堆旁烧烤猎物的照片。老王介绍时，一副津津乐道的样子。

　　老王收手不打猎，不是因为派出所收走了他的猎枪。是因为一件事，触动了他的心灵。

　　星期天休息，老王约上几位猎友，带上水壶和干粮，两人骑一辆摩托车，一头扎进大青山叫金狐岭的地方。老王说，第一天，他们这群人，鞋底子都磨穿了，竟连猎物毛儿也没发现。晚上，累得支了帐篷就和衣躺下了。整个一宿，除了听到几声蛐蛐叫，就什么都不知道了。第二天，天麻麻亮，老王起来撒了一泡尿，隐约听到一声接一声好似婴儿的啼哭声，老王警觉地支起耳朵，很快，辨别出那是一只狐狸的叫声。他提起裤子，跑到帐篷，抄起乌亮的猎枪，悄悄隐蔽在一块岩石后面，听着对面的动静。渐渐地，太阳出来了。红红的火球，射出万道霞光，照到怪石林立的山峦上。老王屏住呼吸，两眼直勾勾地盯着对面，右手食指紧贴着枪机。凭枪法，只要狐狸一露头，他二拇哥一动，再狡猾的家伙准被他报销了。可令他失望的是，趴在原地一刻钟了，狐狸的影儿也没有出现。

　　趁这功夫，老王跑回帐篷，用枪托子捅醒了猎友。快，快，有动静！大家揉着惺忪的眼睛，提上枪，迷迷糊糊地各就各位了。

　　叫声果真又出现了。老王挥挥手，示意大家成扇子面包抄过去。

　　只见不远处，山路边一块大青石上，一只金黄色、红脖、花脸的狐狸终于出现在猎友的视线里。阳光照得它全身灿灿发光，漂亮极了。包围圈在慢慢缩小。老王在距狐狸不足百米处停下、隐蔽好。狐狸再也没了退路，它的身后是光秃秃的峭壁。老王看得清清楚楚，那只狐狸同时感觉到不妙，面对着一双双乌亮的枪筒，无奈地在原地转了两圈，嗷嗷地哭叫着，突然，前腿直立起来，拼命地冲着他们不停地作起揖来，晶亮的眼睛，滚动出滴滴泪珠……

　　这一幕，老王惊呆了。长这么大，还没见过这么漂亮、通人性的狐狸！他怎么忍心扣扳机呢？可老王是猎老大，按规矩，都听着他这第一枪。你老王带着来大青

开
在
雪
地
上
的
花
朵

山,大伙儿总不能空手而归吧！再说,到嘴的鸭子飞了,岂不叫人笑掉大牙?

但老王还是下不去手。老王搞了一个折衷的办法,只见他枪口抬高一寸,"砰"一声,想把狐狸吓跑算了。可刹那间,"砰砰砰"万弹齐发,那只美丽的狐狸便在祷告求饶中,没来得及尖叫,应声倒下,血染红了大青石。猎友们欢蹦乱跳地跑过去,特别是骑摩托捎他的马二蛋,一把提起狐狸,大叫:哥儿几个又有野味大餐啦! 在场的人无不露出胜利者的微笑。只有老王,闭口不语。心里生出一种说不出来的滋味儿。

谁也没有想到,回去半路,马二蛋出了车祸,连哼一声都没来得及就找阎王爷去了……

老王捡了一条命。现在每当讲起这件事,仿佛就发生在昨天。

除了爱讲故事,老王最近生活上又增加了一件新鲜事儿——每天按时到指定的地点喂麻雀。

老伴常见他从超市买回小米,装到备好的葫芦里,再系上红布条拎在手里,乐悠悠地走出家门,奔野地里走去。

时间一长,这些无助的麻雀,越聚越多,跟老王混熟了,一见面就叽叽喳喳飞过来,有胆大的还落在老王的肩头上。老王甭提多高兴了,他感到从未有过的幸福和满足。

老王的举动,被人发现后,有人理解,有人不理解。理解的人说:老王这人心善,是为了保护生态平衡。不理解的人说:这老头纯粹神经病,闲得没事儿,吃饱了撑的! 更有甚者,趁老王发烧住院输液的两三天,竟在他经常喂麻雀的地方偷偷下了粘网……

老王出院后的第一件事,就是拉着老伴乐滋滋地到超市买小米。老伴指着他的鼻梁子:老王啊,老王!

老王说:咋? 你不支持? 别人咋说我不管,你不理解就不对了。

老伴忙说:支持。理解。

老王说:这还差不多。其实,说真格的,我做这事,不是给谁看的。我过去打猎、捕鸟、电鱼,杀了不少的东西,做了很多不该做的事……唯一用这种办法作补偿才能洗掉我心上的不干净,找到心理平衡。再说,冤家债主谁都不欠了,闭眼的时候我也踏实。说着说着,老王独自掉起了眼泪。

老伴被感染,揉着红眼圈说:老王啊,我终于明白你了。你咋不早点儿跟我掏心窝子呢!

老王说:早了怕你不理解。不是时候。

第二天,老王和老伴一起,带上他的宝葫芦又出发了。这次,他们还带了一捆小木牌牌,上面都用红漆小楷写着:严禁粘捕。

孙智慧

榜　样

　　当我跌跌撞撞从明裕公司出来时，天已擦黑。路边的霓虹灯朝我眨着眼睛，我的心里乱成了一团麻。这是我第十次应聘失败，我像只迷失了方向的丧家犬在街上游荡。这时，肚子开始咕咕叫着提抗议，我钻进一个小巷子，希望弄碗烩面什么的填填肚子。经过几家小吃店，都是肮脏不堪烟熏火燎，见了让人恶心，便继续往前走。那时，正是万家灯火，我的泪潸然而下。我的家在太行山区，贫穷落后，父母省吃俭用供我上完大学，指望我能走出大山沟，没想到出师不利，找工作屡屡失败，突然，我有种特别想家的冲动——现在母亲不知从地里回来了没有？我想哭，想痛痛快快地哭一场。我漫无目的地走街串巷，偶一抬头，泪眼迷离中，瞥见路旁的垃圾堆旁有一位老妇人。她右手拿着手电筒，脸几乎贴在地面，左手还在扒拉着什么——她多像我的母亲啊！我站在原地端视良久。好大一会儿，她才立起身。旁边的车子上已堆成一座小山，她拉着车吃力地往前走。我赶紧跑上前，替她推了一把。老妇人感激地看着我，问："你是干什么的？这么晚了咋还没回家？"我的泪又下来了，情不自禁地倒起了苦水，我说我刚从学校毕业，正在找工作。老妇人很吃惊地看着我，她接过话头，羡慕地说："了不起，像你这样的大学生能帮我这个老婆子推车，你一定可以做出大成就的。"

　　我欲言又止，只是默默地用力向前推。不多一会儿，就到了她家。老妇人的儿子开了门，她儿子与她简直判若两人。他西装革履，很有气派。老妇人说儿子是家国有企业的科长。我的心一颤，科长的母亲去捡破烂儿？我忽然明白我缺少什么了。我受到了莫大的鼓舞，底下的话我一句也听不进去了。我没有逗留，告辞而去。

　　我开始乐观地投入到生活和工作中去，彻底放下架子，从最基层做起，由办事员一步步干到经理的职位。光阴荏苒，好几年过去，这件事我几乎淡忘了。

　　这天，我正准备乘车去外地公干。就要上车时，一位老大娘喊："小伙子，等一下，你让我找得好辛苦。"等我弄明白是叫我时，老大娘已经走到我面前，手里还拎着一袋苹果。当认出眼前的大娘就是捡破烂儿的老妇人时，我很吃惊，忙问："大娘，有什么事吗？"

　　大娘把手里的苹果塞给我，还朝我鞠了一躬，态度十分恭敬，她认真地说："我是来感谢你的，那晚多亏你帮我。那时，我儿子刚从科长的位子上下来，却不肯接受现实，辞去公职，整天窝在家坐吃山空，连老婆都跟人跑了。后来，我碰到了你，我跟我儿子讲，你是大学生，不怕丢人现眼帮我这个老婆子捡破烂儿。我儿子终于振作起来，现在能够自食其力了。"

　　我听明白了，原来我做了别人的榜样了。望着大娘远去的背影，我在心里祈祷：老人家，一路走好。其实，是您挽救了两个迷途的儿子啊！

汤其光

楼后面有什么

A 君是一个文学爱好者,心里有个作家梦。尽管每日勤学苦练,笔耕不缀,却进步缓慢。所投稿件不是泥牛入海杳无音讯,就是接到四字回复:"感谢支持。"看到一同写作的文友都已小有成就,郁闷之极,便萌生了拜师学艺的念头。

正巧有一位老作家离休后隐退故乡小城,A 君闻讯后大喜,急忙携文稿前去拜师,乞求指点一二。作家知道 A 君的来意后含笑点头,算是答应了收徒。但并不看 A 君递上来的文稿,却没缘由地指着前方一幢楼问:"前面那是什么?"

"一幢楼。"A 君脱口而出。见作家皱眉摇头,又仔细观察了会儿说:"我看到了楼一共四层,每层二十个窗户。"

作家又摇头,把文稿还给 A 君,让他回去好好思考思考,继续练习写作,过段时间再来。

回家后 A 君百思不得其解,只是更加刻苦写作,写累了就对着自家门前的一幢楼发呆,为此 A 君还专门跑到楼下四下里看了个究竟。见除了楼后面还有一幢楼以外,其他的什么也没发现,便又去作家家里请教。

作家见到 A 君,又问了同样的问题。

"就是一幢楼吗。"A 君瞪着眼望了楼半天,实在没有什么新发现,有点气馁,想了想又说:"我家前面的那幢楼后面还有一幢楼,这幢楼后面可能也还有一幢,我想后面无论有什么,肯定楼后面有东西存在吧?"

"回去吧!"作家拍了拍 A 君的肩膀亲切地说:"记住多思考多练习,过段时间再来。"

A 君回去后感到一阵心灰意冷,直怀疑自己不是搞文学的材料,连作家一个简单的提问都回答不上来。想改行,可又想起作家临别前对自己的关怀,感到找个老师不容易,说什么也不能半途而废。便又刻苦写起来,写累了依旧望着前面的楼房出神。常幻想着楼后面有什么什么? 或可能发生什么什么?

再次见到作家时,A 君心里直发怵,在递上自己文稿时心里默念:"老天保佑让作家看看我的文稿吧! 千万别还让看什么楼。"

谁知作家接过文稿还是轻轻地把它放在桌子上,依然问 A 君同样的问题,这

回 A 君有些急了,也不管作家高兴不高兴侃侃而谈起来,甚至还把自己平时胡想的楼后面发生的故事说了出来。原本以为作家会不耐烦地打断他讲话,继续让他下次再来。谁知却见作家一边认真听他胡侃,一边含笑频频点头。A 君讲完,作家请他坐下来,并亲自为他泡了杯茶。面带笑容道:"恭喜你 A 君,进步很快哟! 你已经踏进文学殿堂的门了。"见 A 君一脸不解,作家说了其中的原因。

第一次我问你前面是什么,你回答是幢楼。这是只要眼睛不瞎任何人都能看见的,所以我不用看你文章,就知道你只是写了众人都能写的表面性东西。第二次你已经有进步了,能够通过面前的楼而想到了楼后边还该有东西存在。这就不是人人都能想得到的了,但是要想成为一名作家,仅能想到也还不够,还要有自己的想象,并赋予这种想象以生命。第三次你做到了,所以恭喜你。"

"其实也不仅仅是写作,做任何事情只要你能穿过挡在眼前的那幢楼,就会惊奇地发现楼后面还有很多东西。而成功也就藏在楼的后面。"最后,作家语重心长地对 A 说。

A 君听后感动地站起来向作家深鞠一躬,后逐成大器。

张玉玲

风的感觉

见过左一的人，都说他是个有故事的人，无论故事藏在他的过去还是将来。

不管从哪个角度来说，左一都比别人快了半拍，优越了几分。

比如说，毕业时。

毕业时，新闻系的学生在到处找工作。学新闻看似热门，其实不然，你只要拿着你的文凭走过去，那些大门要么不朝你开，要开也只是给你开一条缝，来吧，来了先实习。实习意味着什么？实习就意味着让你留你就留，不让你留你就走人吧。

但左一不是。左一在一拿到毕业证时，便走进了本城电视台新闻部做了一名实习记者。三个月后，在少数同学终于找到实习的机会，多数同学还在寻找的过程中时，左一正式成了电视台一名在编的记者。啧啧，你看人家左一，两个字，成功。一群人在羡慕，羡慕归羡慕，你还不能不服气。有人就说，他能不成功吗？上帝从一开始就给他准备了一路的绿灯。陆毅式的形象和风度，张艺谋式的头脑和智慧，再加上他非常人能比的勤奋，他不成功谁成功？那人还孔明似地预言，看着吧，他更成功的还在后面呢。

在那人预言后的某一天，左一就开起了自己的传媒公司。左一就是左一，好像甭管什么事，只要他尝试了，就没有不成功的。左一的公司就像开在希望的田野上，一路生机盎然着。几年后，他的公司已在全国蔓延了七家，而且蔓延的趋势还在风声水涨着。

左一虽然尝试的从没有失败过，但他从没有过尝试婚姻的想法。左一很随意地端起一个高脚杯，举在面前，任杯中的鸡尾酒在手中幻化出另一番情趣。左一说，爱情是什么？爱情就是风吹来的一种感觉，或温馨甜蜜，或寒冷彻骨，或者，就仅仅是一阵风，在轻抚过你火热的生活后，不留下任何痕迹。

左一无论是在业余，还是不在业余，他总能让自己游弋在各种感觉的风中，从来没有停留的意思。左一说，唉！有时候想找一个安静寂寞的地方，还真挺难的。

左一就一个人去一个地方，太行深处的那片竹林。别人都是在节假日找一个好天气，结了三五人同行。左一不。左一偏在山中相对安静，会下雨的天气去。左一说，这样能感受到最自然的风和风光。左一说，其实左一来这里还有一个另外的原因。那个另外的原因就是,左一的童年直到初恋结束的那段日子,都是在这里度过的。左一总感觉,似乎他昨天还生活在这里,又似乎他已离开这里几个世纪了。总之,对这个地方的回忆以淡与不淡的形式在他的脑海中重复着。

左一是在他三十九岁那年,在公司的一次招聘会上看到若子的。看到若子后,左一的脑海中突然闪现出一个镜头,偌大的竹林里,一个女孩儿依偎在他的身旁,翠绿中,风吹来的感觉温馨甜蜜,能浸蚀人的心骨。这一切像一个回忆,存活在他的记忆中;又似一种期待,将发生在不久后的一天。无论是回忆还是期待,左一坚信,他都能确定它的真实性。

左一把思绪从回忆与期待之间的游离中很果断地拉回来,锁定在眼前的若子身上。左一思考了一下,又思考了一下,清纯?漂亮?美?最后左一很无奈地说,汉语的词汇太贫乏了,这女孩儿没有一个恰当的词来形容。

当若子拿出自己的简历时,左一和公司的招聘主管问了同一个问题,学舞蹈的?招聘主管接着说,我们只要专业的 IT 人员和美编,看来公司没有适合你的工作。那个叫若子的女孩儿紧闭着小巧的嘴唇,很无辜地看着左一,好像在问,是吗?目光中,是五分的失望,十分的动人。当她站起身来准备离开时,左一很坚定地说:"你被聘用了。"身旁的主管说:"我们的专业要求很强,她没有这方面的基础,我怕从头培训难度很大。"左一挥一下手说:"不懂 IT,不会美编,都不要紧,可以当行政主管嘛。"其实左一在心里决定,就是不当行政主管只愿意跳舞,那也成,他也要满足她的要求。

后来,当左一满面春风地走进公司时,却没有看到若子的身影。他心中顿升一团谜。

左一很快就把这个谜解开了。

没来公司的若子,去北京一所学校学习舞蹈表演艺术了。原来那天若子来应聘时,刚刚拿到录取通知书,由于太兴奋了,她就想做点儿什么,于是就找了这家很有实力,专业性很强的公司,临时扮演了一个应聘者。

解开了谜的左一,对着他拟定好的计划书,呢喃了一句包含深意,却只有他自己能听到的话,然后驱车来到太行山深处的那片竹林。

左一去时带了一大束百合花,也只有他自己知道,他要把它放在一个姑娘的坟前,她生前最喜欢的就是百合花。

王琼华

天　籁

　　陆宝觉得这天突然塌下来，即便当时是中午，也觉得眼前顿时一片漆黑。住院十七天后，他被转入特殊护理病房，这时才知道自己患有不治之症。他偷看了病历，又躲在洗手间用手机向一个行医的朋友发了一条信息："请问，你笔下这 Ca 是什么意思呢？""Ca 即癌症。怎么了，还想改行学医吗？"看到这回复，陆宝惊呆了。天呐，自己腿部患有骨癌。接着他嘶喊起来，床头柜子上的药被他一把扫在地上。吼叫了半天，他才筋疲力尽倒在床上。当然，他不知道护士刚才那一针是用来镇静的。

　　醒来时，已经到了第二天早晨。

　　他突然听到一阵歌声。过了好一会儿，他才缓缓睁开眼睛，问护士："这里还有哪个女歌手唱歌？"

　　"吵了你吧。"

　　"噢，也没有。"

　　他又缓缓把眼睛闭上。当歌声停止后，他才重新睁开眼睛，嘀咕了一声："她的嗓子真甜润！"

　　护士说："好甜的，这嗓子真好像在蜂蜜罐里浸泡了好几年。"

　　"唉，这人还跑到这病房里唱歌。"

　　"人家也是一个癌症患者，住在你隔壁病房，已经住了好几个月。每天早晨，还有每天傍晚，她都会唱几首歌。"

　　他噢了一声。

　　又过了几天。听完几首歌后，他突然问护士："她的病怎么样了呢？"

　　"正在接受化疗吧。她的头发全脱了，上个礼拜还特意让我帮她买回一顶假发戴上。她照过镜子，觉得自己比以前还漂亮一些，说肯定要迷死好些男同学。"

　　"男同学？她还在念书——"

　　"对啦，她是一个高中生。今年快满十六岁吧。"

　　他嘴角突然一笑，说："听她这样快快乐乐唱歌，就知道她快要出院了。她的头发过年把时间还会长出来吧。"

护士没吭声。

有一天,他把护士找来,托人家买来了几张 CD。

"嗯,还要再麻烦你一下,帮我把 CD 送给隔壁的女孩。她的声音真好,将来一定能成为一个歌手,不,应该是一个歌唱家。她应该去考音乐学院。请把我的建议转告给她。另外,我还要谢谢她。一遍又一遍,一天又一天听到她的歌声,让我重又开始向往美好生活。我感觉到了,她唱的歌统统是快乐的,没一首忧郁的歌曲。"说这番话时,他正要被推进手术室接受手术。麻醉前,他还跟护士说:"过些日子,我再去看看那女孩子。不过,她肯定出院了。转交 CD 时,帮我再要她留一个地址。我出院后一定会去看她!"

半个月后,他还在听那女孩唱歌。

这天,他有点奇怪地问护士:"她怎么还没出院呢?"他让护士找来轮椅车,自己要去探望那女孩子。但一进隔壁病房,他却发现床铺已经是空空的。

在他茫然的眼神中,护士走到床头柜旁,把柜上的那台录音机的按键按下来,接着传出了熟悉的歌声。他不由呆了呆,这就是那女孩子唱的歌呐。

"她——"他陡地紧张起来。

"她已经走了。用她的话来说,她带着这好听的歌声到另一个世界去了。"护士很悲伤地告诉陆宝,"她知道隔壁有一个患者喜欢听她唱歌,就让我们护士把她的歌录下来。她还留话给您了。她说,谢谢您送的 CD。她说,坚持吧,这病一定会治好的。她说,到了天堂她也会唱歌,到了天堂她也会把歌声送给您。她祝您天天有一个好心情!"

陆宝愣愣望着录音机,两眼流下了眼泪。他知道了,这歌声就是天籁,女孩就是天使。他觉得自己要好好活着,不要让那女孩失望了。

他问护士:"请问,能把磁带送给我吗?"

踏雪回家

那个叫小雪的女孩子又蹦蹦跳跳地走了过来。王子红故意把目光移向窗外，那漫天的大雪依然没有停下的迹象，车厢里不论卧着还是坐着的人们都变得更烦躁了。王子红心里也正烦着，可这个小雪老是没事找事地来纠缠她。

火车被困在前不见村后不见店的大山深处已经十几个小时了，刚才播音员说前方正在抓紧抢修，请大家耐心等待。播音员的话说了一遍又一遍，这个"耐心等待"不知道是要等到何时。更为可恨的是手机的电池也用完了，王子红已经彻底和外面失去了联系，家人没了她的消息，不知道会急成什么样呢。

王子红盯着窗外，不让眼睛有一丝一毫的余光去触碰小雪。一个六七岁的小孩儿哪知道大人们现在的情绪呢，她还觉着外面的皑皑大雪好玩，开始的时候小雪还拉着王子红的手，一点不怕生的样子，说："阿姨，我们出去堆个雪人吧。"

当时王子红手机还有电，正在给家里发短信，她已经等得很不耐烦了，而且车里到处都充满着不安全感。车厢里塞满了人，哪个是好人哪个是坏人头上又没刻字，所以王子红处处都得小心翼翼。王子红刚给家里打了电话，埋怨车子被困的情况，就有一个三十多岁的男子凑过来与她套近乎。王子红看了那男子一眼，此人高高瘦瘦，尖下巴，看人的目光也似乎黏黏的，一看就不是什么好人，王子红不冷不热地答了一句，就把眼睛移向了窗外。那男子还说了几句什么，王子红装作没听见似的，瘦高男子自觉没趣，站了一会儿就走。王子红看着窗外，祈祷着大雪早点停；一会又听人说是前方的电线被结冰压断了，王子红又祈祷被压断的线路早点修复好。

每听到一些情况，包括列车广播员的报告，王子红都要给家里发个信息，让他们知道自己还在路上。那个小雪就是在王子红向家里发了短信后过来的。

"阿姨，我叫小雪，你说我是不是像外面的白雪一样漂亮呢？"小雪说。

王子红看了看小雪，爱理不理地说："嗯，你很漂亮。"王子红说完，又看着车窗外。

"阿姨，你说的是真的吗？"小雪又问道。

"嗯，当然是真的了。"王子红打发了几句小雪，小雪走了。

接下来王子红又给家里发短信、打电话，家里也每隔一小时就来一个电话询问她的情况，想不到车困得这样久，手机的电都给打没了，车还是不能前行。有什么比困境中信息不通更让人焦虑呢？有什么比被困路上回不了家更让人烦躁呢？可这个小雪就不知道烦，老是过来纠缠着……

王子红让自己很专注地看着窗外，可小雪来到跟前就停了下来，王子红还是不回头，好像没发觉小雪一样。小雪拉了拉王子红的衣袖，王子红依然没回头。

"阿姨。"小雪用力扯了扯王子红的衣袖。

王子红这才转过头来，发现小雪正很认真地盯着她看。

王子红看着小雪，说："小雪，又做什么呢？"

小雪说："阿姨，你听过白雪公主的故事吗？"

王子红摇了摇头。小雪很高兴，说："那我把这个故事讲给你听吧。"

王子红正想拒绝，她现在哪还有什么心思听故事啊，她只想早点离开这个鬼地方回到温暖的家。可没容她拒绝，小雪已经开始讲故事了。

看着小雪绘声绘色、认认真真的样子，王子红便没有再拒绝，但她却是听得心不在焉，直听到旁边的人报以一阵阵的掌声的时候，王子红才回过神来，急忙鼓掌。

小雪发现王子红的掌声很迟才响起来，说："阿姨，我是不是说得不好听呢？"

王子红愣了一下，说："不是的，是你说得太精彩了，我还沉醉在故事里呢。"

"是真的吗？"小雪又问道。

"嗯，阿姨不骗人。"王子红看着小雪，笑着说。

小雪在王子红脸上亲了一下，然后高兴地走了回去。看着小雪的背影，王子红忽然觉得小雪是那么的可爱。

车子终于又启动了，并很快就进入了一个小站。车厢里又是一阵骚动，到站的人们拿着自己的行李准备下车了。王子红的心情也好了起来，因为再过两个小时，她也可以回到自己的家乡了。

想着家乡，想着亲人，听着咣咣的车轮声，王子红心里踏实了起来。这时，小雪的声音又飘了过来，王子红抬起头，只见小雪正向她走来。

"阿姨，我到家了，你也快到家了吧？"小雪来到跟前，说。

"嗯，再过两个小站，阿姨就到家了。"王子红笑着说。

"到家了，我们都可以回家过年了。"小雪说："阿姨，再见。"

"再见。"王子红向小雪摆了摆手。小雪笑着走了回去，拉着她爸的手，说："爸，我们回家吧。"

"嗯，我们回家喽。"小雪爸爸拉着小雪，说。王子红忽然发现，小雪的爸爸就是那个尖下巴的瘦高男子。

在嘈杂的声音中，王子红又听见小雪说道："爸，您的任务我完成得很棒吧，这一路上我都让阿姨笑口常开。"

王子红再看时,小雪和瘦高男人已经下了车,很快隐没在了人流中。王子红的目光在人流中努力地搜寻着,但再没有发现小雪和那个瘦高男人的身影。

车子继续向着前方飞驰,王子红看着远远甩在了后头的小站,眼睛一片潮湿。

晓立

自由鸟

巴顿从小就好动,上学时几乎被列为"好动症",时常遭受老师的呵斥。但他仍我行我素,凡运动项目都很出色。

F1赛车风行于欧美,于是赛车冠军就成了他的偶像,飞翔也成为他的梦想和追求。没有赛车,他有自行车让自己驰骋,小小的身躯在风中、在田野的小路上飞呀飞,洒一路欢声笑语。

然而,一次在与小朋友的竞技中跌倒了,车子将他的小肋骨硌断了。疼痛扭曲了他的脸,意外令所有在场的小朋友尖叫。没想到的是,他没流一滴泪,竟咬着牙起来,拍拍身的尘土,自己缓缓骑上车去了医院。

后来,巴顿成了真正的F1赛车手,成了自由驰骋的勇士。

每天的训练是艰苦而紧张的,就像进入了设计好的程序。身体素质、驾驶技术,他样样都是优秀,门门都记载着红红的满分。这是因为他喜欢奔驰与飞翔,喜欢从中找到那种惬意,那种愉悦的感觉。因为他是自由的,自由地起步、超越、冲刺,仿佛眼前面对的,是一浪高过一浪的欢呼,是那五彩缤纷、风情万种的花的海洋。

然而,这次的训练他太糟糕了。车在一个转弯处一下子冲出了赛道,借着高速的惯力向上腾起,弹出一个漂亮的抛物线,然后重重地落地,翻滚了两周后不情愿地停下了。他一阵旋晕,只能听天由命了!好在赛车没有起火,好在他的身体结实如牛,好在他经历了太多的摸爬滚打。这,都缘于他太想跑得快些,跑得更漂亮些,像自由飞翔的鸟,蓝天上翱翔的鹰。

功夫不负有心人,几个大赛下来,巴顿的成绩频频超过对手,成为一匹让人吃惊的黑马!在接下来的F1三个分站的比赛中,他连连夺冠,积分一下子名列榜首!

他成功了,香槟酒喷出狂喜。

他的翅膀硬了,成了重量级的公众人物。投资商烟草公司给他身上贴上了商标,引擎合作商、轮胎供应商也在他身上进行了"布置"。他不得不同意,因为他知道,没有这些商家的赞助他将一事无成。每当赛后他回到休息室,拿下头盔,脱下一身的"行头",就没了往日的笑,心情沉重极了。

在无赛周里,巴顿更是疲于奔命。周一由美国印第安纳返回,周二就参加几个公司联办的招商会,周三在国内练车,周四参加首都的促销活动,周五继续练车,周日出席古德伍德赛车节……

他渴望自由,渴望无拘无束地飞翔。在驾驶舱里,他是技术娴熟的车手,争得第一是他的目标。在这第四站的比赛中,他的感觉良好,排位也对他很有利。但当强劲对手雷诺车队的阿隆索领先他时,明明他是有信心在下一个弯道搞定他的,指挥室却下令他进站加油,他自然有些想不通。再次上路跟上阿隆索的时候,指挥室又让他更换轮胎——真是的!

这次一定要超过他! 又上路了,此时阿隆索也加完了油、换完了胎。赛场上轰响着一片引擎之声,欢呼声,也随着比赛要结束而愈加热烈起来。加速,他瞪圆了眼睛,憋足了一口气。他瞄上阿隆索,像猫在紧紧盯着猎物,箭一般靠近,再靠近,等待时机。阿隆索也紧紧地贴住弯道的里侧,不给他超越的缝隙……

又到一个转弯处,阿隆索有些放松……他刚要加大油门,指挥室竟下达不许超越的命令!

他读不懂了。也许考虑前三站都是第一,这一站即使第二总分也不会受大的影响;也许考虑比赛要结束了,冒这个险不值;也许雷诺车队已花高价"买"下了这一站……他都不得而知,也不用他知道,你只管听指令就是了。

但他有这个能力,有这个信心,也就感到巨大的委屈!

机会不是你想抓住就让你抓住的,只好企望下次。当他结束比赛的时候,他首先会接过一块手表(赞助商瑞士豪雅),表带松松垮垮的——这样可以确保颁奖时大家都能注意到滑至手背上的名表;上领奖台时,他会戴上蓝色的帽子(轮胎供应商米其林);而在稍后的新闻发布会上,他又会换上一顶黑色的帽子(赞助商威斯烟草)……

他还得连说,感谢车队,感谢各方合作商!

现在的巴顿终于圆了自己的梦:成为一只无拘无束的鸟,翅膀掠过浩浩长空,飞越崇山峻岭……

叶襄渝

传 承

儿子出生在七十年代初的农村。

儿子小的时候，家里生活很困难。

爸爸在五十里外的一个乡医院上班，每月才能回来一次。

每次爸爸回家的时候，总会带一点平时吃不到的东西。

有时，是两块水果糖。

儿子吃着糖，觉得很甜。儿子就对爸爸说："爸爸，你尝尝，好甜的。"

爸爸笑笑说："爸爸不喜欢吃甜的。"

有时，是一个肉包子。

儿子大口大口地吃着包子，说："爸爸，你尝尝，包子里好多油哟，好好吃哟。"

爸爸幸福地摇摇头说："爸爸不喜欢吃包子。"

隔几个月，爸爸还能带回一斤肉。

饭桌上，爸爸一个劲地把肉往儿子碗里夹。

儿子三片两片地往嘴里塞着肉，含浑不清地说："爸爸，你尝尝，肉好香哟。"

爸爸咽了一口唾沫，说："爸爸不喜欢吃肉。"说完，把菜碗里最后两片肉拨进了儿子的碗里。

爷爷重重地把碗摔在桌上，指着爸爸骂："你这没良心的畜生，老子又当爹又当妈，一把屎一把尿把你拉扯大，你咋就没想着给你老子也吃上一片肉呢？"

爸爸平静地对爷爷说："您这么大年纪了，吃得再好，又能多活几年呢。孩子还小，正在长身体，营养跟不上，会影响他一辈子的。"

时间过了二十几年，儿子成家也有了自己的儿子，爸爸有了孙子。一家人的生活仍不富裕，仅靠儿子做临时工的工资生活。

每月发了工资，儿子总会买点平时舍不得买的东西。

有时，是一个肯德基的汉堡包。

孙子吃着汉堡包，对儿子说："爸爸，你尝尝，里面有银鳕鱼，这是外国鱼。"

儿子笑着摇摇头说："爸爸不喜欢吃洋快餐。"

有时，儿子一咬牙，花三十多块钱买上一斤虾。

孙子说:"爸爸,你尝尝,这虾嚼起来还有点甜味呢。"

儿子咽了一口唾沫,说:"爸爸不喜欢吃海鲜。"

每天早晨,儿子很早就起床给孙子煮牛奶。

孙子对儿子说:"爸爸,你也喝点吧,老师说,每天都喝点牛奶就不会缺钙,身体就会很棒。"

儿子幸福地摇摇头说:"爸爸的身体好着呢,不用吃这个。"

只听见当的一声,爸爸把水杯砸了。一阵激烈的咳喘之后,爸爸指着儿子骂:"你这个畜生,老子一辈子省吃俭用把你养大,现在老子老了,也缺钙,你咋就不能给老子偶尔也买点牛奶呢?"

儿子看着孙子咕咕地喝完牛奶,轻轻地把孙子嘴角残留的奶渍擦去,转身平静地对爸爸说:"您这么大年纪了,吃得再好,又能多活几年呢。孩子还小,正在长身体,营养跟不上,会影响他一辈子的。"

开在雪地上的花朵